KB263487

오덕하이스쿨

오덕하이스쿨

초판 1 쇄 2026년 1월 25일
지 은 이 임잔디
펴 낸 곳 하모니북
펴 낸 이 박화목

출판등록 2018년 5월 2일 제 2018-0000-68호
이 메 일 harmony.book1@gmail.com
홈페이지 harmonybook.imweb.me
인스타그램 instagram.com/harmony_book_
팩   스 02-2671-5662

979-11-6747-279-3 43810
ⓒ 임잔디, 2026, Printed in Korea

책값은 뒤표지에 있습니다.

이 도서의 국립중앙도서관 출판예정도서목록(CIP)은 서지정보유통지원시스템 홈페이지(http://seoji.nl.go.kr)와 국가자료공동목록시스템(http://www.nl.go.kr/kolisnet)에서 이용하실 수 있습니다.

오덕 하이스쿨

글 · 임잔디

harmonybook

사랑하는 우철, 우현에게

목차

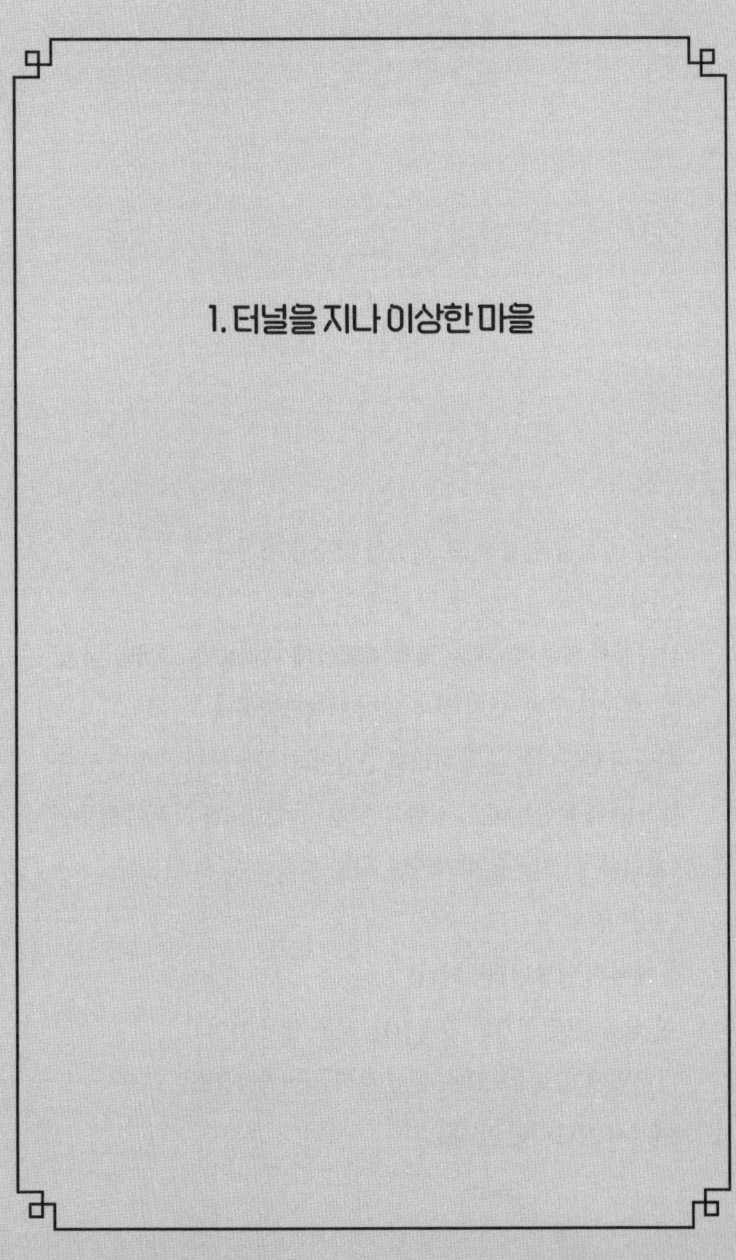

1. 터널을 지나 이상한 마을

땀이 난 등을 힘껏 펴고, 시원한 약수를 마신다.

"이렇게 꼭꼭 숨으면 못 찾을 줄 알았어?"

산길에서 꺾은 쑥부쟁이꽃을 유골함에 내려놓았다. 아빤 나 없이도 괜찮은가 봐. 먼지 하나 없이 반짝반짝하네.

바람이 한들대는 내 종아리를 간질인다. 아빠가 많이 했던 장난.

올라올 땐 몰랐는데, 무성한 나뭇잎 사이로 노란 리본이 언뜻언뜻 보인다. 이 리본을 따라가면, 나도 길을 찾을 수 있을까.

"고장이요?"

탈 때부터 탈탈거리더라니!

"한 삼십 분 걸어가면 읍내거든. 운동 삼아 걸어가."

이 땡볕에 비포장도로를 삼십 분씩 걸어가라굽쇼!

"여기서 기다리면 안 돼요?"

“두 시간은 기다려야 할 텐데?”

기사님은 아예 돗자리를 펴고 나무 그늘에 대짜로 누웠다.

“호랑이랑 말벗 삼아 가면 금방이야.”

“호랑이요?”

여기가 그렇게 심심산골이었어!

싱그러운 풀 내음이 코끝을 간질이는가 싶더니, 압력밥솥처럼 뜨거워진 버스 안에서 소년이 폴짝 뛰어내린다.

“호랑아, 애 좀 데리고 가.”

이름은 호랑이인 주제에 외모는 초식동물 기죽이게 청초한 소년이 고개를 까딱인다. 두 시간을 기다릴 수도 없는 노릇이라, 흙길을 따라 걷는다. 아씨, 더워 죽겠네. 절에서 받은 약수도 이미 땀구멍으로 다 빠져나갔다. 공복에 탈수에, 리본만 따라가면 될 줄 알았더니, 그게 저승길이었어!

“호랑이 아녀?”

호랑이인지 저승이인지 모를 녀석이 담 너머를 향해 꾸벅 인사한다.

“보리차라도 마시고 가.”

흙길은 푹푹 찌는데, 아주머니네 집은 감나무 그늘로 울울하다.

“지금이 몇 시여. 니들 밥은 먹었냐?”

대답도 듣지 않고 척척 상을 차리신다. 시원한 열무김치에 달걀 프라이에, 애호박을 송송 넣은 구수한 된장찌개. 쓰나미처럼 몰려든 허기에 냉큼 숟가락을 들었다.

"쟈가 엄청 복스럽게 먹네!"

이상하게 그 버스를 타면서부터 배가 고팠어. 열무에 된장을 넣고 쓱쓱 비비는데, 호랑이가 제 몫의 달걀프라이를 얹어준다. 그러니까 내가 더 돼지 같잖아.

"호랑인, 고모 보러 온 거야?"

이 녀석 대답 대신 보리차를 빈 밥그릇에 따라 꿀꺽꿀꺽 마신다.

"그나저나 얼마 만이야. 4년은 됐나? 이렇게 훌쩍 커서 여자 친구도 데리고 오고."

"여자 친구 아냐."

"그래. 그래. 아니면 어떻고, 기면 어떠냐. 온 김에 이장님 댁에 얼굴 비추고 가. 그 댁에서 널 키우다시피 했잖아."

하루에 한 끼도, 아니 쿠키 한 조각도 먹기 힘들었던 내가, 이장님 댁까지 따라와 수박을 얻어먹는다. 비빔밥에 염치도 같이 넣어 비볐던가.

"이 사람이 얼마나 널 보고 싶어서 했는지 알어. 아주 새끼 잃은 것 마냥 몇 날 며칠을 울었다니께."

"저도 보고 싶었어요. 아줌마."

셋이 부둥켜안고 우는데, 이렇게 수박을 우적우적 먹어대도 될까.

"아이고, 엄청 복스럽게 먹네. 가만있어 봐, 아까 장에서 사 온

떡 어뒀어?”

이장님이 가위로 숭덩숭덩 썰어준 가래떡을 꿀에 찍어 먹는다. 이 말랑한 식감에 달달한 꿀에. 완벽하잖아!

“너 며칠 굶었냐?”

며칠은 아니고, 몇 달은 될걸. 대답 대신 벽장에서 꺼내 준 양갱을 와락 깨문다.

“덕분에 잘 먹었어.”

“너처럼 잘 먹는 애는 처음 봐.”

“너처럼 만인이 반기는 애도 처음 봐.”

풋, 하고 호랑이가 웃는다. 뭐야 저렇게 웃으니까. 경운기가 아니라, 백마를 탄 것 같잖아. 이 흙먼지 폴폴 나는 비포장도로가 꽃길처럼 보여.

흙길을 탈탈 달리던 경운기가 커브 길을 도는 순간 호랑이가 내 어깨를 훅 감쌌다. 하마터면 땅바닥에 나동그라질 뻔했어.

“꽉 잡아. 떨어지니까.”

응, 꽉 잡을게. 내 심장.

“다음 방학 때 또 올게요.”

“그려, 그땐 고구마 구워줄게. 학생도 그때 같이 와.”

이장님이 박력 있게 손을 흔드시곤, 탈탈 경운기를 타고 사라졌다.

“버스표 살 돈은 있어?”

걸신은 맞지만, 거지는 아니다. 뭐

표를 끊고 오는 길에, 터미널 제과점에서 슈크림 빵을 두 개 샀다. 바나나 우유도 두 개. 버스를 기다리면서 같이 먹어야지.

행선지도, 전화번호도 다 묻지 못했는데, 너는 없고, 이장님이 싸준 삶은 달걀만 덩그러니 남아있다.

터널을 지나면 나오는 이상한 나라처럼, 뭐에 홀린 건지도 모른다. 오래도록 잃어버렸던 나의 입맛이 되살아 난 것처럼. 나도 너에게 무언가가 될 수 있었기를. 터널 너머에 가면 다시 만날 수 있을까. 탈탈 경운기를 타고, 초밥 도시락 같은 마을로.

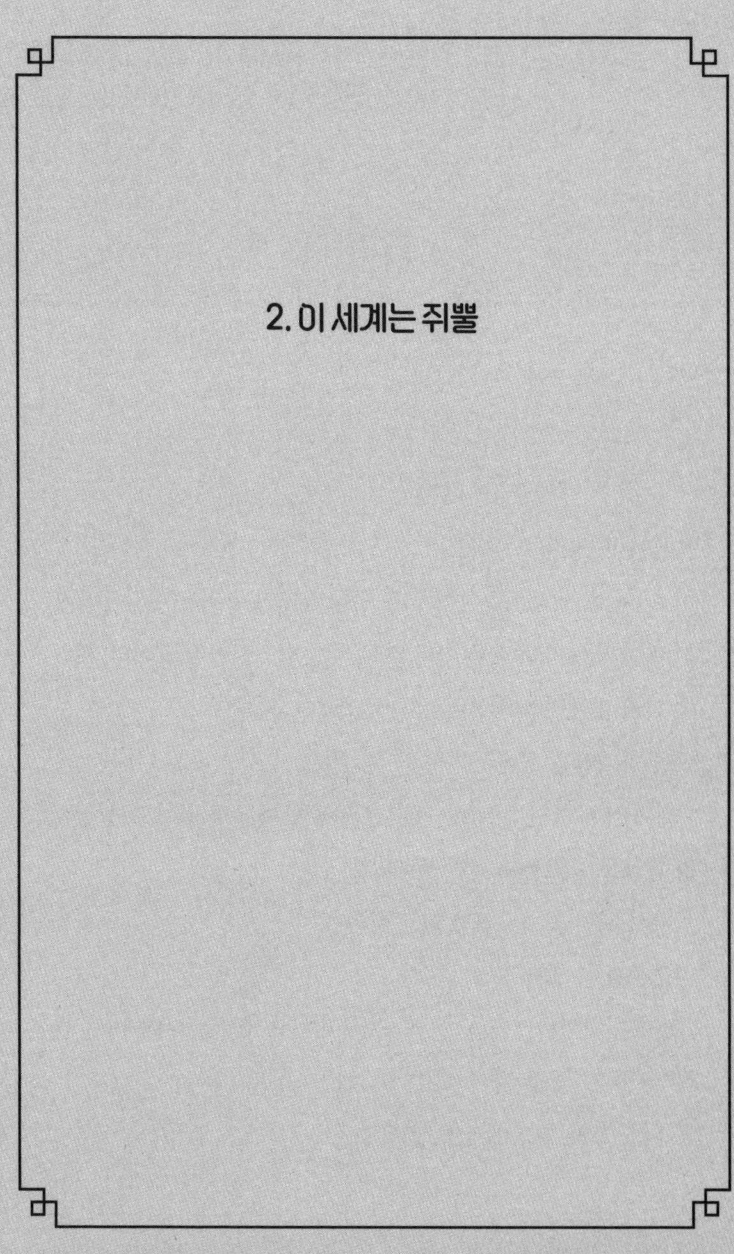

2.이 세계는 쥐뿔

"용사여, 정신이 드나?"

드디어 이 세계로 온 건가? 쳇, 아니네. 국립공원 머릿돌처럼 생긴 아저씨가 자꾸 말을 건다. 지나치게 현실적인 얼굴이라, 의식이 더 또렷해지잖아.

"한 가지만 묻겠네."

역시 이 세계인가? 그런 것치곤 천장에 매달린 링거도, 팔꿈치를 파고드는 고통도 너무 생생한데.

"다시 태어난다면 뭐가 되고 싶은가?"

"도서관 좀벌레"

활자가 뒷면까지 꾹꾹 눌러 박힌 고서 속에서 산다면, 나는 다시 태어나도 좋을 것 같아.

"좋아. 그럼, 학교에서 보겠네."

책 모퉁이를 갉아 먹던 좀 벌레가 그제야 정신을 차렸다. 학교? 무슨 학교?

머릿돌 아저씨는 나타난 모습처럼, 사라질 때도 거침없이 사라졌다. 뭐 이상하지도 않다. 팔이 부러진 채, 병원에서 깨어난 나보다 이상한 건 없을 테니까. 다시 자고 일어나면, 컴컴한 책 속일지도 몰라.

"이제 괜찮아. 호흡도 좋고, 표정도 편해 보이잖아."

"정말, 괜찮을까. 다시 이상한 맘 먹으면 어떡해?"

젠장, 다 들린다고요. 청승맞게 우는 엄마도, 서툴게 위로하는 원장 선생님도 다 꼴 보기 싫다. 에잇, 보습학원인지, 뭔지도 확 망해버려라.

"그렇게 걱정되면, 그 학교 보내보는 건 어때? 어차피 예전 학교로는 돌아갈 수 없을 테고."

좀 벌레도 마음이 있을까. 책장을 갉다가 흑흑 울기도 할까. 가슴이 아프다. 부러진 팔보다도 아프다.

"너무 멀어. 게다가 기숙사잖아. 애가 또 이상한 맘을 먹으면…."

"나, 그 학교 갈래."

귀신이라도 본 것처럼 엄마가 나동그라진다. 실내화로 때려죽인 바퀴벌레처럼 얄미운 원장 선생님도 덩달아 나동그라진다.

"꿀떡이 깨어났구나!"

"그 학교 보내줘. 내 소원이야."

무궁화호는 태어나서 처음 타 봤다. 자도 자도 모르는 역이고, 가도 가도 모르는 역이다. 역무원이 깨워주지 않았다면, 항일투쟁을 하는 어느 역에서 내려, 도시락 폭탄을 배달했을지도.

아직 난로가 철거되지 않은 대기실에서 기다린다. 엄마도 물리치고, 엄마밖에는 모르는 원장 선생님도 퇴치하고 왔다. 원통하지만, 엄마랑 원장 선생님은 컴퓨터 사인펜과 수정테이프처럼 잘 어울리는 한 쌍이다. 그게 라영이의 마음을 아프게 했겠지. 계단에서 날 민 건 라영이다. 치마 주머니에서 발견된 유서도, 내가 쓴 게 아닌데, 어쩌다 난, 자살미수자가 된 걸까.

우울한 생각이 들 땐, 달달한 게 최고다. 역사 매점에서 오렌지 주스랑 꿀 호떡을 샀다. 막 봉지를 까려는 데, 백발의 할아버지가 비틀비틀 다가온다. 음, 술 냄새는 나지 않는데.

"할아버지 여기 앉으세요."

쓰러지기 직전의 할아버지를 부축해서 앉히고는, 서둘러 주스병을 내밀었다. 눈도 풀리고 다리도 풀렸지만, 그래도 몇 모금 마신다. 꿀 호떡도 뜯어서 입에 넣어드린다.

"녹여서라도 드세요."

다시 몇 모금, 풀렸던 눈동자가 그제야 돌아온다.

"구급차 부를까요?"

"아녀. 그 정돈 아녀."

할아버지가 마른 입술을 혀로 축인다. 창백하던 안색도 이젠 생기를 띤다.

"어떻게 알았대?"

"저희 아빠도 당뇨였어요. 이거 마저 드세요. 저혈당엔 주스보단 탄수화물이 좋대요."

할아버지가 떨리는 손으로 꿀 호떡을 받는다.

"이거, 우리 아들이 참 좋아하던 건디."

할아버진 꿀 호떡으로 아들을 추억하고, 전, 할아버지로 아빠를 추억하네요.

"이거, 가져가. 내가 줄 게 이것밖에 없어."

꿀 호떡을 드시던 할아버지가 신문지로 둘둘 만 것을 내민다.

"안 주셔도 되는데."

"아녀, 생명의 은인이잖여."

할아버지를 택시에 태워드리고 다시 대기실로 돌아왔다. 교장인지, 머릿돌인지 하는 분은 내가 오는 걸 까먹은 게 아닐까. 주스와 꿀 호떡이 소멸하는 동안에 코빼기도 안 비치네. 대신 신문지에 싸인 답례품을 열어본다. 뭐얏! 칼이잖아! 것두, 식칼. 참 잘도 벼려져 있는 것이, 대기실 조명을 챙챙 튕겨낸다. 이거 답례품이 맞겠지. 뭔가 어둠의 세계와 연결된 물증은 아니겠지.

"꿀떡 학생 맞지?"

돌돌 말린 칼이 가방으로 들어가는 순간, 친근한 머릿돌이 나타난다. 나이스 타이밍이시네요.

"미안, 미안, 갑자기 일이 생기는 바람에 늦었어."

저라도 이 차를 타면 늦겠네요. 1980년에서 거슬러 올라온 건가요? 포니는 마구간에만 있는 줄 알았는데. 승차감이 뭐, 비슷한 것 같기도 하고.

"밥은 학교에서 먹도록 하자."

밥이란 소리에 꼬루루루룩 소리가 천둥처럼 들려온다. 퇴원하자마자 제일 먼저 한 일은 아빠를 보러 간 일. 거기서 널 만나지 않았다면, 허기 따윈 몰랐을 거야. 세상도, 먹을 것도, 엄마도 다 싫었던 나를 구원해 준 건 너. 덕분에 음식 맛을 알게 됐어.

"메뉴가 뭔데요?"

"아, 비빔 만두에, 쫄면, 떡볶이, 꼬마김밥, 그리고 쿨피스."

"더 빨리 못 달려요?"

"이게 최대속도야."

차라리 택시를 탈 걸 그랬어.

점심때가 살짝 지나서, 급식실이 한산했지만, 그래도, 먹을 건 아직 남아있다. 수북하게 만두를 쌓고, 떡볶이도 쌓고, 어, 이거 공간이 모자라겠는데? 어차피 들어가면 다 섞이니까, 만두 위에 쫄면을 쌓고, 떡볶이 위에 김밥을 쌓는다.

"이름처럼 꿀떡꿀떡 잘 먹는구나."

아사 직전이라, 대답은 생략하고 식량을 차곡차곡 위장 속에 밀어 넣는다.

"더 먹어도 되니까. 천천히 먹고, 교무실로 오렴. 본관 일 층에 있단다. 나가서 오른쪽 건물."

네. 네. 살펴 가세요.

"야, 우리 김말이 먹을 건데. 너도 좀 주까?"

조리복을 입은 녀석이 김말이가 그득 담긴 접시를 들고 다가온다. 막 튀겨서 김이 펄펄 나는 김말이는 안 먹으면 죽을 것 같아.

"응, 줘."

조리사 소년이 접시를 통째로 내려놓고 히죽 웃는다.

"우리 학교에 온 걸 환영한다. 너 같은 먹보에겐 최상의 학교지. 아무 때나 급식실에 와도, 늘 먹은 게 있거든."

"오!"

뜨거운 김말이를 식혀가며 먹느라, 말이 제대로 나오지 않는다.

"뭐 먹고 싶은 거 있으면 말하고, 어지간한 건 다 되니까."

"너언 조오리이사아야?"

"조리사는 무슨, 학생회장이야. 뭐, 급식실에 상주하긴 하지만."

용케 알아듣고 답한다. 여긴 학생회장이 요리를 하나 보네. 자유를 넘어 방종이 아닌가. 이 세계의 규칙처럼.

산처럼 쌓인 김말이를 먹고, 급식실을 나왔다. 아, 살 것 같다. 세상이 다 아름다워 보여. 배고플 땐 아무것도 뵐질 않더니, 배부르니까, 이것저것 잘도 보인다. 저 연보랏빛 체크 교복, 역시 이 세계가 맞나 봐. 무슨 교복이 이렇게 상큼하냐. 꼭 애니에 나오는 교복 같아. 누군 원피스고, 누군 반바지고, 누군 멜빵바지다. 평범한 셔츠에 떡볶이 소스까지 흘린 나야말로, 벼락부자 행세하는 가난뱅이 소녀 같잖아.

교무실은 본관 1층 복도를 지나면 바로다. 노크 두 번 똑똑!

"어서 와! 오덕하이스쿨이 온 걸 격하게 환영해. 급식 맛있지? 학생회장 주제에 벌써 일식, 한식, 양식 자격증을 다 땄다니까. 덕분에 나도 5kg 쪘어."

5kg 쪘어도 여전히 잘 마른 과메기 같은 선생님이 반갑게 맞아준다. 엉거주춤 일어선 선생님들도 싱겁게 박수를 곁들인다.

"일단 교복 치수부터 재자."

"교복 치수요?"

"세계사 쌤! 여기 꿀떡이 좀 부탁해요."

우와, 이렇게 화려한 메이드복은 처음 봐. 보닛에, 에이프런에, 질질 끌리는 풍성한 치마까지. 세계사 쌤이 치렁거리는 치마를 살짝 치켜들고 인사한다.

"그럼, 가실까요. 마드모아젤."

목소리까지 사근사근하고 예쁘다. 얼굴까지 그랬더라면 더 완벽했을 텐데. 아쉽게도 얼굴은 지나치게 동양적이라, 잘못 팔려 온 노예처럼 보여요.

세계사 쌤을 따라 별관 2층에 있는 의상실도 들어선다. 와, 저 연보라색 원단 더미 좀 봐.

"어떤 스타일이 좋니? 오덕고는 이 연보라 체크만 유지된다면, 어떤 스타일도 다 OK란다"

내 취향에 맞춰, 교복을 디자인할 수 있다니, 엄청나네. 카탈로그에 찍힌 모델들도 분명히 이 학교 학생이야. 이런 기괴한 옷이 찰떡같이 어울리는 걸 보면. 공주풍 원피스부터, 각진 제복까지 무궁무진하네. 와, 한복도 있어!

"그럼, 적당한 거로 해주실래요?"

"어머, 정말 그래도 돼?"

말하자마자 후회가 밀려온다. 이 쌤한테 적당이란 게 있을 것 같지 않아!

세계사 쌤이 정성껏 치수를 잰다. 이미 엎질러진 물이다. 저 설레는 얼굴에 찬물을 끼얹을 순 없어.

"일주일이면 돼! 그동안만 그 칙칙한 교복을 참으렴."

흰 플랫 카라에 남색 치마가 칙칙한 스타일이었구나. 난 깔끔하다고 생각했는데.

드르륵 문이 열리더니 제복을 입은 남자 선생님이 들어오신다. 와, 상냥하게 웃는 농구 골대 같아.

"아아, 네가 꿀떡이구나. 반갑다. 자, 그럼, 슬슬 가볼까? 마침, 내 시간이기도 하고."

날 데리러 온 담임 선생님의 성함은 김 채오, 체육 선생님이시고, 보이스카우트 복장을 하셨고, 키는 농구선수처럼 크다. 아니, 그보다 뎌, 모든 문을 숙이고 들어가는 걸 보면 이 미터는 될 것 같은데.

"선생님 키 몇이세요?"

"처음 날 만나면 왜 그 질문부터 할까? 182"

"거짓말!"

"그 반응도 똑같네. 좀 더 창의력을 가져보게. 제군."

보통은, 조회 시간에 전학생을 소개하지 않나? 5교시에 소개하는 일은 아주아주 드물지 않나?

"자, 제군들, 드디어 우리 반에 전학생이 왔다. 이름은 오 꿀떡. 장래 희망은 도서관 좀 벌레. 뭐, 조용한 걸 좋아하는 모양이니까, 너무 달려들진 말고."

잠깐만, 왜 내 장래 희망이 도서관 좀 벌레가 된 건데? 그리고, 그걸 왜 이 농구 골대 같은 선생님이 나불대는 건데?

"잘 부탁합니다."

불만은 구겨 넣고 일단 상냥하게 인사부터 합니다. 첫인상이란 게 있으니까요. 이 학교에선 잘 지내보겠습니다. 무한정 퍼주는 식당과 참견쟁이 엄마가 없는 기숙사라면 견딜 수 있을지도 몰라.

"쌤, 부싯돌 좀 빌려줘요!"

"쌤, 물이 안 끓는데요!"

"쌤, 개구리 손질하는 것 좀 도와주세요!"

"쌤, 밥이 설익었어요!"

이 아수라장은 뭔데! 나 방금 인사 박았잖아! 공손하게 고개 숙인 거 안 보이냐!

내가 이 캐노피 한가운데 서 있는 것 자체가 기이하고 기이하다. 체육 수업이라더니, 왜 생존 수업을 하고 있어. 흙먼지 이는 운동장에서 웬 털북숭이가 나타나 짖는다. 아니 말을 건다.

"너도 여기 와서 고기 먹어."

쇠꼬챙이에 꽂아서 돌돌 돌리는 것이 개구리 뒷다리가 분명한데. 냄새는 와, 후라이드 치킨이야.

"맛있지? 우리가 직접 잡은 거야. 별관 뒤편에 개울 있거든. 거기서. 미꾸라지랑 개구리랑 붕어도 잡아."

중저음의 목소리 덕에 성별을 알겠다만, 너 안 덥냐? 그 탈을 쓰고?

"난 반장. 복실이라고 해."

그래. 이름이 복실이인 이유는 충분히 알겠어. 근데, 정말 안 더워?

"얘는 미아, 문화부장이야."

털북숭이를 본 마당에 프린세스를 본들 뭐 그리 놀랄까. 가슴이 판판한 프린세스일지언정.

"반가워. 꿀떡이. 무척 귀여운 이름이네."

너도 무척 우아하고 아름답구나. 오 마이 프린세스야.

개구리 뒷다리도, 바싹 군 물고기도 다 맛있는데, 목이 마르다. 하늘은 높고, 지면은 펄펄 끓고, 모닥불은 타오르고, 털북숭이 반장아, 너는 목 안 마르니?

저 먼 데서 군복을 입은 누군가가 수레를 끌고 끙끙대며 올라온다. 까먹고 말 안 했는데, 이 학교는 산 중턱에 있어서, 천혜의 요새와 같은 지형이다. 그 산길을 누군가 수레를 끌고 올라오는 것이다. 극기 훈련도, 이런 한낮엔 안 해!

"맥아더 왔니? 수고했다. 자 다들 얼음 깨고, 빙수 돌려!"

수레에 실린 건, 어판장에서나 볼 수 있는 판 얼음덩어리다. 대체 왜 이걸, 뭣 때문에 싣고 올라와?

"아, 우리 집 얼음 가게 하거든."

긴 머리를 휘날리며 맥아더가 생긋 웃는다. 그래, 석빙고를 한다 해도 믿을게.

표정은 도통 알 수 없지만, 복실이의 행동을 보아하니, 이 통얼음을 아주 격렬히 반기고 있다. 맥아더가 망치로 깬 얼음 조각들을 몰래 탈 속으로 넣네. 뭐, 거긴 쇠도 녹일 만큼 용광로겠지.

"맥아더 덕에 팥빙수를 먹네. 와, 이까지 시리다."

미아가 팥이 잔뜩 올라간 빙수를 내게도 건넨다. 팥이 이렇게 차가운 걸 보면 어딘가 냉장고도 있는 건데, 그럼 그냥 얼음을 얼리면 되잖아.

"역시 통째로 깨 먹는 얼음이 운치 있다니까."

암, 열사병에 걸려 죽더라도, 우린 운치를 아는 민족이지.

각자 맡은 분야가 있는지, 설익은 밥이, 퉁퉁 불은 라면이, 쉬어 꼬부라진 김치가 날라져 온다. 이봐, 먹을 수 있는 걸 주라고.

"우린 땔감 담당이야. 시간 날 때, 조금씩 모아놓으면 돼. 뭐, 학교 주변이 다 나무니깐."

그전에 그 털 옷부터 태워 보는 건 어때? 잘 타게 생겼는데.

"넌 말이 참 없네. 있잖아. 도서관 좀 벌레는 어떤 덕후야? 책인가?"

"응, 책…. 오래된 책, 냄새도 좋고, 꾹꾹 찍힌 글자도 좋아. 보고만 있어도 그냥 좋아."

누렇게 펼쳐진 모래 운동장이 오래된 책장처럼 정겹게 느껴진다. 책만 생각하면, 난 이렇게 순하고 착한 아이인데.

"근방에 헌책방 있어. 언제 한번 가자."

"와, 정말?"

얼음을 퍼담느라, 축축해진 복실이의 털장갑을 텁석 잡았다.

"역시 덕후 맞네. 고서 덕후. 어쨌든 환영한다. 덕후 전용 오덕 하이스쿨에 온 걸!"

막 깬 얼음을 내밀며 맥아더가 땀에 전 내 어깨를 퉁퉁 쳤다. 애매한 성별의 너희들이지만, 나도 반갑다. 먹을 거랑 기숙사, 더불어 책까지 있다면, 난 충분히 견딜 수 있어. 여기가 이 세계라 한들.

생존 수업 같던 체육 수업이 끝나자, 복실이가 학교를 안내해 준다. 학교 안은 에어컨이 빵빵해서 복실이의 털도 나름 보송보송해 보인다.

"여긴 화장실. 간혹 남녀 구분이 없는 곳도 있어서, 잘 보고 들어가야 해. 자, 여긴 과학실, 바로 위층은 음악실, 매점은 식당 옆 야외 테라스에 있어. 뭐 지내다 보면 다 알게 될 거야."

넌 정말 시골 강아지처럼 다정하고 친절하구나. 어디, 꼬리도 흔들어봐.

국어 시간엔 긴긴 지문을 읽다 잠들고, 수학 시간엔 꼬인 문제를 풀다 프린트에 침 자국을 남겼다. 먼 길 오느라 수고한 내 육체에 선사한 단잠이라고 해둘까.

"더위에 돌아다니지 말고, 9시까지 기숙사에 입실해라."

더위에 모닥불까지 땐 건 쌤이잖아요. 찬란한 소금 띠가 아직도 보이스카우트 제복에서 넘실대는구먼요.

"법정이가 B동 기숙사지? 꿀떡이 좀 안내해주렴. 짐은 올려다 놨을 거야."

연보랏빛 법복을 입은 법정이가 별 대꾸도 없이 앞장선다. 목에 걸린 염주도 연보라색이야. 얜 절에서 온 앤가? 치렁대는 단발만 빼면 완벽한 스님인데?

"내일 보자."

기숙사 앞까지 우리를 따라오던 얼음 가게 맥아더가 절도있게 경례하고 운동장 쪽으로 사라진다.

"맥아더는 야영할 거야. 기상이변이 일어나지 않는 한, 늘 그랬거든.”

뼛속까지 솔져로구나.

B동 기숙사는 A동과 쌍둥이처럼 닮았다. 길고 네모난 창이 고풍스레 붙어있는 오래된 벽돌 건물이다. 어디서 본 모습인데, 아, 서대문형무소였나? 고풍스러운 외부와 달리 다행히 내부는 쾌적하다. 냉방도 잘돼있고, 엘리베이터도 번쩍번쩍 광이 나.

“자, 여기가 네 방. 그럼, 내일 보자.”

법정이가 이름처럼 덧없이 사라진다, 잠시 머뭇대다 문을 연다. 와, 여기 내 방 맞아? 손때 묻은 앉은뱅이책상에, 얼기설기 꽂힌 삼중당 문고. 어쩜 이렇게 예쁘게 낡았을까. 쿵카쿵카 냄새를 맡고 있는데 똑똑 소리가 난다.

“맘에 드니?”

크림색 블라우스를 입은 여자 쌤이 불쑥 들어오신다.

“다 구하진 못했어. 워낙 오래된 책이라. 나머진 네가 살면서 구해보는 건 어떠니?”

왈칵 울음이 터졌다. 낯 모르는 사람의 블라우스를 흠뻑 적셔놓고는 코맹맹이 소리로 묻는다.

“근데 누구세요?”

“교감 쌤. 수석 쌤의 짝꿍이기도 하지.”

“수석 쌤은 누군데요?”

“누구겠니? 교장 쌤이지. 생긴 게 딱 돌 같잖아?”

아, 정말이네. 사람은 이름 따라 산다더니.

"침대도 좋을 것 같지만, 삼중당 문고엔 역시 목화 이불이지. 지금은 더워서 벽장 안에 넣어놨어. 겨울에 꺼내 쓰렴."

젖은 블라우스도 아랑곳하지 않고 교감 쌤이 손을 흔들며 퇴장한다. 와, 정말 벽장에 목화솜 이불이 들어있다. 사르락사르락 시원한 지지미 이불도 있네. 씻지도 않고 이불부터 꺼내서 볼에 비벼 본다. 좋아, 너무 좋아. 이곳에 오길 정말 잘했어. 엄마를 떠나, 그리고 빌어먹게 소심한 날 떠나오길 정말 잘했어.

땀내 나는 교복을 공용 세탁실에서 돌리는데, 한결 깨끗해진 복실이가 여, 하고 아는 체를 한다.

"저녁 먹으러 가자!"

건조까지 한 시간은 더 걸릴 것 같으니까, 밥이나 먹고 올까.

"너도 이 옷 세탁하는 거야?"

"그럼, 여름엔 날마다 빨아."

"마르긴 해?"

"사비를 들여서 전용 건조기를 설치했지."

보송보송한 섬유유연제 냄새를 풍기며 복실이가 식당으로 들어선다. 나름 깔끔한 짐승이구나, 너

5kg은 기본으로 찌워준다는 궁극의 학생회장이 싱글벙글 우리를 맞아준다.

"갈비탕에, 부추부침개, 겉절이, 아무것도 넣지 않은 순수한 흰

쌀밥, 그리고, 제육볶음에, 직접 재배한 상추, 특제 쌈장! 뭐, 더 필요한 거 있으면 말하고."

"달걀 프라이 두 개 추가."

"오케이. 넌?"

"어? 나도."

어째 신나 보이는 회장이 열과 성의를 다해 달걀을 부친다.

"쟨 수업 안 들어?"

"들어. 저기 모니터 있지? 화상수업을 보면서 요리해."

그러고 보니, 대형 모니터가 조리실 벽면에 붙어있다.

"그래도 돼?"

"안될 게 뭐 있어? 원격으로 수업해도 상위 1%인데"

와, 세상 참 불공평하네. 음식도 잘하는데, 공부는 더 잘해.

산처럼 반찬을 쌓고, 싱싱한 상추도 곁들이고, 막 자리에 앉는데, 따끈따끈한 프라이도 때맞춰 나왔다.

"맛있게 먹고. 더 먹어."

한 무더기 학생이 들어와서 회장이 다시 바빠졌다. 종일 조리실에서 일하면 힘들만도 한데 어쩜 저리 행복한 표정이냐.

"내가 퍼리에 미친 것처럼, 네가 고서에 미친 것처럼 회장도 요리에 미쳐있는 거야."

어딘가에 미친다는 건, 막무가내로 보여도 꽤 멋있는 거네. 뭔 갈비가 이렇게 부드럽대. 국물은 왜 이리 개운한 건데. 부침개 바삭한 거 봐라. 상추는 또 어떻고, 아삭함이 자비 없네.

"너 그러다 배 터져."

뒤늦게 나타난 맥아더가 뜯어말린다. 내버려 둬 이렇게 죽는 게 제일 행복한 건지도 몰라.

맥아더. 미아. 그리고 복실이의 손에 질질 끌려서 식당을 벗어났다. 실내복도 엘레강스한 미아가 매점 테라스에서 아이스크림을 물려줬다.

"멀쩡한 애가 들어왔다 했더니, 걸신이었어.

"니들은 어떻게 그렇게 조금 먹을 수가 있냐? 이렇게 맛있는데!"

"적정량이 있으니까. 배가 부르니까. 인간은 자제란 걸 할 수 있으니까."

얄밉게 말하는 맥아더의 말을 귓등으로 흘린 채 아이스크림을 핥는다.

"자제는 쥐뿔. 내가 먹어본 것 중에 최고로 맛있는데?"

"MSG의 마법에 제대로 걸렸구만?"

"뭐! 학교 급식에 그런 걸 타도 돼?"

"안 될 게 뭐 있어? MSG도 자연에서 온건데."

아, 엄마의 음식이 맛없던 것도, 학교 급식이 지옥 같던 것도 다 그래서였어.

"난 오늘부터 MSG 님을 신봉하겠어. 오 나의 신이시여!"

키득키득 웃는 소리에 빨던 아이스크림을 한입에 삼키고 뒤를 돌아본다. 탈을 들치고 아이스크림을 먹던 복실이와 딱 눈이 마주쳤다. 달콤한 아이스크림과 어스름 여름밤에 어울리는 금발의 미소년이 눈을 찡긋한다. 위험한 녀석, 역시 넌 탈을 쓰는 게 낫겠어.

많이 먹은 죄로, 운동장을 세 바퀴 돌았다. 복실이 녀석, 거의 탈을 머리 위로 올리고 달린다. 그럴 거면 아예 벗어!

"니들 땜에 배 꺼졌잖아."

"그건 내일모레까지도 안 꺼지는 양이야."

그건 맥아더, 네 사정이고, 난 꺼져. 화장실 한 번 가면 훅 꺼진다고!

"맥아더, 그러지 말고, 코코아 한 잔 어때?"

아군인 복실이가 다정하게 코코아를 건의한다. 우리 계속 친하게 지내는 거다.

여름밤에, 모닥불에 앉아 코코아를 마시면 더워죽을 것 같지만, 산중은 안 그렇다. 쑥인지 뭔지를 태워서 모기를 쫓고, 바람 부는 차양 밑에서 달달한 코코아에 마시멜로까지 동동 띄워 먹으면 이대로 밤을 새우고 싶을 만큼 끝내주게 좋다.

"여긴 별도 보여."

올려다본 하늘엔 쌀알을 뿌린 것처럼 별들이 흩뿌려져 있다. 이렇게 깊고 적막한 산속에 우리가 있구나. 어쩐지 마음이 찡해진다. 고작 하루밖에 안 된 인연인데, 왜 이렇게 친한 느낌인데,

왜 이렇게 살가운 건데. 이상하잖아.

"코코아를 먹을 땐 나도 끼워 주랬잖아!"

상냥한 농구 골대가 나타나 코코아를 제조한다. 쌤이 하니까 코코아가 아니라, 밀주 같아요.

"얘들 참 친해지기 쉽지? 다 바보라서 그래."

"뭐라는 거야? 쌤이 더 바보거든요."

"맞아, 키 큰 바보."

"그래, 여긴 죄다 바보뿐이지. 그러니까 꿀떡이 너도 기죽지 말고, 먹고 싶은 거 맘대로 먹어!"

"쌤, 그렇게 말하면 안 돼요! 얘 아까 다섯 판째 갖다 먹었다고요. 것두 수북하게 쌓아서!"

그렇게 일러야 속이 시원하니. 맥아더야?

"뼈가 되고 살이 되겠지. 쟤 마른 것 봐라. 40kg도 안 나가겠네."

쌤, 그건 절 두 번 죽이는 거예요.

"그러니까 쌤이 과잉보호한다고 소문이 나는 거예요!"

흠, 이런 과잉보호라면, 좀 받아보고 싶긴 해.

헤아릴 수 없는 별들이 있는 것처럼, 이런 학교 하나쯤은 어딘가에 있지 않을까. 아침에 눈 뜨면, 가고 싶은 학교, 공부는 재미없지만, 쌤도, 친구도 좋아죽겠는 학교. 밥도 맛있고, 딴짓도 재밌고, 뭘 해도 좋은 학교. 숱한 별처럼 그런 학교도 있지 않을까.

코코아를 더 먹겠다고 떼쓰다가 복실이랑 미아한테 끌려나왔다. 맥아더랑 쌤은 칼같이 취침 시간을 지킨단다. 난 이제 막 달아올랐다고! 이 기분 어쩔 건데!

건조된 빨래를 옷걸이에 건다. 거의 마르긴 했지만, 그래도 바짝 말려 입어야지. 배를 깔고 누워 〈빨간 머리 앤〉을 읽는다. 이대로 책을 읽다 잠들면 좋겠는데 핸드폰이 웅웅 울린다.

나한테는 엄마가 있고, 엄마한테는 내가 있으니까, 괜찮다고 생각한 건 내 이기심. 엄마에게도 언덕 같은 누군가가 필요했을 텐데. 그걸 너무 늦게 깨달았다. 나는 언젠가 새처럼 엄마 곁을 떠날 거다. 그때 누군가 곁에 있어 주면 좋겠다. 그게 원장 쌤이 아니더라도 좋다. 엄마도 엄마의 인생을 살아야 하니까.

'학교는 어떻니? 선생님들은 어때? 급식도 괜찮고?'

좋아, 라도 답장을 쓰려다 말았다. 엄만 지금 나 없이도 좋을 테니까.

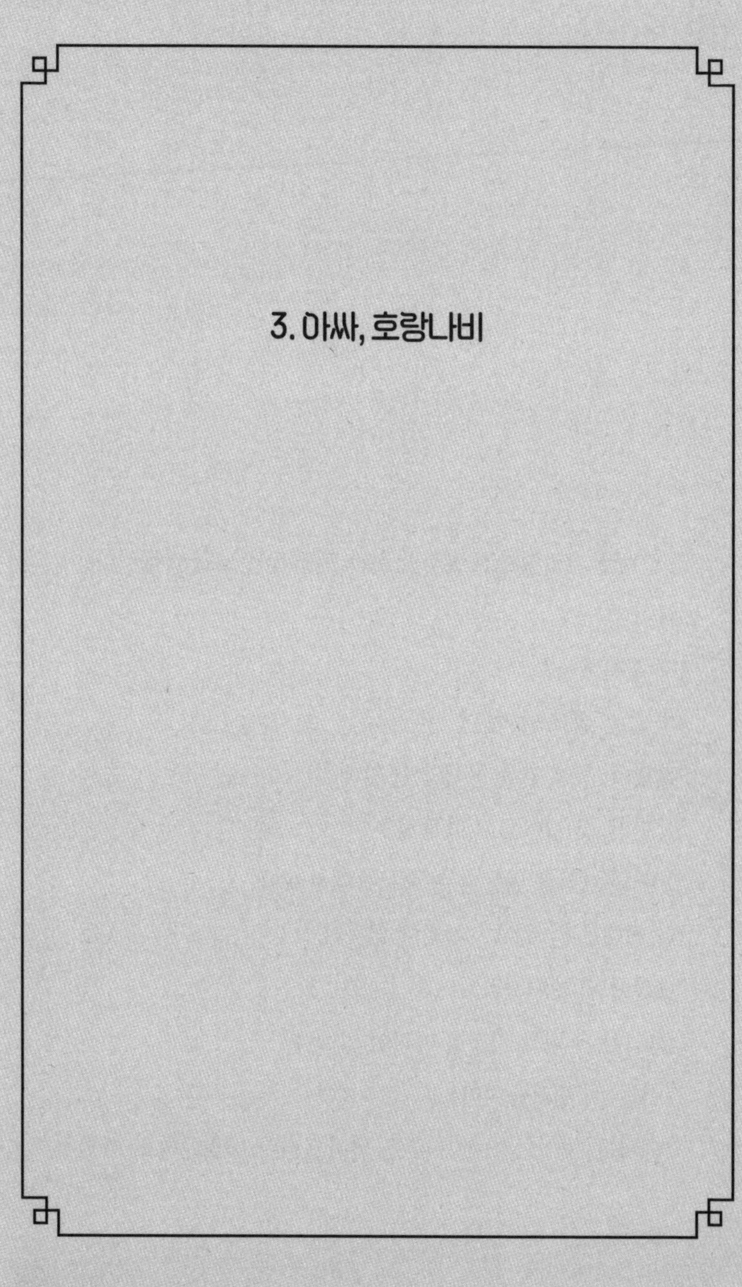

3. 아싸, 호랑나비

종일 뒹굴거리겠다고 결심한 순간, 반갑잖은 노크가 들린다. 아, 복실이네.

"다 정리했네?"

"책 말곤 별로 없거든."

"잘됐다. 전에 말한 헌책방 안 갈래?"

"잠깐만. 옷 갈아입고 나올게."

잘 마른 교복을 입는다. 보송보송해서 좋네.

"너 제대로 된 옷이 교복밖에 없구나?"

"교복이 뭐 어때서?"

"됐다. 내가 너를 지적할 자격이 있겠냐?"

그러게. 이 털북숭이야.

기숙사를 벗어나자마자, 후끈 달아오른다. 9월인데도 여전히 덥구나.

"궁금해서 그러는데, 너 혼자 있을 때도 그거 입고 있어?"

"그럴 리가."

학교 비탈을 나란히 걸어 내려간다. 차를 타고 올라올 땐 몰랐는데 꽤 가파르다. 겨울철엔 스키 타도 되겠어.

"추워지면 너도 이 털옷이 부러워질걸?"

"그 털옷을 부러워했던 인류가 롱 패딩을 발명했거든."

"쳇."

비탈을 다 내려와서 정류소 겸 슈퍼에서 언 생수를 사고, 버스를 기다린다. 이 털북숭이 녀석은 에어컨이 빵빵한 슈퍼에서 나오질 않는다. 앗, 버스다. 슈퍼 문짝에 바짝 붙어있는 복실이에게 손짓한다.

"복실이 어디 가니?"

버스 기사가 아는 체를 한다. 복실이가 공손하게 인사하며 슈퍼에서 산 요구르트를 기사에게 건넨다.

"오늘도 수고가 많으시네요. 전학생이 와서 읍내 구경 가요."

나도 덩달아 인사한다. 시골은 다 그런 건가. 아니면 이 동네 인심이 좋은 건가. 이런 괴생물체가 타도 반응이 참 푸근하네.

"그래, 더위 먹지 않게 조심하고."

친절한 기사님이 복실이가 타자마자 에어컨을 최대로 올려주신다. 너 이러려고 요구르트 받쳤구나.

"그거 여름용은 없냐?"

"이게 여름용이야. 털이 짧잖아."

그게 하복이었어! 이런 짐승에게도 하복 동복이 있구나. 새삼 감탄하는데, 차창 밖으로 자전거가 지나간다. 흰 티셔츠가 나부낀다. 복실이 너도 저렇게 시원스레 입고 다니면 좋을 텐데. 캐러멜 빛으로 그을린 목덜미가 싱그럽다. 붉게 달아오른 뺨도, 저 나이 때의 소년은 다 저런 걸까. 금세 사라져 버리는 봄처럼 아스라해선,

"안 내리냐?"

복실이가 문가에 서서 고래고래 소리를 지른다.

"내리라고 몇 번을 말했는데, 왜 못 알아먹냐!"

미안, 내가 귀신한테 홀렸나 보다.

목적지는 헌책방인데, 실없이 과일 가게를 들리고, 잡화점을 들리고, 다시 슈퍼를 들리고, 농약 가게까지 들린다. 발이 넓다기보단 더위를 식히려는 수작으로 보인다. 덕분에 동네 어르신들에게 강제로 인사를 돌렸다.

"생존 수단이구나?"

"안 그럼, 열사병 걸려."

덕분에 포도에, 양말에, 자일리톨껌에, 제초제까지 샀다.

"제초제는 어디에 쓰게?"

"아, 기숙사 뒤뜰에 뿌리게. 얼마나 풀이 우거지는지. 원."

학교 기숙사 뒤뜰까지 챙기는 아주 살뜰한 학생이네.

"니가 왜 반장이 됐는지 알겠어."

"왜?"

"오지랖도 넓고, 아는 사람도 많아서."

"땡! 내가 반장이 된 건, 표정을 읽을 수 없어서야. 싫은 티도, 좋은 티도 내지 않으니까"

제초제를 백 팩에 넣으며 복실이가 이죽댄다.

어쩐지 설득력이 있는데? 뭘 시키든, 이 표정이라면, 뭐.

"자 도착했다!"

이불 가게와 한의원 사이 책방 하나가 끼어있다. 알루미늄 샤시를 열고 들어가니, 좁은 통로에 책이 빼곡하게 꽂혀 있다. 다행히 안쪽은 공간을 확장했는지, 작업용 책상 하나에, 계산대가 딸려 있다.

"세상에서 제일 작은 책방일걸?"

"더 작은 것도 어딘가에 있을 거다."

작은 책방 주인답게 아담한 아주머니가 미소 짓는다.

"이 책방은 시와 소설만 취급한단다. 뭐 찾는 거 있니?"

"아…. 냄새가 너무 좋아요."

사방을 둘러싼 헌 책들이 소박한 마을처럼 나를 반겨준다. 어릴 적 할머니의 다락에서 나던 냄새. 삼촌들이 고모들이 봤던 소년소녀 전집들과 책등이 바랜 위인전들과 낱권뿐이던 만화책들과 정겹고 그리운 먼지들이 한꺼번에 폐로 몰려드는 것 같다. 할머니가 밭에, 논에 일을 나가면 다락에 몰래 숨어, 오래 묵은 활자들을 찾아 읽곤 했다. 읍니다로 끝나는 말들과 세로로 읽는 글들이 신기하면서도 낯설었다. 할머니가 돌아가시지 않았다면, 아빠가 살아계셨다면, 나는 이번 여름에도 그 다락에서 나른하고 게으른 방학을 보냈을 테지.

"'제인 에어'는 어때? 여기 '폭풍의 언덕'도 있네?"

상념에서 깨어나, 복실이가 골라주는 책을 내려다본다. 용케도 넌 이런 책들을 알고 있네.

"'방랑의 고아 라스무스' 있어요?"

"세상에, 그 책을 아니? 계몽사에서 나온 전집이잖아."

"네."

"똑같은 건 없지만, 비슷한 거라면 구할 수 있어."

계몽사 전집에서 나온 건 '방랑의 고아 라스무스'지만, 원제는 '라스무스와 방랑자'랬다. 방랑이라는 말이 주는 낭만도 좋았지만. 친근한 삽화가 어린 마음을 사로잡았었다. 라스무스는 없었지만, '대위의 딸'과 '사랑의 요정 파데트'를 발견했다. 오늘은 두 권만 사야지. 주인이 겉표지를 포장해 준다.

"읽는 동안 책이 상하면 안 되니까. 다 읽고 벗기렴."

그 마음이 고마워서, 영영 못 벗길 것 같아.

"어때? 좁지만, 보물이 숨어있지?"

"응, 데려와 줘서 고마워."

"너라면 좋아할 줄 알았어."

가는 길에, 방앗간이랑 채소 가게랑 철물점을 들렀지만 화내지 않기로 했다. 어르신들의 말벗도 해주고, 못도 박아주고, 짐도 날라 주고 얼마나 좋아. 일주일 치 근력운동 한 셈 치지 뭐. 복실이를 대신해서 방앗간 입구에 쌀 포대를 쌓고 있는데, 산들바람이 훅하고 불어왔다. 대숲 속에 있는 것처럼 상큼하네. 저 너머로 자전거를 탄 소년이 지나가. 아까 버스에서 봤던 그 애인가?

"이 깻묵도 좀 옮겨줘."

허리를 삐끗했다는 주인 할머니 대신 자루 몇 개를 옮겨주고, 갓 쪄낸 떡을 얻어먹었다. 복실이는 얼음 동동 식혜만 탈을 들치고 꼴딱댄다.

철물점에선 철사를 사고, 채소가게에선 대파를 샀다. 철사는 그렇다 치고, 대파는 왜?

"회장 선물이야. 이런 뇌물이 있어야. 뭐라도 하나 더 준다고."

대파도 뇌물이 될 수 있구나. 나만 빈손이면 미운털 박힐 것 같아서 부추 한 단을 덩달아 샀다. 뭐, 앞으로 계속 얻어먹을 거니까.

다시 댓잎을 흔드는 바람이 불어온다. 쇠 부딪치는 짤랑 소리도 함께, 바람을 닮은 소년아, 넌 어디로 자꾸 사라지니.

"부추 사다 말고, 정신을 놓냐?"

그러게. 너랑 다니니까, 나도 더위를 먹나 보다. 다시 복실이를 따라간다. 이 시골에도 초등학교가 있고, 그 앞에 페인트 글씨가 정감 있는 초록 문방구가 있다. 먼지 낀 유리문 너머로 과메기 선생님이 아른댄다. 과메기 쌤은 길디긴 지문으로 우리를 고문하시는 국어 선생님. 그 복작거리는 문방구에서 신중하게 필기구를 고르고 계시다.

"어르신, 꿍쳐놓은 것 좀 더 푸시라니까요."

"꿍쳐놓은 거 없어."

"없긴 왜 없어요. 창고에 꽉꽉 쌓여있잖아요. 죽을 때 싸 가실 거 아니시잖아요. 아드님도, 연필은 안 묻어준대요."

고집을 부리시던 어르신이 아들 얘기에 창고 안쪽에서 뭔가를 들고나온다. 이름조차 강력한 사파이어 연필이다. 국어 쌤이 얼굴까지 붉히며 좋아하신다. 국어 쌤 문구 덕후셨구나. 특히 연필. 그 취향 존중합니다.

"어르신, 오래 묵은 공책도 있죠? 이 꼬맹이 좀 보여줘요. 얜 그런 거 좋아하거든."

주인 할아버지가 누렇게 바랜 공책을 한 뭉텅이 내려놓는다. 이건 못 참는다. 노트 다섯 권, 수첩 두 개를 골라 계산한다.

"자, 서비스."

할아버지가 작은 지우개 하나를 서비스로 내민다. 와, 이런 게 시골의 정인가요?

"또 오라고 주시는 거니까. 종종 놀러 와!"

꾸벅 인사를 하고 문방구를 나왔다.

"50년 넘으셨대. 여기서 문방구 하신 지."

"정말?"

"아직 알려지지 않은 성지라서, 국어 쌤이 자주 오셔."

정거장을 향해 걸어가는데, 또 그 바람이다. 이번엔 안 놓쳐. 바람처럼 내달리는 그 앨 쫓는다. 앗, 사라졌다. 아냐, 정육점 모퉁이에 자전거가 남아있어. 숨이 턱까지 닿을 때까지 내달린다.

"호랑나비!"

나비처럼 자꾸만 날아간다고는 생각했는데, 내가 호랑나비를 외칠지는 몰랐다. 졸지에 호랑나비가 된 녀석이 빨개진 얼굴로 돌아본다.

"정말 너였네."

그럼, 너도 나를 봤다는 거네? 아는 척 좀 하지 그랬어!

"이거, 배달 중이라."

호랑나비 아니 호랑이가 자전거 뒤에 실린 칼을 가리킨다. 신문지로 돌돌 잘 말아놓은 것이, 내가 일전에 받은 선물을 떠올리게 하네. 그 칼은 벽장 속에 잘 숨겨 놨는데, 내 마음처럼.

"어, 그래…."

그 말을 끝으로 또 헤어졌다. 너 혹시 요정이나 유니콘이나 뭐 그런 거야? 순수한 마음으로 만나야 하는 그런 존재인 거야?

시무룩해져 있는데, 개인지, 늑대인지 알 수 없는 짐승이 다가온다. 이래서 개와 늑대의 시간이라고 부르나 보네.

"왜 이리 정신을 놓나 했더니 호랑나비 때문이었어?"

"닥쳐."

버스가 오지 않았다면, 이 털북숭이 껍질을 홀랑 벗길 뻔했다. 차창을 아무리 내다봐도, 대숲에서 부는 바람은 불지 않는다. 버스를 타고 오는 내내, 앗싸, 호랑나비를 외치며 복실이가 놀려댄다. 난 처음 듣는 노랜데, 뭔가 유치한 노래임은 틀림없어. 그치? 털북숭이 야수야?

설마 하고 내민 대파와 부추를 회장이 너무나 좋아해서 살짝 민망해졌다. 바로 부침개를 부쳐준다는 것을 마다하고 방으로 돌아왔다. 나는 일단 머리부터 정리해야 해.

곱게 포장된 책을 앉은뱅이책상에 꽂는다. 시집은 시집대로, 소설을 소설대로. 키는 상관없이 가나다순. 양말을 벗으면서 생각한다. 칼이랑 가위를 배달해 주는 아르바이트도 있나? 그럼, 나도 주문해 볼까. 뭔 소리야. 옷장에 숨겨놓은 칼도 어쩌지 못하면서, 그런데 넌 나 안 보고 싶었어? 난 매일매일 네 생각을 했는데

윤리 쌤은 김구를 닮았다. 동그란 뿔테 안경에 흰 두루마기를 입고 다니신다. 신발은 물론 흰 고무신. 복실이만큼 더워 보이시지만, 무려 김구 선생님이신데, 그 정도는 감수해야겠지.

"늘 김구인 건 아니야. 가끔은 궁예가 되기도 해."

궁예? 그건 애꾸눈이 돼야 가능한 거 아냐?

"윤리 쌤, 눈병에 자주 걸리시거든. 그럴 땐 금색 안대를 하신다고, 머리도 깔맞춤으로 확 밀어버리시고, 금색 법복을 입고 오실 때도 있어."

콘셉트에 진심이시네.

"거기 누가 떠드냐? 수다는 나가서 떨어."

그게 김구 선생님께서 꿈꾸시던 교실이었습니까? 다행히 진정한 자유를 찾기 전에 종이 울렸다.

"전학생, 우리 동아리 안 들어올래?"

이 학교는 정수기 물도 맛있네. 연거푸 물을 들이켜는데 누군가 말을 건다. 두꺼운 안경 너머로 작은 눈을 반짝이는 여학생이다.

"독서 동아린데, 일주일에 한 번 모여."

팸플릿까지 쥐여 준다.

"관심 있으면 3학년 교실로 와."

그 뒤로도 서너 명의 선배가 동아리 가입을 권유했다. 근데 어쩌지, 난 아무것도 하고 싶지 않은데. 뭔가 책을 정해서 읽는 것도 안 내키고, 학교 도서관에 죽치고 있는 것도 싫고, 내 작품을 품평하는 것도 싫어.

"뭐, 하고 싶은 동아리 없어?"

어느새 다가온 미아가 빵을 건네며 묻는다. 테라스 매점엔 일일 빵도 판다. 슈크림, 단팥, 생크림 그리고 찹쌀 도넛. 미아는 슈크림을 좋아해서 늘 슈크림을 먹는다. 난 쫀득쫀득한 찹쌀 도넛.

"응. 없어."

"여긴 동아리 천국인데? 연극부에, 밴드에, 시 창작부에, 심지어 스키부까지 있잖아. 능력만 있으면 중복해서 들어가도 돼!"

"넌 무슨 동아리 들었는데?"

"연극부. 분장에 관심이 있거든! 너도 해볼래?"

"아니."

난 혼자 놀 시간도 부족해. 혼자 책 읽고, 혼자 글 쓰고, 혼자 공상에 빠져있을 시간도 모자란다고.

"진짜 비슷하네. 꼭 너 같은 애가 있거든. 아무 동아리에도 안 들고, 아무 코스프레에도 관심이 없고, 빛깔로 따지면, 무채색 같은 애."

누구인가? 누가 무채색을 욕하였어! 성실한 복실이가 수업자료를 나눠 준다. 부반장인 맥아더도 돕는다. 학교 커튼은 흰색 아니면 베이지색인 줄 알았는데, 여긴 커튼도 연보라색 체크다. 어쩐지 광기 있어 보이잖아.

내 마음처럼 바늘이 삐뚤빼뚤 길을 낸다. 바늘을 따라 실도 삐뚤빼뚤. 정말 이런 길이라도 괜찮은 걸까? 조금 삐뚤게 걸어도 내 길을 갈 수 있다면, 그걸로 족한 걸까. 오늘은 물병 파우치를 만든다. 미아는 다 만들고, 이니셜까지 수 놓고 있다. 세계사 시간에 왜 바느질을 하는지 모르겠네. 왜 수업 시간에 페루산 수제 원단을 나눠주는 건데. 왜 우리들은 맘에도 없는 파우치를 만드는 건데.

"꿀떡인, 이따 의상실로 와. 교복 완성됐으니까."

벌써요? 일주일 걸리신다더니?

"만들다 보니, 신이 나서 주말 내내 만들었지 뭐니 참, 체육복은 샀니? 매점에서 파는데, 꼭 살 필욘 없어."

"산다고 해."

뒤에 앉은 맥아더가 등을 꾹꾹 찌르며 시킨다.

"안 그럼, 세계사 쌤이 본인 스타일로 막 만든다. 너 비키니를 입고 체육할 수도 있어."

오 마이 갓! 메두사를 본 것처럼 니들 눈이 멀어 버릴지도 몰라.

"아닙니다! 매점 가서 사겠습니다!"

"어머, 아쉽네."

대놓고 아쉬워하시는 것이 정말 비키니라도 제작 중이셨던 건가요?

세계사 쌤이 손수 만들어주신 교복은 정말로 완벽했다. 완벽한 주름 스커트에, 완벽한 흰 깃에, 왜 저만 세일러복인가요? 분명 평범하게 해달라고 했잖아요?

"교복 하면 역시 세일러복이지!"

이젠, 교복 입고 외출할 일이 없을 것 같아. 평상복 하나 정도는 사야 할까?

"이건 내가 보관해도 될까? 모으고 있거든."

내가 개 껍데기처럼 벗어 던진 평범한 교복을 소중한 물건이라도 되듯 챙겨 들며 묻는다. 정말 완벽하게 뺏겼구나. 나의 평범한 인생.

왕 리본 머리띠를 준다는 것을 마다하고, 후다닥 의상실에서 뛰쳐나왔다. 이렇게 요상 맞은 교복을 입어도 아무도 신경 쓰지 않는다. 하긴 멜빵바지에, 군복에, 드레스까지 있는 걸 뭘.

"오, 클래식한 게 예쁘다. 나도 세일러복으로 바꿀까?"

"캐릭터 겹쳐서 안 돼."

미아의 바람을 복실이가 단칼에 막는다. 왜, 같이 입으면 덜 창피할 것 같구먼,

세계사 쌤. 이게 최선인가요? 뭔가 이웃 나라에서 온 오타쿠 같잖아요. 양말도 오버 삭스에 구두도 메리제인이야.

"그 녀석이랑 한 쌍 같은데?"

"쌤은 꼭 쌍으로 교복을 만드니까."

누군지 물어보기 전에, 영어 쌤이 들어오셨다. 쌤은 디즈니 덕후라. 자체 제작 교과서가 거의 디즈니 대본이다. 말을 또 얼마나 극적으로 하시는지. 아주 귀에 쏙쏙 들어온다. 오늘은 미녀와 야수. 몰입한 선생님도 재밌지만, 들떠서 수업하는 아이들도 웃기다. 근데 이렇게 수업해서 우리 대학은 갈 수 있어요?

"내일 모의고사 있는 거 알지? 시험 못 봤다고 울지 말고, 그건

그냥 평소 실력일 뿐이니까. 알았지?”

웃으면서 뼈를 때리시네. 잠깐, 내일이 모의고사였어?

“너 몰랐구나? 뭐, 평소 실력으로 보면 되는 거니까. 부담 갖지 않아도 돼.”

평소 실력 운운하던 복실이가 종종거리며 쌤의 노트북을 챙겨 들고 교실을 나간다.

“야, 너, 지금 오덕고 욕하고 있지? 뭐 이렇게 설렁설렁한 학교가 다 있어? 이러면서.”

들켰네. 미아, 이 녀석 독심술이라도 하는 거냐.

“네가 모르는 게 있어.”

체육복을 사러 매점에 가는데, 미아가 졸졸 쫓아온다.

“우리 학교 애들, 덕후에다, 놀기만 하는 것처럼 보여도, 공부 꽤 한다.”

제대로 공부하는 걸 본 적이 없는데?

“학교는 즐거우면 되고, 공부는 스스로 하는 거래.”

그건 맞는 말이네. 선생님이 아무리 애를 쓴들, 내가 안 하면 소용없는 거니까.

“그래서 쌤들도 포인트만 말해주고, 더는 강요하지 않아. 대신 성적은 스스로 책임지는 거야. 실제로 성적이 바닥 쳐서 다시 전학 간 애도 있어. 부모님이 와서 끌고 갔지. 그래서 여기 애들은 나름 열심히 해. 다시 그 지옥으로 돌아가긴 싫으니까.”

“지옥?”

돈을 건네고 체육복을 받는다. 체육복은 평범한 네이비. 학년마다 바지 옆에 있는 테이핑 색깔이 다르다. 이건 예전 학교랑 비슷하네. 나도 그곳이 지옥이었을까. 지옥보다는 그냥 익숙한 상자. 적당히 친한 친구들이 있고, 적당히 재미없는 선생님이 있고, 적당한 사료도 있던 무채색의 상자.

“미아,”

“응?”

“그런 지옥이라도, 네가 있었으면 난 견뎠을 거야.”

재잘대던 미아가, 왈칵 울음을 터뜨리더니, 나를 꽉 끌어안는다.

“왜 갑자기 감동시키는 데!”

그 무채색의 상자 속에 이런 빛만 있다면, 난 다시 돌아가도 괜찮을 것 같아.

“매점에서 연애질하지 말고, 얼른 과학실로 가시지? 실험 있어.”

분위기를 파투 낸 녀석은 미아와 아주 잘 어울리는 중세 귀족 복장의 남장 소녀. ‘베르사유의 장미’에 나오는 오스칼이네. 금발로 물들인 머리까지 똑같아.

“아, 내 짝꿍이네.”

“시끄러워!”

오스칼이 새초롬하게 대꾸하더니 총총 사라진다.

“복실이도 같은 스타일이 있어?”

"있지. 근데 3학년이야. 색깔이 갈색이라, 때가 좀 덜 타."

"갈색? 그 털옷에 그 탈까지 세트로 교복인 거야?"

"당연하지. 설마 세계사 쌤이 달랑 리본만 줬으려고."

그렇다. 복실이의 목엔 달랑 체크 리본만 묶여있다.

어째서 세계사 쌤 같은 인재가 이 학교에 있는 겁니까! 할리우드나, 디즈니랜드에서 모셔 가야 하는 거 아닙니까?

"세상은 넓고, 덕후의 세계도 무궁하지. 게다가 세계사 쌤은 음양의 조화를 중시하는 분이셔서, 너랑 아주 잘 어울리는 교복도 있단 말이야."

이런 지구를 구할 것 같은 세일러복을 우리 반에서 본 적이 없는데, 다른 학년에 있나?

과학실에 앉아서도 조잘조잘. 결국 쌤의 눈총을 받았다. 리트머스 종이가 물들 듯이 저도 이 학교에 적응하는 것뿐이라고요.

"그 녀석 지금 바쁠 때거든."

과학 쌤의 눈총을 꿋꿋하게 이겨내고 미아가 다시 속사포로 떠든다.

"우리 학교는, 도제 수업도 인정해 줘. 회장은 조리사 쌤하고, 영양사 쌤에게 도제 수업을 받는 거야. 너도 뭔가 배우고 싶으면, 학교에 신청서를 내기만 하면 돼. 물론 공식적으로 인증된 기관이나, 사람이어야 해."

좋은 제도긴 한데, 아직 딱히 배우고 싶은 게 없네. 차츰 생기려나.

실험 도구를 정리하던 복실이도 끼어든다.

"아아, 그 녀석, 가을이 오면 더 바빠지지, 호미에, 낫에, 주문이 폭주하니까."

알아듣게 말씀해주세요. 복실 씨. 사지를 묶어놓고 비둘기 깃털로 간지럽을 태우기 전에요. 복실이의 사지를 묶기도 전에 어디선가 산들바람이 불어온다. 여긴 과학실 한복판인데요? 수상한 바람이 불어도 후딱 탈의실로 가서 체육복으로 갈아입어야 한다. 오늘은 제대로 된 체육 수업이 있다고. 그래 봤자, 뜀틀이지만,

바람을 가르며 맥아더가 달려간다. 가볍게 착지. 역시 넌 타고난 군인이야. 시원스레 넘어가는 게 꽤 홀가분해 보여. 미아도 치맛바람으로 풀쩍 뜀틀은 넘는다. 뒤이어 오스칼도. 세계사 쌤이 쌍으로 웃을 짓는 이유를 알 것 같네. 조화롭고 예쁘잖아. 귀여운 털북숭이도 가볍게 뜀틀을 넘는다. 성공! 탈이 뒤로 돌아간 걸 빼면 완벽해! 식당을 팽개치고 나온 회장은 턱 하니 말을 타서 모두를 웃겼다. 나도 분명 그럴 거야. 콩닥대며 서 있는데 자꾸만 산들바람이 불어온다. 대숲에 있는 것처럼.

짧은 머리의 소년이 훌쩍 날아올라 뜀틀을 넘어간다. 세일러복을 입은 목덜미가 너무 싱그러워 나도 모르게 달려간다. 이번엔 정말 안 놓칠 거야. 폴짝

"퍼펙트! 도움닫기를 이렇게 완벽하게 하다니!"

박수 소리에 정신을 차렸다. 나, 방금 뜀틀은 넘은 거야? 한 번도 성공한 적 없는 뜀틀을!

"잘 먹기만 하는 줄 알았더니, 운동도 잘하는구나. 오 꿀떡!"

오해십니다. 저 저질스럽고 허약한 체질이에요. 부끄러워서 복실이 뒤에 숨는데, 다시 산들바람이 분다.

"이 녀석이야. 너랑 같은 교복 한 쌍. 야, 호랑나비, 도제 수업은 끝났냐?"

복실이의 정면에서 불어오던 산들바람이 싱긋 웃는다. 댓잎 대신 수런대는 내 심장 소리.

"왔으면 왔다고 신고를 해야지. 느닷없이 체육 수업에 나타나?"

미아가 앙탈을 부리지만 들리지 않는다. 시간도, 공간도, 모두 멈추고, 산들바람만 불어온다.

"내가 말한 무채색 같은 애. 니네 둘이 비슷해."

틀려. 화려한 꽃과 나비에 가려져서 안보일 뿐이지. 나에겐 분명 싱그러운 초록이야.

"근데 앤 왜 꿀 먹은 벙어리가 됐냐? 꼭 호랑이 같잖아."

"그러게. 짝꿍이라 그런 것도 닮나?"

얼굴이 새빨개진다. 막상 눈앞에 나타나니까, 이렇게 빤히 내려다보니까 어쩌지를 못하겠어.

"누가 꿀 먹은 벙어리야? 이 바보탱이들이."

호랑이의 말에 장풍이라도 달렸나? 애들이 우수수 나자빠진다.

회장에게 훈수를 두던 쌤까지 맥없이 엉덩방아를 찧는다.

"너, 말하냐?"

"쳇."

"한 번만 더 들어보자. 바보탱이~해봐"

입을 삐죽대며 호랑이가 고개를 가로젓는다. 그럴수록 삼총사가 더 안달복달한다. 미아와 맥아더가 팔에 매달리고, 복실이가 정면에서 어깨를 붙든다.

"그럼, 내 이름 한 번만 불러 주라. 복실아~ 복실아~ 한 번 해봐."

"야, 너 같으면 그 징그러운 이름을 부르겠냐? 그러지 말고, 충성! 어때?"

"어디가 징그러워. 그러는 너야말로 충성이 뭐냐!"

뜀틀을 하려고 줄을 서 있던 애들까지 모여들어, 우리를 에워싼다. 담임 쌤은 아예 철철 울고 있다.

"호랑아, 쌤 하고, 한 마디만 해주렴. 응?"

이러면 저라도 입을 다물겠어요.

온갖 수작에도 호랑이가 입을 열지 않자. 똘똘한 복실이가 특단의 조치를 취한다.

"시골 똥개처럼 졸졸졸졸 버스를 쫓아오고, 가게를 쫓아오고, 정류장까지 쫓아온 게, 혹시 꿀떡이 때문이었어?"

과연 특단의 조치였는지. 호랑이의 얼굴이 확 붉어진다.

"졸졸 쫓아온 거 아니거든!"

쌤이 얼싸안고, 반 애들이 동참한다. 이러다 호랑이 깔려 죽어!

세일러복을 입은 소년이 산들바람을 몰며 걸어간다. 네 웃음소리가 이렇게 크게 들리는 건 나뿐일까. 신기해. 뭔가를 이토록 쫓아본 적이 없는 내가, 이토록 누군가를 쫓아 달리다니. 날아가 버린 연을 좇는 것처럼 이렇게 정신없이 달리다니. 너도 그래? 붙잡고 싶은 얼레처럼, 내가 보여?

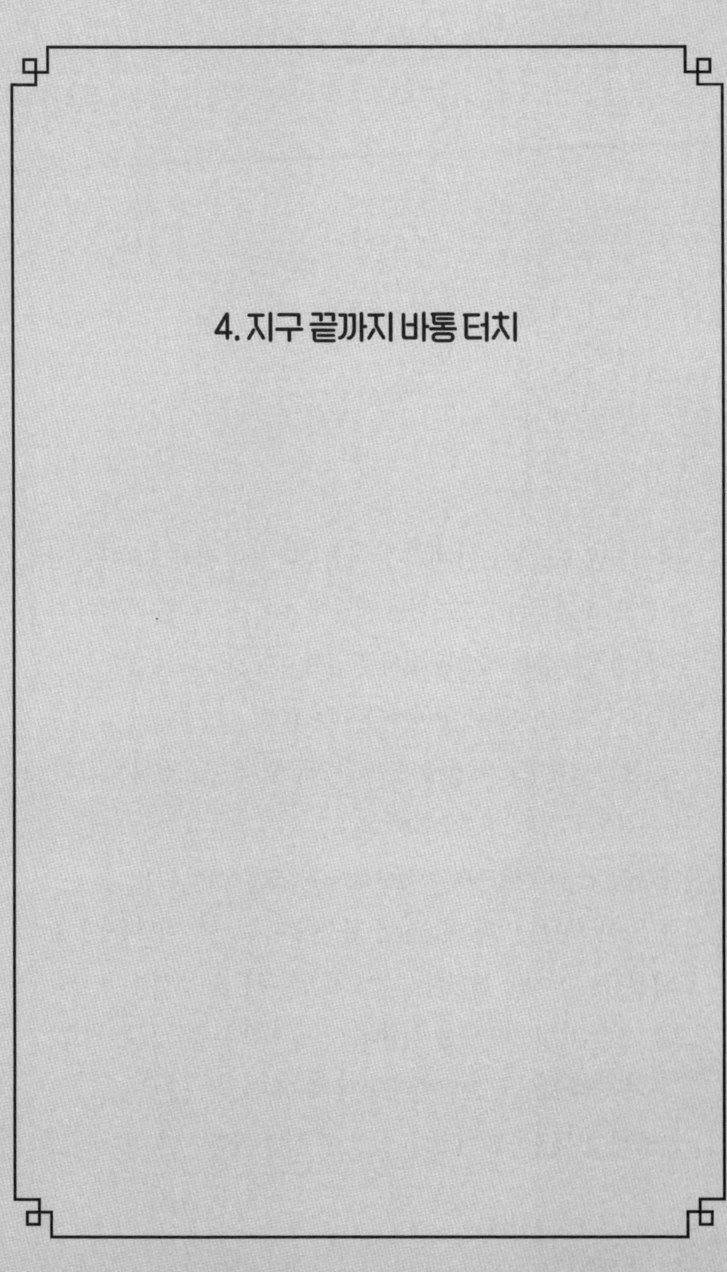

4. 지구 끝까지 바통 터치

웅덩이에 흐린 하늘이 비친다. 아침부터 불이 켜진 교실은 어항 속 같고, 우리들은 물고기처럼 뻐끔대며 지문 사이를 헤엄쳐 다닌다. 멍청한 금붕어가 된 것처럼 진짜 아무것도 모르겠다. 이러다가 나도 예전 학교로 돌아가게 되는 걸까.

"시간을 정해두고 하면 좋아. 매일 조금씩 분량을 정해서. 그럼, 네 시간도 지키고, 성적도 지키고."

내 불안을 눈치챈 미아가 선수를 친다. 참 다정해 너는,

보건 선생님은 어째 제조상궁 복장이다. 보건실 바닥을 다 쓸고 다니는 그 치마 불편하지 않으세요? 두통을 호소하니, 금박으로 포장된 환약 한 알을 주신다. 이거, 정말 두통약 맞는 거죠?

"기가 허해 보이네. 보약이라도 한 재 어떠니?"

정중하게 사양하고 나왔다. 이 학곤 정말 평범한 게 하나도 없

구나. 상비약을 미리 사다 놔야겠다.

"동의보감 신봉자시거든. 그래도, 약은 확실해."

미심쩍긴 하지만, 그래도 꿀떡 삼켰다. 오랜만에 머리를 썼더니, 깨지려고 해. 내 두개골. 교실로 돌아오는 내내 미아가 걱정해 줬다. 고마워. 미아.

당장 오늘부터 공부하고 싶지만, 이미 방전됐다. 식당으로 몰려가는 인파를 피해서, 작디작은 모래 알갱이처럼 걷는다. 바람에 쓸려가는 모래 알갱이가 어둑한 도서관 문을 열고 어둑한 서고에 서서, 오래 묵은 책에 얼굴을 박는다. 휴, 이제야 살 것 같아. 피를 수혈하듯 활자를 수혈한다. 푸석거렸던 사막에 비가 내리고, 작은 웅덩이가 생긴다. 기다리다 보면 꼬물꼬물 생명체가 태어날지 몰라. 발이 생기고, 입이 생기고, 비늘 같은 가시가 돋아난 작은 생명체. 막 꼬리가 생긴 미미한 생명체가 내 잠 속을 미끄러지듯 유영한다.

"네 엄마가 오빠의 첫사랑이래. 독서실에서 만났는데, 긴 생머리도, 흰 종아리도 눈부셨대. 너무 예뻐서 말도 못 붙였는데, 버스에서 잔액이 모자라서 쩔쩔매는 오빠를 네 엄마가 도와줬대. 병신 같지. 잔액도 확인 안 하고, 버스에 타선."

가시도 처음엔 부드러운 연초록 빛이었겠지. 바람에 비에 더 뾰족해졌을 거야. 라영이 너처럼.

미끄러운 계단 끝에 내가 서 있다. 주머니 속엔 바스락거리는 쪽지. '이럴 거면 태어나지 말 걸 그랬어. 이렇게 외톨이가 될 거면' 모서리가 동글동글한 글씨가 웅크리고 운다. 네가 우리 반이 된 것도, 같은 학원에 다니게 된 것도, 다 내 탓이었으면 좋겠다. 그래서, 내가 사라진다면, 그래서 모든 게 다 원래대로 돌아갈 수 있다면.

"네가 없었더라면, 네가 우리 학원에 오지 않았더라면, 그래서, 다시 첫사랑을 만나지 않았더라면, 나는 외톨이가 되지 않았을 거야. 오빠가 나를 버리지 않았을 거야."

날개뼈에 느껴지는 힘. 네 발자국은 숱한 발자국 중의 하나가 되어 사라진다. 내가 없어져 버려도, 너희 오빤 엄말 사랑할 텐데. 세상에 하나뿐인 남매 사이도 사랑을 막진 못할 텐데. 너도 언젠가 그런 사랑을 할 텐데. 말하지 못했다. 붕 떠올랐나 싶었는데, 암전.

울다 깼다. 창밖엔 여전히 비. 젖은 페이지를 휴지로 꾹꾹 눌러 말린다. 내 눈물을 머금은 책을 서고에 꽂고, 눅눅한 복도를 걷는다. 수업이 끝난 학교는 이렇게 적막하고 쓸쓸하구나. 훅 풍겨오는 물감 냄새도, 검게 웅크리고 앉은 피아노도 모두 쓸쓸해.

얕은 웅덩이를 건넌다. 구두가 젖고 양말이 젖는다. 그래도 아른대는 불빛. 모두가 사라진 학교에서 나를 인도하듯 노랗게 빛나는 불빛.

장작이 보글보글 물기를 말리며 타들어 간다. 라디오에서 흘러 나오는 노래에 빗소리까지 더해진다. 이렇게 좋은 일탈이 있었 네. 네가 냄비를 올리고, 김치를 푼다. 물이 끓을 때까지 기다리다 가, 스프를 넣고, 라면을 넣는다.

음악과 비와 라면. 칼칼한 국물이 나의 우울함을 캐노피 밖으로 몰아낸다. 여기엔 너랑 나, 그리고 맛있는 김치라면만

"이거 먹고 잊어. 아무것도 아닌 일이 돼야, 너도 나갈 수 있어. 여긴 그런 데야. 잊고 나가는 데. 여기 온 모든 애들이 그래."

"너도?"

"그래. 나도."호랑이가 라면을 덜어준다. 꼬들꼬들한 라면도 맛 있지만 조금 분 것도 맛있다.

죽다 깨어난 아이들이 전학 오는 학교. 그래서 너희들은 더 자유 롭고, 더 솔직하고, 더 다정해. 두 번째 삶은 그래도 되니까.

"하나 더 끓일까?"

"응!"

내 두 번째 삶처럼 더 칼칼하고, 더 시원하게 부탁해!

어디선가 부침개 냄새가 난다. 이건 반칙인데, 난 이미 라면 두 개를 순삭했다고, 빗속을 뚫고 누군가 달려온다.

"어이, 신입, 비 오는 날은 부침개 몰라? 후딱 식당으로 뛰어와 야지. 왜 텐트에서 청승을 떨고 있어! 이 몸이 갖다 바쳐야 하는 거야?"

회장이 양념간장까지 세트로 내려놓으며 나를 나무란다.

"사람이 없다 했더니, 식당에서 부침개 먹는 거였어?"

"미아랑, 복실이가 말 안 해줬어? 신입 따돌림당하는 거 아니지?"

그러고 보니 동동주 대신 식혜랑 수정과가 나온다는 소릴 들은 것 같기도 해.

"일단 이거 먹고, 모자라면 와. 잔뜩 부쳐놨으니까."

회장이 다시 비를 뚫고 사라진다. 무슨 마법을 부렸길래 부침개가 이리 바삭바삭하냐. 양념간장도 끝내준다. 호랑이가 젓가락으로 쭉쭉 전을 찢는다.

"넌 왜 안 먹으러 갔어?"

"자꾸 말해보라고 시켜서 귀찮아."

청양고추를 다져 넣은 부추부침개는 살짝 매워서 더 좋다.

"버스가 고장 났던 시골에선 말했잖아."

"더워죽겠다고 징징거리는 혹이 붙었잖아. 실어증이고 자시고, 성가셔 죽는 줄 알았어."

내가 언제 징징거렸다고 그래. 좀 씩씩대긴 했다만. 빗줄기가 잦아든다. 내일은 맑을까.

"왜 삶은 달걀만 두고 사라진 거야?"

빵이랑 주스, 달걀까지 먹었는데도 허전하고 그랬어. 다그치는 말투에 호랑이의 얼굴이 붉어진다. 까무잡잡한 피부에 검은 머리카락, 그보다 더 검은 눈동자, 오뚝하고 예쁜 코, 치약광고를 해도 좋을 하얀 이, 역시 금강산도 식후경이구나.

"안 그랬으면, 지구 끝까지 널 쫓아갔을걸."

응?

더더 얼굴이 빨개진 호랑이가 발딱 일어난다.

"부침개 더 가져올게!"

쌩하니 빗속을 달려 사라지는 수줍은 소년. 난 아직도 도서관 꿈 속에 갇혀있는 걸까. 이렇게 두근거리는 일들이 내 인생에서 일어나는 게 정말 맞는 걸까? 볼을 꼬집어 보고, 허벅지를 꼬집어 봐도 아프질 않다. 정말 꿈인가 본대? 그럼 안 깨는 주문 같은 건 없어요? 건전지라도 갈아낀 것인지 호랑이가 금방 돌아왔다. 모락모락 김 나는 부침개, 너무 좋아

"김치부침개도 맛있다."

"응."

이렇게 부침개가 맛있는 걸 보면 현실이 맞는 것 같기도 하고.

"너, 볼이 왜 이렇게 빨개? 꼬집었어?"

"꿈일까 봐."

이번엔 내 얼굴이 화닥거린다. 위험해. 단둘이 부침개를 먹는 건 위험하다고, 이 늑대 같은 마음이 있는 한.

"꿈인지 아닌지, 확인해 볼까?"

엉겁결에 네 손을 잡고 빗속을 달린다. 시원한 비가 등줄기로 스며들고, 젖을 수 있는 모든 게 젖는다. 사막 같던 내 마음도 흠뻑

젖는다. 젖고, 젖어 신기루 너머에 오아시스.

맘껏 웃는다. 발을 구르고, 뱅글뱅글 돌고, 입을 벌려 빗물을 마신다. 온몸에 쏟아지는 비와 젖은 신발과 땅의 감촉들이 너무 생생해서, 꿈이 아닌 걸 알겠어. 네 시원한 웃음도 가짜가 아닌 걸 알겠어.

젖은 몸을 모닥불에 말리고 있자니, 맥아더가 수건을 들고 들어온다.

"쯧쯧, 날이 궂으면 꼭 이런 애들이 있어요."

보송보송한 수건을 받아서 머리를 말린다. 속옷이 비치진 않겠지? 카라가 드넓은 세일러복이니까.

"니들은 옷도 세트지만, 하는 짓도 정말 세트구나. 이렇게 세트로 미치는 걸 보면,"

맥아더의 타박에 호랑이가 피식 웃는다.

"그러게."

"알면 됐네! 얼릉 기숙사로 들어가! 여긴 내가 정리할 테니까!"

등 떠밀려 나왔다. 내일 다시 만나, 모레도, 그 모레도. 터미널에서처럼 사라지면 안 돼. 넌 나의 눈부신 하루니까.

맥아더 혼자 뒷정리를 하게 둔 게 마음에 걸려서 다시 운동장으로 향한다. 젖은 발가락을 꼬물대면서 텐트로 들어가는데. 어? 없네? 비 오는 날은 기숙사에서 자나? 같이 먹으려고 아폴로도 가져왔는데. 담임 쌤의 텐트는 벌써 불이 꺼져있다. 다시 물웅덩이를 밟으며 되돌아간다. 우산에 떨어지는 타닥타닥 빗소리가 쓸쓸해. 응? 저건 뭐지? 시체인가? 운동장 한가운데에, 뭔가가 누워있는데, 112야? 119야? 방금 꿈틀했지?

"왜 거기 누워있어! 시첸 줄 알았잖아!"

흠뻑 젖은 맥아더가 입을 벌려서, 아아아아아, 빗물을 받아먹는다. 목이 마르면 생수를 먹어!

"너도 누워봐. 재밌어."

물끄러미 맥아더를 바라보다, 같이 누워본다. 어차피 젖은 몸, 더 젖은들 어떠리. 정수리를 맞대고 누워 아아아아, 빗물을 받아먹어본다. 뭔가 야생의 느낌인데, 감옥을 탈출한 주인공이 긴긴 터널을 빠져나와 비를 맞던 영화 장면이 떠오른다. 이 해방감이라면, 나라도 탈출했겠어. 작은 망치로 벽을 파서.

"이렇게 누워있으면, 나무의 마음을 알 것 같아. 풀의 마음도, 꽃의 마음도. 비에 젖어 드는 그 마음을 알 것 같아."

맥아더는 군인이 아니라, 시인이었구나. 그 감성 너무 예쁘다.

"그럼, 나는 수국이 될래. 희게 피어나서 푸르게 물드는 수국."

할머니 집 마당에 있던 푸른 빛 수국은 내가 제일 좋아했던 꽃. 부케처럼 피어나는 그 화사함에 늘 마음을 빼앗겼어. 어스름을 닮은 그 푸른 빛도 좋았고.

"꿀떡이 너는 수국보다는 박꽃 느낌인데, 소담스럽고, 수수하고, 동글동글 박도 열리는 박꽃."

박꽃? 초가지붕 위에 자라나는 넝쿨 넝쿨 박꽃? 희고 밋밋하게 생긴 그 박꽃?

"야! 내가 박꽃을 모를 것 같아!"

맥아더가 키득키득 웃는다. 그래도 우리가 꽃인 건 맞지? 작건 크건 화려하건 소박하건 꽃은 꽃이야.

"난 박꽃처럼 실용적이고 튼튼한 꽃이 좋아. 꼬마 박이 열리면, 잘 말렸다가, 쌀바가지로 쓰면 그만이거든. 우리 집은 아직도 그걸로 쌀을 퍼."

빗물이 사방으로 떨어진다. 이렇게 공평하게 내리는구나. 비를 피해 달아나는 우리는 몰랐던 것

"너는 비 오는 날도 여기서 자?"

"응."

"장마 땐 텐트가 잠기잖아?"

"그땐 기숙사에 들어가."

"너 정말 야영을 좋아하는구나."

미지근한 빗물이 우리의 몸도 미지근하게 적셔준다.

"나 어릴 때 많이 아팠어. 늘 병원에 살았던 것 같아. 그 희고, 네모난 건물에 갇혀있으면 꼭 쓰다남은 소독솜 같은 기분이었어. 나도 곧, 세균이 잔뜩 묻은 소독솜처럼 버려지겠구나."

등 아래 깔린 모래들이 와글와글 떠드는 것 같다. 젖은 소독솜

같은 마음 때문일까.

"낫기만 한다면, 다시는 갇혀 살지 않을 거라고 결심했어. 보헤미안처럼 세상을 떠돌아다녀야지. 네모반듯한 건물에선 살지 말아야지. 자연에 묻혀 순한 짐승으로 살아가야지. 맹세했어."

빗물에 젖은 맥아더의 얼굴에 생기가 돈다. 이슬에 젖은 사과 같아. 눈부시게 싱싱해 보여.

"그래서 나았구나!"

"응! 나았어! 기적처럼."

기뻐. 건강해진 네가 순한 짐승처럼 웃을 수 있어서.

"시첸 줄 알았다! 대체 왜 이러고 있는 거야? 니들 미쳤어?"

우산을 쓴 복실이가 한심하게 내려다본다.

"너도 누워."

탁탁 옆자리를 두드린다. 내 손짓에 튀는 빗방울도 경쾌해. 거세게 반항이라도 할 줄 알았더니, 복실이가 어쩐 일로 유순하게 눕는다.

"해방감 죽이지?"

"바지에 오줌 싼 느낌이야,"

미지근한 빗물이 털옷에 스며들어 칙칙한가 보다.

"바지에 *싸봤구나?*"

"뭐래?"

투덜거리면서도 잠잠히 누워있다. 희고 깨끗했던 털에 흙탕물이 스며든다. 내일이면 갈색 털 뭉치가 돌아다니겠는걸.

"침몰하는 기분이야. 이대로 가라앉아도 나쁘지 않을 것 같아."

침몰해서 다 같이 해파리나 될까. 나풀나풀 치맛자락을 흔들면서 하릴없이 떠다닐까. 그러고 싶었는데, 결국 담임 쌤에게 발각됐다. 팟, 텐트에 불이 들어오고, 호통 소리가 들려오고, 해파리가 되기 직전의 우리가 달아난다. 물을 먹어 무거워진 복실이가 제일 꼴찌. 뭐가 웃긴지 막 웃으며 달렸다. 비 오는 날, 왜 미친 사람들이 출몰하는지 알 것 같기도 해. 마음이 간질간질한걸. 막 싹이 틀 것 같아.

둘이 힘을 합쳐 복실이의 털옷에서 물기를 짠다. 조금은 가벼워진 복실이가 손을 흔들며 기숙사로 들어간다. 황갈색 곰돌이야, 잘 자렴.

맥아더도 오늘은 기숙사에서 자기로 해서, 안심하고 헤어졌다. 너 혼자 웅덩이에 남겨질 걸 생각하면 공연히 슬퍼져.

이렇게 화창하면, 어제의 일이 꼭 거짓말 같잖아. 담임 쌤이 어쩐지 노려보는 것 같지만, 모른 척 응원에 몰두한다. 오늘은 학년별 계주. 1, 2, 3학년이 죄다 나와서 운동장이 시끌벅적하다. 그 덕에 개성 있는 선후배들을 볼 수 있어서 좋네. 이 연보라색 리본만 없으면 어디 다른 행성에서 왔다고 해도 믿겠어.

"와, 정말 복실이 말고 다른 퍼리가 있네."

갈색 털이 복슬복슬 귀여운 선배가 햇빛을 피해 스탠드에 앉아 있다. 생긴 건 비슷한데 어쩐지 느낌이 달라. 한 번은 여자가, 한 번은 남자가, 번갈아 가면서 바통을 터치한다.

"너 일부로 다친 거냐?"

"그럴 리가?"

늘 계주를 했다던 호랑이가 오늘은 시무룩하니 앉아 있다. 배달하다가 손수레랑 부딪치는 바람에 다리를 삐끗했단다. 그래도 우리에겐 만만한 반장이 있잖아. 복실이가 떠밀려 나간다. 여자 대표로 미아면 될까?

"그거 반칙이야. 미아는 여자가 아니잖아. 여자 쪽에서 달리면 안 되지."

젠장, 그냥 묻어가려고 했는데, 여자애들은 아무도 안 달리려고 한단 말이에요. 날렵한 오스칼도, 법정이도, 맥아더도 요지부동 앉아 있다. 니들 펄펄 날잖아. 니들이 안 달리면 누가 달려?

"가위바위보로 정하자."

"가위바위보? 이건 벌칙이 아니잖아"

"벌칙이라고 느끼는 사람도 있어. 그리고, 방법이 없잖아."

맥아더의 말끔한 정리가 오늘따라 얄밉네.

좋아, 호기롭게 주먹을 낼 테다. 여자는 주먹이지!

"우리 꿀떡이 먹는 것만 잘하는 줄 알았더니, 달리기도 잘하는구나."

흰 머리띠를 동여맨 나를 담임 쌤이 비웃으며 지나간다. 쌤, 후회하게 될 거예요.

농구장 죽돌이인 농구부장이 먼저 달려간다. 역시 잘 달리네. 좋아, 노련한 3학년 선배랑 간발의 차이밖에 안 나. 어쩐 일인지 1학년은 너무 후덕한 친구가 나와서 초반부터 처진다. 너도 가위바위보에서 진 거냐?

바람같이 달려서 농구부장이 들어오고 곧이어 오스칼이 내달린다. 역시 한 편의 그림이야. 어쩜 이렇게 아름답게 달리니, 금발의 머리칼이 살랑살랑 눈부시다. 미학을 추구하는 오스칼의 똥폼 덕에 금방 1학년이 추월해 온다. 와, 쟤 진짜 잘 달린다. 오스칼을 제치고, 테니스공처럼 날아가는 3학년 선배도 제치고, 1등이네. 1학년들의 열띤 응원이 운동장에 울려 퍼진다. 이러면 부담이 커지는 데.

꼴찌로 바통을 이어받은 복실이가 흙먼지를 일으키며 경주마처럼 달려간다. 와, 복실이 빠르다. 간격이 점점 좁혀지는가 싶더니 어느새 3학년을 추월한다. 쫌만 쫌만하다, 결국 내 차례. 미친 듯이 요동치는 심장으로 바통을 이어받는다.

앞서 달리는 1학년의 붉은 머리끈이 꼭 투우사 깃발 같구나. 오늘은 성난 황소처럼 달려볼까! 콧김을 내뿜으며 달려간다. 내가 세상을 도망친 속도로, 이 이상한 행성에 떨어진 속도로 달리다 보면, 저 빨간 머리끈도, 추월할 수 있지 않을까. 와, 하는 함성이 귓가에 들려온다. 결승선을 벗어나 달리는 나를 누군가 막아설 때까지 달리고 달렸다.

"워워, 그만 달리렴. 이제 됐다. 됐어."

채오 쌤의 품에서 조금 울었던 것 같다. 저 탈출한 거 맞죠? 오덕고라는 이상한 세계로 안전하게 착륙한 거 맞죠?

애들이 헹가래를 쳐줬다. 호랑이도 아픈 다리로 열렬히 환호해 준다. 생애 처음 해 본 1등. 엄청 눈부시고 좋아.

오래오래 기뻐하고 싶었지만, 계주를 마친 1학년 후배가 의식을 잃고 쓰러지는 바람에 모든 축제가 중단됐다. 보건 쌤이 달려오고, 구급차 대신 담임 쌤의 밴이 운동장을 가로질러 간다.

"꿀떡이 너 잘 달리던데?"

"운이 좋았던 거야"

그리고 복실이가 간격을 좁혀줬으니까. 미아가 다리가 불편한 호랑이를 부축해 준다. 자리를 비운 채오 쌤 대신 나동그라진 주전자랑 깃발을 정리해본다. 보통 이런 일은 복실이가 했었는데, 더워서 먼저 들어갔나? 엥, 저기 나무 그늘 밑에 대짜로 누운 거 복실이 아냐? 이런 베짱이 녀석!

"종 치겠어. 그만 들어가자."

발로 툭툭 건드려도 요지부동. 이 녀석 왜 이러지? 흔들어봐도 죽은 곰처럼 축축 처져있다.

"너 왜 그래?"

탈을 벗겨도 아무런 반항을 하지 않는다.

"열이 나면 난다고 하지. 아프면 아프다고 하지. 미련하게 이게 뭐야!"

이마고, 얼굴이고 붉게 달아올라선 펄펄 끓는다. 젖 먹던 힘까지 써서, 복실이를 업었다. 보건실이 몇 층이더라. 수업 종이 친 복도는 조용하고, 복실이를 업은 내 심장만 쿵쾅댄다. 어제 비를 맞히는 게 아니었어. 이 털북숭이를 달리게 하는 게 아니었어. 다 내 잘못이야.

평소 같았으면 거세게 반항했을 텐데, 오늘은 털옷을 벗겨도 유순하게 앉아 있다. 땀으로 흠뻑 젖은 복실이를 침대에 눕히고, 보건실을 뒤진다. 다행히 상비약 상자가 있네. 해열제를 먹이고, 차가운 수건으로 얼굴이랑 팔도 닦아주었다.

"추워."

"좀만 참아. 금방 열 내릴 거야."

"응."

그래서 오늘따라 말이 없었구나. 이 털옷을 입고 있으면 아픈 것도 알 수가 없잖아. 네 웃는 모습도, 우는 모습도 다 볼 수가 없잖아. 이 바보야. 공연히 털 옷에 화풀이를 한다. 잘못은 나에게 있는데.

"미안해. 괜히 비 맞으라고 해서."

"좋았어. 같이 비 맞은 거."

복실이의 젖은 머리칼을 넘겨준다. 너는 땀내가 나도 이렇게 아름답구나.

열에 달뜬 네가 스르르 잠이 든다. 수건을 빨아다가 네 이마에 얹어주고, 나도 의자에 기대 잠시 쉰다. 아무리 낭창낭창한 소년이어도, 역시나 내가 업기엔 무거웠어. 긴장이 풀리니 삭신이 쑤셔온다. 잠깐만 눈을 붙일까.

"너무 낭만적이구나. 너희들."

사극 톤의 어색한 발성에 깜짝 눈을 떴다. 여기가 어디여?

"근데 이 금발의 미소년은 누구니?"

아, 보건 쌤도 복실이의 민낯은 처음 보시는구나. 창백하게 누워있는 모습이 꼭 왕자님 같죠. 복실이의 희고 고운 손이 내 오동통한 손을 꼭 붙들고 있다.

"아, 복실이가 열사병에 걸려서요."

"복실이? 2학년 반장? 퍼리? 어머!"

인간의 눈이 하트가 된다는 거, 실제로 있는 일이네. 미소년에게 감격한 보건 쌤이 성가시게 하는 바람에 쫓기듯 보건실을 나왔다. 뭐, 나머진 쌤이 알아서 하시겠지.

"버리고 가기냐?"

어느새 털옷을 주워 입고 완벽하게 탈까지 장착한 복실이가 턱, 어깨를 잡는다.

"더 누워있지?"

"불편해. 보건 쌤이 자꾸 빤히 쳐다봐서."

아름다운 생명체를 감상하는 건, 생물의 본능이 아닐까.

"그리고, 네 덕에 많이 나았어."

목소리에 조금 힘이 생긴 것 같아 안심이야.

"그래도 오늘은 무리하지 마."

"응."

잠시 눈을 붙인다는 것이 내리 2교시를 자는 바람에 결국 교무실로 불려 갔다. 보건 쌤의 증언으로 무마되었지만, 미친놈처럼 비를 맞지 말라는 훈계를 들었다. 쳇, 저도 반성하고 있다고요. 특히 복실이를 아프게 한 건, 정말 잘못 했어요.

조퇴한 복실이는 홀가분하게 털옷을 벗고, 꿀잠을 자겠네. 어쩌면 공주님의 키스를 기다릴지도 몰라. 숲속 왕자님처럼 아름다운 존재. 넌 잃어버렸던 동화를 떠올리게 해.

"뭘 그렇게 음흉하게 웃냐."

"음흉하지 않거든?"

미아의 말에 발끈한다.

"엄청 야한 상상을 하는 것처럼 음흉하게 웃던데?"

"아니거든!"

우리 모둠 차례가 와서 미아가 발표한다. 커튼 사이로 보이는 하늘은 여전히 푸르고 분필 같은 구름이 점점이 떠간다. 미아의 낭랑한 목소리와 세계사 쌤의 악필이 그려진 초록 칠판, 그리고 복실이의 빈자리. 어쩐지 이날의 풍경이 오래도록 기억에 남을 것 같아. 조금 바란 빛으로 내게 찾아올 그리운 풍경일 것 같아. 그렇다면, 눈에 가득가득 담아놔 볼까.

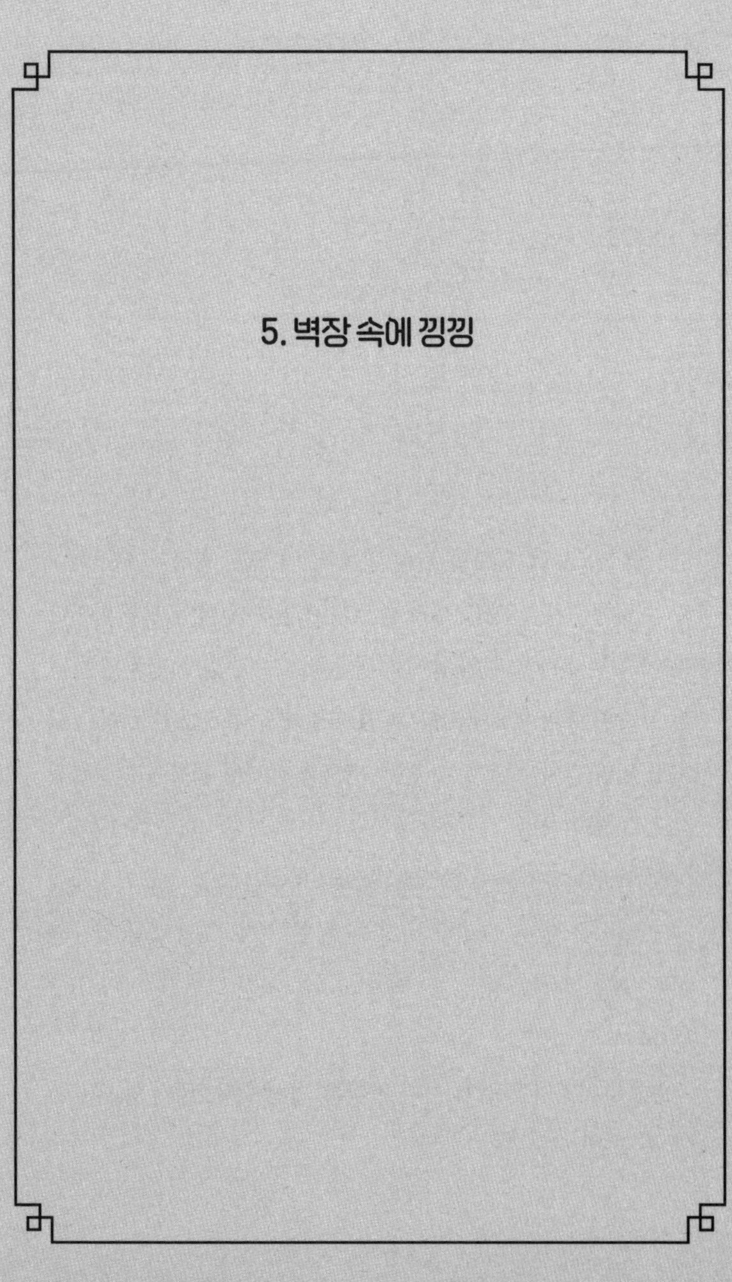

5. 벽장 속에 낑낑

복실이가 노란 지뢰를 피해 콩콩 뛰어간다. 법정이는 구린내도 초월했는지. 은행을 퍽퍽 밟으며 초연하게 걸어간다. 할머니는 이 구린 은행을 주워 밥에 서너 알씩 넣어주었다. 반투명한 연두 구슬이 예쁘기도 했지만, 제법 고소해서 좋아했는데, 이젠 싫어질 것만 같아. 형용할 수 없는 냄새를 풍기며 법정이가 잡화점으로 쓱 들어간다.

"몇 년 됐냐고? 글쎄, 한 50년 됐나? 처음엔 보퉁이에 이것저것 넣고 행상을 했지. 그러다 이 가게를 연 거여. 그땐 빚을 갚느라 아주 죽을 똥을 쌌지. 킁킁, 똥 얘기가 나와서 그런가, 어디서 구린내가 나는디?"

말이 떨어지기 무섭게 구린내 나는 법정이를 내쫓는다. 휴, 이제 좀 살겠네.

윤리 쌤의 조별 과제는 마을의 역사를 조사하는 일. 왜 윤리에 마을의 역사가 필요한지는 모르겠지만, 우린 허 씨네 잡화점의 역사를 조사할 생각이다. 마을에서 꽤 오래된 가게기도 하고, 복실이의 단골이기도 하고. 취재가 편하기도 하고,

주인 할아버지가 팔리지 않은 옛날 물건들도 보여줘서 사진으로 찍었다. 이런 요강단지를 짊어지고 다녔단 말이에요? 꽤 무거운데. 팔각 성냥갑도 처음 본다. 잡화점 할아버지의 역사에 오래 묵은 물건들의 역사까지 듣다 보니, 배에서 꼬르륵 소리가 난다. 마침, 손님이 와서 할아버지의 무궁한 역사가 잠시 중단됐다. 탈출할 타이밍이야!

가게 앞 수돗가에서 슬리퍼를 빨던 법정이도 따라붙는다.

"밥이나 먹을까?"

"좋아!"

배를 채울 수 있는 거라면, 팔다 남은 고무신이라도 좋아.

"요 앞에 새로 생긴 식당이 있는데 거기 가볼래?"

법정이의 제안에 발걸음을 옮긴다. 백반집이네. 순두부도 팔고, 제육도 판다. 음 뭐 먹지. 가게 앞에 서서 메뉴를 고민하는데, 법정이가 쓱 뒤뜰로 사라진다. 뭔가 해서 따라갔더니, 아직 어린 티가 나는 강아지가 천방지축으로 달려든다. 사람에 대한 경계심이 없구나. 눈이 동그랗고 털이 복슬복슬한 게 정말 귀엽다. 법정이너, 밥을 먹으러 온 게 아니라, 개를 보러 온 거구나. 어쩐지 먹을

것에 무심한 네가 식당을 안내한다 했다.

"백반 3인분이요."

미역국에, 고등어자반, 맛깔스러운 밑반찬까지. 밥 한 공기를 뚝딱하고, 공깃밥을 추가했다. 눌어붙은 계란찜을 득득 긁어먹고 있는데, 남다른 포스를 가진 아저씨가 자루를 들고 쑥 들어온다.

"어딨어?"

"어디긴 뒤 곁에 있지. 내가 미치겠다니까. 얌전하다고 해서 데리고 왔더니. 옆집 병아릴 죄 물어 죽였잖아. 종자나 좋으면 팔기나 하지. 시골 똥개라 키운다는 사람도 없고, 어디 야산에다 풀어놔야지 뭐.

뒤뜰에 있는 강아지 때문에 속 좀 썩으셨나 보다. 그래도 아직 어린데, 선처를 부탁하면 안 될까요?

"지금 잡을까?"

"에고, 커피 한잔 마시고 해!"

주인아주머니가 믹스커피를 내오는 사이, 법정이가 사라졌다. 밥 먹다 말고 화장실에 갔나? 탈을 이마께에 올리고 밥을 먹던 복실이가 서둘러 일어선다. 아, 한 공기 더 먹으려고 했는데! 반찬도 많이 남았단 말이야. 계산을 마치자마자 복실이가 내 손을 낚아채서 달려간다.

"이럴 줄 알았어!"

법정이만 사라진 게 아니라, 천방지축으로 날뛰던 개도 사라졌다. 창문 너머로 아저씨가 일어서는 게 보인다.

"가자!"

야! 이렇게 도망치면 우리가 개 도둑 같잖아.

논둑을 달려, 이랑을 달려, 마을회관 뒤편으로 돌아간다. 뛸 때마다 돌아가던 탈이 이제는 180도 돌아가 있다. 그러고도 달리는 게 용하다.

하지만 그렇게 뒤뚱뒤뚱 달려선 붙잡힌다고, 저것 봐, 경찰차까지 따라붙었잖아. 숲길을 내달리던 복실이가 탈을 벗어 던지고, 이내 장갑을 벗어 던진다. 거추장스러운 털옷마저 팽개쳤다. 금발을 날리며 달려가는 너는 참으로 아름다운 생명체로구나. 땀을 흘리는 모습도, 숨을 몰아쉬는 모습도 눈부시다. 네가 두꺼운 털옷 속으로 숨은 이유를 알 것 같기도 해. 지나치게 아름다운 건 독이 될 수도 있으니까.

"여기 숨어도 돼?"

"응, 빈집이야."

"주인은 어디 갔는데?"

"요양원."

"아,"

그럼, 옷장이나, 창고나 뭐 이런 데에 숨어도 되지 않았을까. 왜 재래식 화장실인데? 은행보다 더한 냄새가 내 폐를 노랗게 물들인다. 차라리 붙잡히는 게 나을 수도 있을 것 같은데? 우린 무고

하잖아. 응?

"악! 이거 뭐야!"

뭐긴 구더기지. 복실이의 콧등에 떨어진 하얀 벌레를 손가락으로 튕겨줬다. 복실이가 찰싹 들러붙어서 징징댄다. 그러니까 왜 화장실에 숨냐고, 쉿! 누가 왔다!

문틈으로 내다보니, 경찰 두 사람이 마당을 오간다. 어, 이쪽으로 오는데? 지은 죄도 없이 심장이 쿵쾅댄다.

"아무도 없나 본대요?"

"뭔 비명이 들렸다잖아."

"이웃집 티브이 소리겠죠. 여긴 보다시피 빈집이잖아요."

"그런가? 어째 오늘은 허위신고가 많네. 개 도둑도 그렇고."

"에이. 그러니까요. 숟가락이 몇 개인지도 속속들이 아는데, 누가 개를 훔치겠어요? 워낙 극성맞은 녀석이니까, 목줄을 풀고 도망갔겠죠."

"하긴, 옆집 병아리도 그렇게 죽였다며, 그니까 제대로 묶어놔야지."

빨리 가면 좋겠는데, 담배까지 태우시며 담소를 나누신다. 화장실 냄새도 싫지만, 담배 냄새는 더 싫다. 오늘은 나의 폐에 폐를 끼치는 날이네. 막 기침이 나오려는 찰나. 복실이가 희고 가느다란 손으로 입을 턱 막아준다. 그나저나 괜찮냐? 니 고운 손에 구더기가 기어가는데?

경찰이 사라지자마자 복실이가 손사래를 치며 뛰쳐나간다.

"법정이 자식! 아주 입적하게 만들어 줄 거야!"

그리 살갑던 마을 사람들도 탈을 벗은 네겐 무심하다. 길이라도 물을까 슬금슬금 피하기까지 한다.

"생생하지 않아?"

"뭐가?"

"바람이, 햇빛이, 공기가, 그리고 네 콧등에 떨어졌던 구더기가,"

"젠장, 너무 생생해서 심장이 다 튀어나오려고 한다."

"털옷을 벗은 너도 너무 생생해서, 내 심장이 다 두근거려."

아스팔트를 부술 것처럼 쿵쾅대며 걷던 복실이가 우뚝 멈춰 선다.

"그거, 아무렇게나 뱉으면 안 되는 말 같은데?"

"그런가."

근데 사실이야. 탈을 벗은 너는 아득하고 먼 존재가 아니라, 피부에 닿는 생생함이야.

"나한테 반하지 마. 귀찮으니까."

"싫어. 반할 거야. 계속 반하고 반하면, 언젠간 그 얼굴도 질릴 날이 올걸."

털을 벗은 네가 너무 홀가분해 보여서, 아무 말이나 해본다. 그 얼굴을 숨기는 건 재능 낭비란 말이야. 감상용으로 그냥 놔두면 안 될까?

"그게 가능하냐?"

"덕질도 갈아타는데, 뭐든 못 갈아탈까."

복실이가 피식 웃는다. 그래, 이젠 숨어서 웃지 마. 이렇게 예쁘니까. 복실이의 얼굴을 감상하느라, 지뢰밭을 미처 피하지 못했다.

"어이 거기 외국인 양반, 담부턴 은행 조심 하슈. 버스에서 온통 똥내가 나니까!"

기사님이 투덜거리신다. 능청스러운 복실이가 영어로 매끄럽게 사과한다. 전에 요구르트를 건네드렸던 기사님이신데, 역시 모르실 거야. 이 꽃미남이 복실이인 줄은.

창문을 열고 달린다. 가로등이 하나씩 켜지고, 읍내가 멀어져간다. 어디선가 나는 밥 짓는 냄새. 푸성귀로 끓인 된장국 냄새, 어서 빨리 기숙사로 돌아가고 싶다. 식판에 김 나는 밥을 푸고, 스테인리스 냄새가 나는 국을 뜨고, 조금 심심한 반찬도 담고, 와자지껄 떠들면서 밥을 먹고 싶다.

그러고 싶었는데, 복실이 손에 끌려 법정이의 방까지 쳐들어갔다. 평온한 표정으로 문을 열던 법정이가 화들짝 놀란다. 그래, 놀랄 만도 하지.

"누구세요?"

"너 땜에 우리가 얼마나 개고생을 했는지 알아!"

목소리로 알아챘는지, 눈이 더 동그래진다. 늘 평정심을 유지하는 법정이가 이렇게 놀라는 건 처음이네.

"미, 미, 미, 미안합니다."

너무 늦은 사과야. 난 한 달 치 운동을 다 했으니까. 문가를 막고 선 법정이를 밀치고는 방으로 쳐들어간다. 아주 감쪽같이 숨기셨 어. 그래도 이건 못 당할걸? 쯧쯧쯧쯧 혀 차는 소리를 내본다. 내 가 이 소리로 숱한 강아지들을 홀렸거든. 아니나 다를까, 벽장 속 에서 낑낑대는 소리가 들린다.

복실이가 벽장 문을 열고, 천방지축 강아지를 해방시킨다.

"너 이거 절도야."

"야산에 버려지는 것보단 낫잖아."

"무소유, 무소유 하더니, 개를 훔쳐?"

"그럼 어떡해?"

법정이기 개를 얼싸안고 울먹인다.

"어떡하긴! 무소유 때려치우고, 개나 키워!"

응? 왜 일이 그렇게 되냐? 자수해서 광명 찾는 거 아니었어?

"정말 그래도 돼?"

이 천방지축을! 똥도 못 가릴 것 같은데?

"제대로 훈련 시켜. 학교 밖으론 절대 못 나가게 하고. 그리고 백 반집 가서 사과해!"

엉엉 우는 법정이를 다독여주고 나왔다. 무소유의 삶도 가련한 목숨 앞에선 무너지는구나. 위대한 스님이 될 뻔한 법정이가 개 한 마리 때문에 위대한 도둑이 되다니, 참 아이러니해.

“사과하려다, 잡혀가는 거 아닐까?”

“적당히 변상하면, 오히려 좋아할걸.”

그래, 그럼, 이걸로 일단락 짓고 밥이나 먹어볼까? 했는데, 식당 입구에서 쫓겨났다. 익숙해져서 몰랐던 거야. 이 구린내를.

“은행 냄새처럼, 네 외모에도 익숙해지는 것 같네.”

“하필 비교해도 은행이랑 하냐!”

구린내가 나는 이 금발 미남을 죄다 힐긋거리며 지나간다.

“은행처럼 구린 것도 익숙해지는데, 하물며 아름다운 것은 얼마나 금방 익숙해지겠냐? 그니까 그놈의 탈 좀 벗어!”

“너 배고프니까, 이상하다.”

간지러운 데가 있는 것처럼 자꾸 웃음이 난다. 정말 배가 고파져서 이상해진 걸까. 별이 점점이 돋아난 하늘을 향해 웃는다. 개도둑으로 몰려도, 구더기가 끓는 화장실에 갇혀도, 지뢰 같은 은행을 밟아도 이렇게 즐겁다니! 살아있어서 이렇게 즐겁다니! 우리가 이렇게 반짝반짝 빛날 수 있다니. 막 웃음이 나. 저 별들도 마찬가지 일걸.

자판기 우유를 한 모금, 이제 살 것 같다. 곁에 앉은 복실이는 코코아를 마신다.

“무소유의 삶을 청산했네.”

“너 걔 방 봤지?”

“응.”

정말 아무것도 없더라. 싹 버리고 이사를 나간 것처럼 허허벌판이야.

"교과서도, 연필도, 필통도 없어. 잘 때도 법복을 덮고 잔대. 옷도 그거 한 벌이고."

"대단하다. 그렇게 무소유인지는 몰랐네. 법정인 정말 스님이 되고 싶었던 거야?"

"스님은 무슨, 걔 크리스천이야. 밥 먹을 때 기도하는 거 못 봤어?"

"엥?"

"집에 불이 나서, 일가족이 다 죽었대. 법정인 그날 수학여행을 가서 살았고, 그래서 살아남은 걸 죄스럽게 생각해. 뭔가를 소유하는 것도."

그런 법정이가 처음으로 마음을 열었구나. 저 하얗고 복슬복슬한 생명체에.

"자판기 우유 먹으면서 우는 애는 처음 본다."

"나도 코코아 먹으면서 우는 애 처음 봐."

공연히 먹먹해져서 마주 보고 운다. 쳇, 우는 것도 완벽하게 아름답네. 역시 적응하려면 시간이 걸리겠어.

구리고 매캐하고 수상쩍은 냄새들을 모두 씻고, 비상용으로 사다 둔 빵을 먹는다. 멸균 우유도 한 팩. 복습을 좀 하고, 예습도 좀 한다. 눈이 스르륵 감기지만, 아직은 안 돼. 이 신나는 모험을 기록으로 남겨야 하니까. 언젠가, 내가 다시 우울해졌을 때,

이 모험을 떠올리면 다시 웃게 될 거야. 하늘을 향해 하하, 웃었던 것 같이.

웃기만 하고 끝날 줄 알았는데, 왜 나란히 무릎을 꿇고 있는 건데!

"죄송합니다. 똘똘이가 죽은 제 동생을 너무 닮아서, 훔쳤습니다."

개 도둑이 아니라, 그날의 매상이라도 훔친 것처럼 난리를 치던 아주머니가 일순 화를 멈춘다.

"죽은 동생?"

"불이 나서 가족이 전부 죽었어요. 세 살짜리 동생도요. 근데, 똘똘이랑 너무 닮았어요. 환생한 것처럼. 아주 똑같이 생겼어요. 이 사진 좀 보세요."

부스스 일어선 법정이가 느닷없이 사진을 보여준다. 대체 이 사진은 어디서 난 거야?

"어머, 정말 닮았네. 눈가에 반점도 똑같아."

덩달아 일어서서 사진을 훔쳐본다. 똘똘이가 네 동생을 닮은 게 아니라, 네 동생이 개를 닮았네. 사람이 이렇게 개처럼 생긴 건 처음 본다. 눈가에 있는 반점도 똑같아. 완전 시골 바둑이네.

"변상은 하겠습니다. 그러니까 제발, 제가 키우게 해주세요. 동생처럼 예뻐해 줄게요."

도적단 취급을 하던 아주머니의 눈빛이 촉촉해졌다. 어쩐지 나도 울컥하네.

"변상은 됐으니까, 그냥 키워. 어차피 애물단지였으니까."

그래도 죄송스러워서, 백반을 시켰다.

"왜 우리까지 와서 사과해야 하는 건데?"

"그래야 진정성 있어 보이잖아?"

"쪽수로 밀어붙이려는 거 아니고?"

"어쨌거나 용서해 주셨잖아."

"밥은 니가 사는 거다."

"똘똘이 용품 사야 해. 돈 없어."

"웃기지 마, 그간 무소유의 삶을 사느라, 모아둔 것 많잖아."

복실이와 법정이가 티격태격 싸운다. 바보들아, 생선 식으면 맛없어!

결국, 밥은 법정이가 샀다. 응당 그래야지. 숭늉까지 마시고, 누룽지 맛 사탕까지 빨며 가게를 나왔다.

"너 그 사진 진짜야?"

아까부터 궁금했던 걸 묻는다.

"응, 클라우드에서 뽑은 거야."

정말이었네. 강아지 닮은 동생. 네가 필사적으로 개를 훔친 이유를 알겠다.

"환생이니, 인연이니 그런 거 안 믿는데, 똘똘이를 보면, 정말 동생이 살아온 것만 같아."

"동생 이름이 뭐였어?"

"석우."

말끝에 울음이 번진다. 버스를 놓치고 또 놓쳤다. 막차를 타도 좋으니까, 실컷 울렴. 네 슬픔이 조금 옅어질 수 있다면, 밤새 울어도 괜찮아.

"더 필요한 거 없을까?"

"들고 갈 수 있을 만큼만 사!"

울다 지쳐서 아무것도 못 할 줄 알았더니, 산더미 같은 애견용품을 사고, 더 사려고 한다. 사료만도 20kg가 넘어! 장난감은 제발 나중에 사!

"그 패딩 내려놔라! 이 더위에 타 죽을 일 있어! 그 우비도 내려놔! 더는 암것도 만지지 마!"

복실이가 포효한다. 결국 들 수 있을 만큼만 사고, 샵에서 나왔다.

"왜 중간이 없어! 이렇게 극단적으로 캐릭터를 바꿀 거야!"

그건 너도 마찬가지야. 탈을 쓸 땐 그리 다정하더니. 탈을 벗으니까, 상남자네.

"미안, 미안, 나머진 인터넷으로 살게."

"그 말이 아니잖아. 개용품은 그만 사도 돼. 애견 카페 차릴 거 아니면, 제발 그만 사라고!"

"아, 그래?"

"그래, 개용품은 그만 사고, 이젠 네 용품을 사라. 연필도 그만 빌려 쓰고, 그 법복도 이제 그만 벗어. 거칠거칠한 그 피부에 단비 같은 화장품도 좀 발라주고"

외쳐보지만, 전혀 듣는 것 같지 않아.

경적에 돌아보니 담임 쌤이다. 앗싸, 팔이 저릿저릿했는데 잘 됐다! 트렁크에 짐을 싣고 뒷좌석에 옹기종기 앉았다.

"시골 마을을 다 털었구나. 근데 옆에 있는 외국인은 누구?"

설마, 우리 복실이를 모르시는 건가요? 복실이 녀석 뻔뻔스럽게 영어로 뭐라 뭐라 한다.

"영국인치고는 아주 한국인 같은 발음인데? 아주 복슬복슬한 발음이야. 탈 속 모습이 궁금하긴 했는데, 아주 왕자님이네."

복실이의 얼굴이 빨개진다. 그니까 귀신을 속여.

"그래도 털북숭이가 더 귀엽긴 하다. 지금 모습은 뭐랄까? 너무 연예인 같아서 비현실적이랄까?"

"그쪽 세계에 가면 저도 오징어예요."

아무리 연예계가 좁은 문이라 한들, 네가 오징어가 될 일은 절대 없을 것 같은데.

"하긴, 생긴 것만으로는 버틸 수 없는 곳이지. 끼도 있어야 하고, 재능도 있어야 하고."

"무엇보다, 좋아해야 해요. 그 일을."

그러는 너도, 지치고 지쳐서 여기에 온 게 아닐까. 네 목소리에 묻어나는 환멸을 나만 느낀 걸까.

법정이와 똘똘이는 운동장을 뛰어다니고, 쌤은 어묵탕을 끓인다. 국물이 보글보글 끓을 무렵, 재투성이 호랑이가 합류했다. 오늘은 무슨 일을 배우고 왔니? 머리칼에 앉은 재를 훅하고 불어본다. 더 먼 데로 날아가렴.

"못 보던 개네. 못 보던 외국인도,"

설마 복실이 얼굴 처음 본 거냐?

"너도 말을 하는데, 나라고 변신을 못 하겠냐?"

"헉, 복실이? 누가 너한테 키스라도 했냐? 야수가 변했어!"

"야수 아니었거든!"

그래, 시골 똥개처럼 멍청해 보이긴 했지만, 야수는 아니었어. 어묵탕을 가운데 두고 둘이 티격태격한다. 어묵이 아주 딱 맞게 익었어. 국물도 끝내주고. 니들이 싸우는 동안 이 누나가, 어묵탕을 해치워야겠다.

"이제 사파리 녀석도 짝이 생기겠네."

어묵 대신 맥주를 홀짝이던 쌤이 나직이 웃는다.

"사파리 녀석이요?"

"세계사 쌤이 음양의 조화에 맞춰서 교복을 만드는 건 알지? 법정이보다 먼저 들어온 녀석이 동물애호가라서, 동물원 사파리 유니폼으로 교복을 지어줬거든. 그 녀석 짝이 법정이였는데, 보다시피 무소유를 주장해서, 천 쪼가리만 받아갔잖냐. 세계사 쌤이 어찌나 원통해하던지."

늘 어깨에 앵무새를 얹고 다니는, 탐험가 복장의 소년을 본 적 있다. 동그란 얼굴에 보조개가 귀여웠는데, 법정이랑 짝꿍이었구나. 제법 잘 어울리겠는데?

"오늘은 뭐 했어?"

어묵꼬치를 내밀며 묻는다. 쌤과 녀석들은 왁자지껄. 이런 시끄러움도 너랑 있을 땐 그냥 배경이 돼. 꼭 단둘이 있는 것처럼.

"똑같은 거. 칼 배달하고, 청소하고,"

그래도 좋아 보여. 좋아하는 일을 해서 그런가?

"넌?"

"난 오늘 석고대죄하고 왔어. 저기 목줄 풀린 개처럼 뛰어다니는 법정이 덕에."

호랑이가 웃는다. 말을 못 했을 때도 이렇게 웃었을까? 레모네이드처럼 청량해.

"스님이 속세로 돌아왔네. 야수도 왕자님으로 돌아왔고."

"인어 왕자님도 목소릴 찾았는데 뭐."

어묵 꼬챙이가 창처럼 날아간다. 워워, 위험한 장난은 그만,

복실이가 우리 사이를 비집고 앉는다. 모든 사람을 오징어로 만드는 마법도, 호랑이한테는 안 통해. 이쪽은 동양계 미남이라고,

"용케 이 미남들 사이에서 잘 버티네. 다른 애들 같으면, 쫄았을 텐데."

쌤의 말에 수긍한다. 그러게요. 저 같은 주꾸미가 잘도 버티네

요. 갭이 너무 커서 오히려 담담한 건지도.

"쌤, 그런 거 있잖아요. 퍼그처럼 귀여운 거, 뭐랄까, 되게 못생겼는데, 되게 귀여운 거 있잖아요."

우리 복실이가 사람이 된 지 얼마 안 돼서 사회생활을 모르는구나. 그런 건 대놓고 앞에서 하는 게 아니라, 뒤에서 소곤대는 거야. 단박에 복실이의 멱살을 잡는다. 털옷을 입고 있을 때보다 더 수월하게 잡히는구나. 네 목덜미.

"억, 칭찬이야. 칭찬."

칭찬 좋아하시네! 어묵 꼬챙이로 확 사혈침 놔버린다.

"말랑말랑 잘 익었다. 자, 화 풀고 먹어. 넌 먹을 때가 제일 예쁘니까."

호랑이가 건넨 어묵에 사르르 마음이 풀린다. 오는 말이 고와야 가는 마음도 곱다. 고마워, 호랑아

한참을 내달리던 법정이와 똘똘이가 캐노피로 들어온다. 주인도 개도 말라비틀어진 스펀지처럼 물을 흡수하네.

"그렇게 며칠만 뛰면 마라톤 선수 되겠다."

"쌤 물 더 주세요."

팔팔 끓는 어묵은 쳐다도 안 보고 물만 동내는 구나. 사명감 투철한 맥아더가 어디선가 생수병을 들고 나타난다.

"마침, 같이 달릴 사람이 필요했는데, 매일 저녁 5시에 어때? 열 바퀴 정도 돌면, 저 개도, 말썽 안 피고 푹 잘 것 같은데?"

"열 바퀴?"

"넌 다섯 바퀴만 뛰어. 나머진 내가 데리고 뛸게. 어때?"

"콜!"

무소유의 삶을 지향하던 허약한 체질의 법정이가 이렇게 탈바꿈하는구나. 바꾸는 김에 과소비의 삶도 좀 바꿔주련?

라디오에서 아는 노래가 흘러나와서 다 같이 따라 불렀다. 이런 게 캠핑의 묘미. 아니, 우리의 묘미. 잘 우러난 어묵 국물을 마시면서 저물어가는 하늘을 올려다 본다. 오늘도 웃으면서 하루를 마칠 수 있음에 감사해. 그리고 널 볼 수 있음에도.

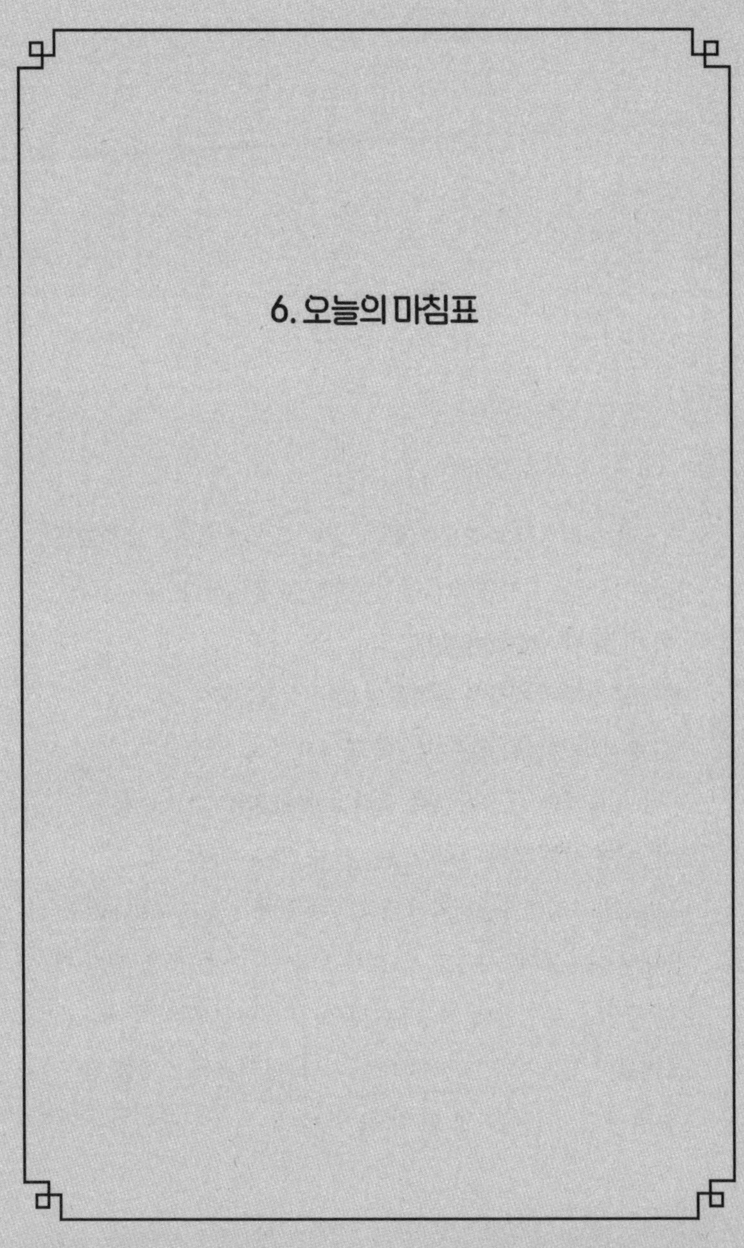

6. 오늘의 마침표

덕질을 장려하는 학교도 시험은 있다. 나처럼 물렁하게 학교를 다니던 녀석들도 시험 기간엔 열공모드로 돌입한다.

"미아, 꼭 여기서 해야겠어?"

화장실 창가에 책상을 붙여놓고 미아가 열중한다.

"이 은은한 불빛이 집중하는 데 좋다고."

은은도 좋지만, 애들이 계속 들락날락하잖아.

"참, 이거 시험 범위 정리해 놓은 건데, 호랑이 갖다줘."

스멀스멀 구린내가 올라와서 냉큼 공책을 받아 들고 뛰쳐나왔다.

읍내나 다녀올까? 샤프도 사고, 수정테이프도 좀 사고, 뭔가 필요한 게 있을 것 같은데. 꼭 호랑이를 보고 싶어서 가는 건 아니고, 물어물어 찾아간다. 도장 가게를 지나, 낚시용품 가게를 지나, 후미진 곳으로 돌아가면 쿵 딱 쿵 딱 소리, 기계가 돌아가는 소리, 윙 하는 모터 소리, 이 소리만 따라가도 널 찾겠어.

천만억 대장간이라, 이름 한번 거창하네. 매대엔 칼, 호미, 쟁기 그리고 이름 모를 농기구들이 가지런히 놓여있다. 입구가 소란스럽고, 어둑하다. 꼭 살아있는 생물 같네. 저 거대한 입을 지나면, 숨겨진 보물이 있으려나?

"호랑이 만나러 왔냐?"

한창 두리번대고 있는데, 수염이 근사한 할아버지가 어깨를 툭 친다. 아이고 깜짝이야.

"조짝에 들어가 봐."

여러 겹 낀 장갑에도 불똥이 튀어 구멍이 숭숭 나 있다. 불을 다루는 일은 역시 위험해. 근데, 우리 어디서 본 적이 있던가요? 굉장히 낯이 익은데? 저 수염만 없으면 꼭 내가 아는 사람인 것 같단 말이야. 용도를 알 수 없는 도구들을 피해서, 어지러운 발치를 피해서 조짝으로 가본다. 호랑이는 조개탄 더미에 쭈그리고 앉아서 책을 보고 있다. 세계사 교과서네.

"안녕!"

이유식을 먹던 힘까지 짜내서 우렁차게 인사한다.

"어? 꿀떡이네?"

검댕이 잔뜩 묻은 호랑이는 굴뚝 청소부 같다.

"미아가 정리한 노트야."

"이거 주려고 여기까지 왔어?"

“겸사겸사 얼굴도 볼 겸.”

“아, 잠깐만 있어! 마실 것 갖다줄게.”

호랑이가 겅중겅중 뛰어서 사라진다.

“호랑이 친구냐?”

수염이 근엄한 할아버지를 닮긴 했는데, 수염은 없고, 대신 머리가 반들반들한 할아버지가 어느새 다가와 있다. 이럴 땐 인사부터 해야지.

“안녕하세요!”

“그래, 밥은 먹었고?”

“아뇨.”

먹을 것에 관해선 빈말을 못 한다.

“지금이 몇 신데, 아직 밥도 안 먹었어? 기다려봐.”

주스를 든 호랑이가 번쩍 나타나고, 군고구마를 든 민머리 할아버지도 번쩍 나타난다. 여기 좋은데?

“감사합니다!”

호호, 불며 고구마 껍질을 깐다. 와, 내가 좋아하는 밤고구마야!

“호랑이한테 이렇게 귀여운 친구가 있었네? 학교 다닐 맛 나겠다!”

“네!”

싸우는 것처럼 소리를 치곤 있지만, 분명 다정한 대화 중이다. 알콩달콩 고구마를 까주면서, 오늘 학교에서 있었던 일도 얘기하고, 시험 얘기도 하고, 민머리 할아버지의 추임새도 듣고.

"일 안 하고, 지금 뭐혀!"

천둥 같은 목소리가 들린다. 수염도 없고, 민머리도 아닌, 딱 기본 맛일 것 같은 토핑 없는 할아버지가 나타났다.

"호랑이 친구라잖아? 고구마 대접하고 있었지."

"호밋자루 박다 말고, 수다 떨고 있는 거여?"

"아직 불이 안 달궈졌어."

"핑계는,"

핀잔을 주면서도, 고구마 까는 일에 동참하신다. 근데 아무래도 낯이 익단 말이야.

"앗, 기차역!"

"어, 꿀 호떡!"

이렇게 팟, 하고 동시에 떠오르는 것도 신기해.

"너 호랑이 친구였구나?"

"네, 몸은 괜찮으세요?"

막 깐 고구마를 불쑥 내밀며 꿀 호떡 할아버지가 웃는다.

"덕분에! 여기서 만나니까, 더 반갑네."

수염 할아버지까지 오셔서, 완전체가 되었다. 와, 정말 닮았다.

"세쌍둥이야. 수염이 천배, 대머리가 만배, 내가 억배야. 그래서 천만억 대장간."

오, 그래서 천만억이었구나!

"저는 오 꿀떡이라고 해요."

고구마를 먹던 손을 털고 정중하게 인사한다.

"저혈당이 와서 죽을 뻔했던걸, 요 녀석이 구해줬어. 내 생명의 은인이야."

그렇게 거창하게 얘기하시면 제가 몸 둘 바를 모르잖아요.

"그땐 정말 고마웠다."

마땅히 할 일을 했을 뿐입니다. 게다가 칼도 주셨잖아요. 그 칼이 장인의 칼이었네.

"저도 감사해요. 칼 엄청 좋더라고요."

옷장 속에 처박아 뒀다는 소리는 차마 못 하겠다.

"아, 견본으로 만든 거야. 무딘 것 같으면 호랑이한테 갈아달라고 해. 저 녀석 칼 가는 것 정도는 눈 감고도 하니까."

아, 옷장에 처박아 둔 걸 다시 꺼내야겠네. 어디가 두면 좋을까. 베개 밑에 놔두면 악몽 따위 싹 사라지려나.

"호랑이도 여기서 그만 고생하고, 학교로 돌아가. 노는 것도, 공부하는 것도 다 때가 있는 거야."

고구마를 까던 천배 할아버지가 근엄하게 말씀하신다.

"우린 죽을 때까지 여기 있을 거니까. 하고 싶은 거 다 하고 와도 돼."

알전구처럼 반짝반짝한 만배 할아버지도 말을 잇는다. 할아버지들 눈에 우리는 아주 작은 싹, 무슨 나무든 될 수 있고, 무슨 열

매든 될 수 있는 어린싹.

"대학도 가고, 연애도 하고, 다른 일도 해보다가, 그래도 너무너무 이 일이 하고 싶을 때, 그때 와."

"할아버지….'"

구멍 난 장갑으로 고구마를 까던 세 할아버지가 동시에 고구마를 내민다. 그 덕에 호랑이가 울컥한다.

이렇게 달달하고 쫀득한 고구마는 세상에 없을 거야. 입가에 재를 묻혀가며 덥석덥석 받아먹는 고구마. 땀을 뻘뻘 흘려가며 먹는 가슴 촉촉 고구마.

"잘 먹었습니다!"

고구마도 동나고, 시간도 너무 빼앗은 것 같아서 슬슬 일어났다.

"다음번엔 삼겹살 구워줄게!"

"네!"

씩씩하게 인사하고 나온다. 마침, 손님이 오셔서 할아버지들이 바쁘게 달려가셨다. 대장간을 벗어나니, 먹구름을 뚫고 나온 것처럼 세상이 평화롭게 느껴져. 호랑이가 정류장까지 데려다준다며 쫓아 나왔다.

"이렇게 쉽게 내쫓을 줄은 몰랐는데?"

장난스럽게 말하지만, 서운한 눈치

"나 때문인가?"

"그래. 친구가 있다는 걸 들켜버렸잖아. 외톨이인 줄 알고 받아

준 건데.”

호랑이가 웃는다.

“원래는 억배 할아버지 아들이 있었어. 근데 어느 날 갑자기 사라졌지.”

아, 기차역에서 들었던, 꿀 호떡을 좋아했다던 그 아들. 설마, 천국에 있는 건 아니지?

“뉴질랜드로 튀었어. 자유롭게 살겠다고. 지금은 농장에 있대.”

휴, 다행이다.

“그래서 너한테 하고 싶은 거 다 하라는 거구나.”

“맞아.”

네 마음은 어떨까? 놀다 와도 괜찮을 만큼일까. 놀다 오면 안 될 만큼일까.

“근데 난 도망치지 않고 할 자신이 있어. 억지로 하는 게 아니라, 정말 좋아서 하는 거니까”

호랑이가 스르륵 손을 잡는다. 검댕이 묻은 손이지만 따뜻해. 버스가 아주 천천히 왔으면 좋겠다.

차창 밖에서 손을 흔드는 호랑이는 막 돋아난 댓잎처럼 풋풋하고 싱그럽다. 검댕을 뒤집어쓰고 있어도 넌 아름답구나. 그래서 이렇게 산들바람이 부는 거였어. 널 만날 때마다 내 마음에서.

웅, 하고 메시지가 왔다.

‘이따 일곱 시에 의상실에서 봐.’

호랑이에게 온 메시지다. 응, 이따 봐. 답장을 남기는 손가락도 두근두근.

저녁을 후딱 먹고, 콧등이 반짝반짝하게 샤워하고, 말끔하게 빤 체육복을 입고 의상실 앞에서 서성인다. 별관에는 강당과 시청각실 그리고 가사 실습실이랑 목공실이 있다. 내가 있는 2층에는 의상실과 동아리 방이 함께 있다. 평소엔 악기 소리며, 음악 소리로 소란스러웠는데, 시험 기간이라서 그런지 별관도 고요하다. 의상실이라 붙은 푯말을 제외하면 평범한 교실이라, 지나치기 쉽다. 드르륵 재봉틀 소리가 문틈으로 새어 나온다. 세계사 쌤 아직도 일하시네.

"오래 기다렸어?"

"방금 왔어."

"다행이다. 들어가자."

호랑이도 방금 씻고 왔나 보다. 머리칼이 촉촉하게 젖어 있다.

"호랑이랑 꿀떡이네? 어쩐 일이니? 새 옷이라도 필요해?"

세계사 쌤이 드르륵드르륵 박음질하면서 묻는다. 그러다 손도 같이 박겠어요.

"쌤 여기서 공부해도 되죠? 방해하지 않을게요."

"물론이지. 대신 애정행각은 안 된다?"

왜 멀쩡한 방을 놔두고, 여기서 공부하는데? 그보다 내 데이트는? 난생처음 데이트란 걸 해보나 했더니.

“와 이건 복실이 옷이네.”

켜켜이 쌓인 원단 더미에서 단연 복실이의 원단이 눈에 띈다. 이건 미아의 레이스, 이건 맥아더의 와펜이네. 벽면 가득 꽂혀 있는 색색의 실이 얼마나 많은 옷을 만들었는지 말해주는 것 같다. 원단을 헤치고, 부자재를 넘어서, 패턴이 어지러이 널려있는 책상에 도착했다. 호랑이가 익숙하게 패턴을 말아서 정리한다.

“자, 앉아.”

하지만, 데이트할 줄 알고, 아무것도 안 가져왔는데? 머뭇머뭇 앉아본다.

“이거, 쌤한테 받은 교사용 문제집인데, 같이 보자.”

너 능력자네. 이런 것도 받아오고.

“여기, 엉망인 것처럼 보여도, 이상하게 집중이 잘 돼. 특히 저 재봉틀 소리가 좋아.”

뭔가 어수선한 게 할머니의 다락 같아서 마음이 편해지기는 하네. 호랑이가 건네준 교사용 문제집을 펼친다. 와, 정말이네. 집중이 잘된다. 졸리려고 하면, 고개를 들어 널 본다. 오, 잠이 번쩍 깨.

“이거, 미아가 정리해 둔 거, 복사해서 왔어. 미아는 노트 정리를 하면서 공부하거든. 덕분에 꼴찌는 면하고 있지.”

뭐, 그 얼굴로 꼴찌를 한다 해도 괜찮을 것 같긴 한데. 인간이 너무 완벽하면 안 되잖아.

“이 문제 알아?”

"아, 이거 수업 시간에 배웠어."

가물거리는 기억을 끌어내, 문제를 풀어본다. 호랑이는 국어가 약하고, 나는 수학이 약하다. 서로 도우면 침몰은 면하겠지?

"배 안 고프니? 컵라면 먹을 건데. 니들도 줄까?"

야식은 못 참지!

"쌤 계속 여기서 공부해도 돼요?"

"물론이지. 대신 인원이 더 늘면 안 돼. 내가 신경 쓰이니까."

후루룩 라면을 먹고, 과학 문제를 몇 개 풀고 나니, 벌써 열 시다. 세계사 쌤도 작업대를 정리 중이다. 쌤을 도와서 원단을 쌓고, 휴지통을 비우고, 실밥이 떨어진 바닥을 쓸었다.

"이거, 가져가."

아, 이런 평범한 옷도 만드시는구나.

"원단을 사면 샘플로 만들어보거든. 마감이 좀 미흡하긴 해도, 체육복을 입고 다니는 것보단 나을 거야."

"와, 감사합니다. 쌤, 내일은 맛있는 간식을 싸 올게요."

"그래, 그만 가렴, 여긴 내가 닫을 테니."

머리도 채우고, 배도 채우고, 옷장도 채우는구나. 너무 좋다. 마무리는 자판기 우유, 호랑이도 같은 걸 뽑았다. 바람이 부는 스탠드에 앉아 소곤소곤 얘기를 나눈다.

"나는 고모네 집에서 자랐어. 고모는 수선집을 했고. 그래서 저 재봉틀 소리가 편해."

나도 편했어. 너무 시끄럽지 않은 기계음도, 오래 묵은 원단 냄새도, 다 푸근하고 좋았어.

"고모는, 지금도 재봉틀을 하서?"

"수선집은 관뒀지만, 부업으로 모자도 만들고, 가방도 만들고. 가끔 나한테 보내주기도 해."

"와, 좋겠다. 세상에 하나뿐인 가방이잖아."

"네 것도 만들어 달라고 할게. 아주 평범한 거로."

널 키워준 고모가 만든 가방이라면 평범해도 평범하지 않을 것 같아. 아주 특별하고 소중한 가방이 되겠다.

시험 기간인데도 농구장 앞은 북적댄다. 농구부장이 통통 공을 튕기다, 시원스레 골대에 넣는다. 선선한 바람이 네 짧은 머리를 흩어놓고, 내 머리칼도 멀리멀리 날려 보내려 한다.

"호랑아,"

"응?"

"넌 왜 죽으려고 했어?"

마시다 만 우유가 미지근하게 식는다. 벌써 바람이 많이 차가워졌어. 금세 겨울이 오면 어쩌지. 방학이 되면, 이 기숙사를 떠나 집으로 돌아가야 하나. 나는 아무 데도 가고 싶지 않은데,

"죽으려고 하지 않았어. 그냥 다리 위에 서 있었을 뿐이야. 바다가 잔잔해서 좋았거든. 햇볕도 따뜻해서 내내 거기 있고 싶었어. 삼도천 다리였어도 괜찮겠다 싶을 정도로 좋았는데,"

손을 뻗어 흩날리는 네 머리칼을 만져본다. 차고 부드럽네.

"깨어보니 응급실이었어."

정말 삼도천 다리였구나. 더 걸어갔다면, 우린 영영 만나지 못했을까. 아님. 삼도천 너머에서 만났을까.

"독극물 중독이었어. 그날 먹은 거라곤, 형이 끓여준 라면뿐이었는데."

손에 든 종이컵이 툭 떨어진다. 안개처럼 쏟아지는 마음.

"내가 고모네 집에서 자라는 동안, 마을 사람들의 사랑을 독차지하는 동안, 형은 많이 외로웠을 거야. 엄마도 아빠도 가업을 잇느라 바빴거든. 두 분 다 한의사셔. 그래서 형이 독초를 구하기 더 쉬웠을 거야."

"정말로 형이?"

"응, 내가 다 뺏어가는 것 같았대. 형은 나보다 키도 작고, 몸도 약해. 마음도 더 여리고."

발치로 통통 공이 굴러온다. 호랑이가 공을 주워 있는 힘껏 던진다.

"안 미워?"

"미워했어. 네가 고모네 살았던 것도 다 형 때문이었는데, 형이 아파서, 같이 살지 못한 건데, 형은 다 자기 것이라고 하는구나. 그래서 미워했어. 근데 더는 미워하지 못하겠어."

누군가 쏘아 올린 공이 골대를 맞고 들어간다. 우리의 가슴에도 빈 골대가 있어서, 슛하고 공을 쏴야 하는뜻지도 몰라. 철렁하고 흔들리는 건 그물이 아닌 내 마음.

"라면을 먹은 건, 나뿐이 아니야. 형이 더 많이 먹었어."

밤바람에 내 마음도, 분유 맛이 나던 자판기 우유도, 꼭 쥐었던 주먹도 식어간다.

"널 만난 그날, 형을 만나러 간 거야. 물길을 따라 올라가면 언젠가 극락에 닿는 암자. 형은 거기 있어."

쏟아버린 우유처럼 네 마음이 가벼워지는 게 보인다. 내가 한발 한발 올라간 그 비탈을 너도 밟고 올라갔구나.

"너도 봤어. 고래처럼 물을 마시던데."

"아무도 없는 줄 알았더니."

"내려가던 길에 잠깐 스쳤어."

이대로 두면 언젠가 사라지지 않을까 싶게 작은 암자였지만, 짐을 내려놓기 좋은 곳이었어. 덕분에 내 마음도 조금 덜고 왔지. 엄마에 대한 미움도, 아빠에 대한 그리움도 쏟아버린 우유만큼 덜고 왔어.

"다음엔 같이 가자. 거기, 우리 아빠가 있거든. 이젠 헌 아빠가 될 아빠."

씩씩하게 말해본다. 차가워진 주먹을 다시 불끈 쥐고!

"좋아!"

식었던 두 손도 마주 잡으니까, 다시 따뜻해진다. 기숙사 앞에서 바이 바이. 이렇게 마침표를 찍으면, 다시 새 문장이 시작될까? 분명 그럴 거야. 내일엔 내일의 새 문장이 첫 페이지에 시작될 거야. 그러니까. 굿 나잇!

　이렇게 한가하게 나와서 풍경화를 그려도 되는 건가요? 아무리 수행평가라지만, 긴장감이 0.001%도 없잖아요. 교문을 나와서 샛길로 올라가면, 탁 트인 공원이 나온다. 팔각정도 있고, 운동 기구도 있고, 훌라후프까지 갖춰져 있다. 어르신들까지 많아서, 동네 약수터 같은 느낌.

　미아는 과감하게 팔각정을 그리고, 맥아더는 보이지도 않는 일출을 그린다. 털북숭이 복실이는 정체 모를 생명체를 그린다. 설마, 그거 나 아니지?

　기지개를 켜다 본 하늘이 너무 예뻐서, 그려보기로 한다. 푸르고 높고, 생크림 같은 구름이 떠다니는 하늘, 끝이 붉게 물들어가는 이파리도 그리고, 막 생긴 비행운도 그려본다.

　"깨진 유리구나? 어쩜 크랙을 섬세하게 그렸네."

　하늘이라고요! 하늘! 이게 어디가 깨진 유리예요! 마음을 다해 외쳐도 소용이 없다. 짧은 머리칼에 쪽빛 셔츠를 즐겨 입는 미술 쌤은 어쩐지 간수장 같아서, 거스를 수가 없다.

　"꿀떡이 마음은 이렇구나?"

　망할 털북숭이가 어깨를 툭 치고 간다. 하늘이야. 맑게 갠 하늘.

저거 단풍이지. 피 아니다.

"네 마음이 이렇게 아픈지 몰랐어."

미아도 거들고 간다. 미아, 기울어가는 팔각정 지붕이나 어떻게 해 봐. 지금 내 걱정할 때가 아니야.

"호랑이도 네가 이런 거 알아?"

맥아더, 네 그림에 흥건히 흘러내린 핏물이나 닦으시지!

제대로 색을 칠하면 괜찮을지 몰라. 팔레트에 과감하게 색을 섞는다. 하양과 파랑 그리고 빨강과 초록. 칠하면 칠할수록 맑게 개었던 하늘이 산산조각 난 유리로 변해간다.

"와, 예쁜 하늘이네."

호랑이가 생긋 웃으며 서 있다. 역시 알아봐 주는구나. 너는,

"저기, 낮달도 있는데. 보여?"

호랑이의 손끝에 낮달이 걸려있다. 붓을 헹구고, 하양을 조금 묻혀 희미한 동그라미를 그린다. 달이 생기니까, 정말 하늘 같지?

"넌 뭐 그렸어?"

물감이 마르는 동안에 구경 갈까. 호랑이를 따라 총총 걷는다. 다람쥐가 놓친 도토리들이 발치로 툭툭 떨어진다. 낙엽들이 바스락바스락 기분 좋게 밟힌다. 조금 더 들어가면 이렇게 고즈넉하구나. 나도 여기서 그릴걸.

초록과 파랑, 보라와 남색으로 그린 울창한 어둠 속에 꿈틀꿈틀 길이 나 있다. 아득히 먼 길 끝에서 누군가 등불을 들고 서 있다.

형체도 알아볼 수 없게 작은 사람. 꼭 나 같다.

"호랑이는 세포를 그렸구나? 아니 적혈구인가?"

"틀려요!"

동시에 외쳤다. 이게 어떻게 적혈구에요!

"아, 미안, 미토콘드리아, 맞지?"

대꾸할 틈도 없이 미술 쌤이 사라졌다. 예술가들의 눈은 우리와 다르다더니, 이건 너무 심하게 다른 거 아니에요!

"이거, 나지? 등불을 들고 서 있는 애."

미술 쌤 덕에 당황했던 호랑이가 그제야 피식 웃는다.

"응."

미술 쌤의 평가란엔 깨진 유리와 미토콘드리아가 적혀있겠지만, 분명 우리가 그린 건 하늘이랑, 등불을 든 소녀야. 어쩌면 소녀도 길 끝에서 소년을 찾았는지도 몰라.

"이거 적혈구냐?"

"맞네. 혈관 속에 둥둥 떠 있는 적혈구. 기왕 그린 거, 백혈구도 그리고 헤모글로빈도 그려."

니들 눈은 썩었어! 맥아더와 복실이의 엉덩이를 힘껏 걷어찬다.

맥아더의 일출은 막 퍼담은 선지를 닮았다. 너도 분명 해괴한 평가를 받을 거야!

"네 마음에는 이런 해가 뜨는가 보구나. 잘 그렸다. 아주 붉고 아름다워."

잠깐만요! 어디가 붉고 아름다워요! 딱 봐도 싱싱한 선지잖
아요!

좋아, 미아의 팔각정은 분명 내팽개친 큐브라고 하실 거야!

"가을 팔각정이네? 기와가 아주 운치 있는걸? 좋아."

이 뒤틀린 조각들이 쌤 눈엔 기와로 보여요? 설마 내 눈이 이
상한 거야?

"복실이는, 꿀떡이를 그렸네? 어쩜 피카소가 울고 가겠다."

이 요괴가 저라고요! 스케치북에는 상냥하게 웃고 있는 큰 동그
라미가 그려져 있다. 팔다리가 얼굴에 붙어있는 게. 영락없는 요
괴인데, 저라고요?

"동그랗고 사랑스러운 게 딱 너지?"

네 눈엔 내가 이렇게 보였구나? 테니스공에 팔다리가 달린 것
처럼.

"아무래도 우리 눈이 이상한 걸까?"

올라갈 때보다. 내려갈 때 화구 가방이 더 무겁다. 부루퉁한 마
음이 담겨있어서 그런가.

"예술은 보는 사람 마음이니까. 네 하늘이, 유리가 되고, 내 소녀
가 적혈구가 돼도 어쩔 수 없어."

그래, 예술은 예술가의 손을 떠나면, 오롯이 감상하는 사람의
마음이다. 우리의 그림에서 깨진 유리를 보고, 적혈구를 본다 해
도 어쩔 수 없다. 어쩜 내가 그린 하늘엔 나의 깨진 마음이 담겨

있을지도 모르고, 네가 그린 길 끝엔 산소통을 멘 소녀가 서 있을지도 몰라.

나란히 걸어가는 너와 나 사이를 미아가 불쑥 끼어든다.

"꿀떡아. 이따 읍내 같이 가자. 가을맞이 색조 좀 사야 하거든. 꿀떡이 너도 틴트 하나 사. 내가 골라줄게."

얼굴에 뭐 바르는 거 너무 귀찮아서, 스킨도 바를까 말까인데, 무슨 색조냐. 그런 거 없이도 난 사과 볼이고, 딸기 입술이야.

"화장은 매직이야! 꿀떡이 너처럼 평면적인 얼굴도, 순식간에 입체적으로 바꿔준다니까."

사양하겠습니다. 동글납작한 게 뭐 어때서?

"서점에 들를 거면 갈게. 문제집 살 거 있으니까."

"좋아. 그럼, 같이 가는 거다?"

미아가 어쩐지 불길하게 웃는다.

"아, 벌써 두근두근해. 이 하얀 도화지에 무슨 그림을 그릴까?"

그 하얀 도화지가 넙데데한 내 얼굴을 말하는 건 아니겠지?

"호랑이 너도 갈래?"

"난 대장간에 가봐야 해. 배달할 게 있거든."

할아버지들이 그렇게 내쳐도 끈질긴 호랑이는 빠짐없이 출근한다. 그 열정을 존중합니다.

"호랑이 널 보면 참 이상해. 그 힘든 일이 뭐가 좋니? 맨날 망치질하고, 철철 끓는 데서 땀을 바가지로 흘리고, 어흑, 나라면 그렇게 못해."

미아는 고고한 공주님이라서, 땀 흘리는 일이라면 질색이지. 체육 시간에도 제대로 뛰는 걸 본 적이 없다. 물론 뜀틀은 그림처럼 뛰어넘긴 하지만,

"살아있는 기분이잖아. 불똥이 튀고, 쇠가 녹고, 칼이 만들어지고, 모든 과정이 다 생생해서 좋아. 멍하니 불을 보고 있는 것도 좋고."

"내가 분장실에 있을 때랑 같은 기분인가? 나는 그 순백의 도화지에 그림을 그릴 때가 제일 좋거든!"

역시 서점은 다음에 갈까….

촐랑촐랑 복실이가 뛰어간다. 가을에 봐도 더워 보이긴 마찬가지네. 뭐, 한여름의 땡볕보다는 낫긴 하다만, 애초에 이름부터 잘못됐어. 복실이가 뭐야. 꿀떡이인 나도 뭐 당당한 건 아니지만, 나르키소스처럼 생겨서는 복실이라니!

교실 뒤에 붙여놓은 그림을 봐도 도무지 이해가 안 된다. 정말이 팔다리 달린 테니스공이 나란 말이야? 아무래도 안과를 가봐야 할까. 삼총사의 그림을 빼면, 잘 그린 그림도 많아서, 감탄하고 본다. 내 눈엔 아주 평범한 숲이었는데, 요정이 나오는 숲처럼 그린 그림도 있고, 나무에 난 구멍을 섬세하게 그린 그림도 있다. 살짝 보이는 꼬리는 다람쥐의 꼬리인가. 상상력이 귀엽다. 우린 같은 숲에 갔는데, 다 다른 그림들을 그렸네. 그게 풍경화

의 매력인가 보다.

"안 가?"

선생님을 도와드리고 뒤늦게 교실로 돌아온 복실이가 문 앞에서 기다린다.

"너, 이름 바꿀 생각 없나?"

"뭐, 크리스나, 레오나르도 같은 거로?"

"크리스 좋다!"

"그런 생각도 안 해본 건 아닌데, 역시 복실이가 좋아. 뭔가 몽글몽글하고 귀여운 느낌이잖아. 막 강아지 같고."

"그러냐?"

나랑 이름에 대한 해석이 좀 다른 것 같다.

남아서 공부를 하던 녀석들도 오늘은 일찍 들어갔나 보다. 교실이 텅 비어 있네. 하긴 금요일이니까. 조금 느슨해져도 되려나.

"그러는 넌, 이름 바꿀 생각 없어? 뭔가 한입에 삼켜야 할 것 같은 이름 말고, 더 귀여운 거로. 음, 곰순이나, 흰둥이나."

어쩜 복실이는 나르키소스가 아니라, 마조히스트인지도 몰라. 이렇게 맞는 걸 좋아하는 걸 보면. 내 주먹을 피해 복실이가 억울한 개처럼 뛰어간다. 깨갱 소리도 내보지 그래?

아무리 선선해졌다 해도, 아직 땀이 난다. 게다가 산행까지 했으니까, 자몽 향이 나는 거품을 묻히고, 시원하게 샤워한다. 세계사 쌤이 준 평범한 옷을 입고, 평범한 캔버스 가방을 메고,

살랑살랑 나가본다. 근데 누구세요? 미아는 어디 가고, 앳된 소
년이 서 있다. 중학생 같기도 하고, 초등학생 같기도 하고. 헐
렁한 멜빵바지를 입고 있어서, 나이를 가늠하기가 더 힘드네.
형이라도 찾아 왔니?

"어, 왔어? 빨리 가자!"

우뚝 멈춰 선다. 위아래를 샅샅이 훑어본다. 이 목소리는 분명
맞는데, 너 설마 미아?

"귀신이라도 봤냐?"

"미아 맞아?"

"놀라긴, 버스 시간 다 돼가. 빨리 가자."

평소에도 이렇게 다니면 안 돼? 남동생 같아서 좋은데!

내리막길을 뛰다시피 해서 내려갔다. 정류장에 도착하자마자,
버스가 와서 서둘러 올라탔다. 역시 그 머린 가발이었어. 목덜미
를 살짝 덮는 이 상큼한 커트가 훨씬 잘 어울리는데.

"도화지를 감상한 기분이 어때?"

미아가 쿡, 하고 웃는다. 너무 빤히 쳐다보긴 했다.

"유명한 명화들을 엑스레이로 찍으면, 전에 그렸던 그림들이 나
타나곤 한대. 가끔은 덮어씌운 그림보다 더 아름다운 그림이 그
밑에 깔려있기도 한대."

미아의 얼굴에서 웃음기가 사라진다. 내가 너무 진지했나. 그냥
못생겼다고 장난스레 말해줄걸.

"더 아름답지만, 지워도 아깝지 않은 그림이었겠지."

나직하게 말하고는, 차창을 바라본다. 누군 아름다워지고 싶어서 화장을 하고, 누군 아름다운 얼굴을 지우고 싶어서 화장을 한다. 미아 네게도 붓질로 가리고 싶은 상처가 있겠지. 차창에 아른거리는 얼굴이 있어서 시선을 돌렸다. 학교에서부터 우릴 따라오는 것 같은데 누구지? 그냥 내 착각인가? 그것보다 토라진 미아를 풀어 줘야겠다.

"이 색 어때?"

신상 틴트를 검색해서 미아에게 내민다. 꽁한 건 빨리 풀수록 좋아. 이건 내 경험이야.

"예쁘네. 근데 너한텐 안 어울려. 넌 좀, 더 화사한 색이 좋아. 피부가 희니까, 핑크나, 체리나."

휴, 통했다. 오늘은 미아가 하자는 대로 다 해야지. 미아를 따라 마을에 하나뿐인 편집숍에 들어간다.

"맨얼굴로 와야, 제대로 테스트할 수 있어. 어때?"

이 오묘한 색을 뭐라고 해야 하나. 곶감도 아니고, 벽돌도 아니고, 축축하게 젖은 흙 같은 느낌?

"좀 더 밝아도 괜찮을 것 같아."

"그럼, 티가 안 나잖아."

은은하게 하는 건 화장이 아닌가요? 이건 너무 연극 분장 같잖아요. 비에 젖은 황토 색도에, 물에 지워지지 않는다는 무슨 무슨 펜에, 납작한 코도 살려준다는 마법 같은 셰딩에, 라일락색 립스틱에. 미아, 난, 추상화가 아니라, 인물화야.

"이 립스틱 너한테 딱이다. 완전 청초해 보여!"

내 눈엔 청색증에 걸린 것처럼 보이는데? 아무래도 안 되겠어. 이렇게 끌려가다간, 평생 안 쓸 쓰레기를 왕창 사게 될 것 같아.

"미아, 내 건 이제 됐고, 네 거 보자. 이거 어때? 너한테 잘 어울릴 것 같은데?"

인기 아이돌이 광고하는 팔레트다. 제발, 먹혀라!

"어디? 언니, 이거 샘플 없어요?"

미아가 한눈을 파는 사이에, 바구니에 담긴 화장품들을 제자리로 돌려놨다. 그리고 딸기우유 색 틴트를 살짝 담았다. 아무것도 안 사면, 미아가 삐질 거야.

"펄이 오묘해서 정말 예쁘다."

"응, 나도 맘에 드네."

지름신이 제대로 강림한 미아는 다행히 소박한 내 장바구니를 탓하지 않았다. 귀여운 소년이었던 미아가 어느새, 농염한 소녀가 된 것 같아, 많이 아쉽긴 하지만, 어쩔 수 없지.

서점에 들러 문제집을 사고, 근처 햄버거 가게에서 테이크아웃도 했다. 바람이 좋으니까, 밖에서 먹자. 근데 아까 버스에서 아른대던 그 사람, 버거 가게에도 있었어. 역시 우연이겠지?

"이런 데 천변이 있었네?"

배가 고픈 미아는 해가 저무는 천변 대신, 프렌치프라이가 더 좋은가보다. 입가에 케첩이 묻은 것도 모르고, 맛있게 먹네. 그럼, 나도 먹어볼까. 와, 맛있다. 막 튀긴 치킨 패티가 끝내준다. 매콤하면서도 바삭해.

"세상 버거는 다 먹어본 것 같은데, 역시 여기서 먹는 버거가 최고야!"

누가 보면 버거 먹으러 세계 일주라도 한 줄 알겠어. 그래 봤자, 케이땡, 맥땡, 롯땡, 맘땡 정도 아니야?

"너 속으로 나 비웃었지? 표정에서 다 티 난다. 햄스터처럼 볼을 부풀리고 있으면, 모를 것 같냐."

웃음이 터질 것 같아, 서둘러 콜라를 마셨어. 벌써 얼음이 녹아서 맛이 심심해졌어.

"엄마가, 에이전시 소속 아티스트여서, 여러 나라를 따라다녔어. 평소에는 그렇게 진상을 피다가도, 분장실에만 들어가면, 인형같이 순했대. 신데렐라의 마법을 보느라. 우는 것도 떼쓰는 것도 잊었나 봐. 그렇게 바쁜 엄마 덕분에 난 거의 햄버거로 끼니를 때웠어. 그래서 버거 맛은 누구보다 잘 안다고."

"와, 엄마 따라 세계 일주라니, 멋지다!"

미아가 싱거워진 콜라를 쪼옥 빨아먹는다. 나는 케첩 없이 프렌치프라이. 짭짤해서 딱 좋아.

"꿀떡이 넌 좀 벌레였지? 난 분장실 거울이었어. 다시 태어나면 분장실 거울이 됐으면 좋겠다고 생각했어.”

교장은 죽었다 깨어난 아이들을 찾아가서 그렇게 하나하나 물어본 것이구나. 다시 태어난다면 뭐가 되고 싶니? 호랑이는 뭐라고 답했을까? 복실이는, 맥아더는.

“근데, 다시 태어나도 거울로는 살 수가 없어. 거울은 있는 그대로만 비춰주면 되는데, 나는, 그러질 못해. 미운 게 있고, 싫은 게 있고, 아픈 게 있어. 다시 태어나도 예쁘고 눈부신 분장실 거울이 되지 못해.”

테스트하느라, 이것저것 색이 칠해진 미아의 손등을 내려다본다.

“미아, 거울은 있는 그대로를 비추지만, 넌 마음까지 비춰줘. 슬픈 마음은 슬픈 마음대로. 기쁜 마음은 기쁜 마음대로. 난 그런 미아가 더 좋아.”

“정말?”

“그래, 그리고 이렇게 화장을 해놓으면 꼭 공주님 같잖아?”

나, 재능 있는 라이어 같아. 이렇게 뻥튀기도 잘 튀기고,

“꿀떡이는 좋은 애야. 생긴 것만 푸근한 게 아니라, 마음도 정말 푸근해.”

그거 칭찬이 아닌데,

손에 묻은 기름을 바지에 쓱쓱 닦고 천변을 따라 걷는다. 잠자리가 날고, 발치에서 풀벌레가 튀어 오른다.

"나, 심청이처럼 배에서 뛰어 내렸어. 정말 떠오르기 싫은 지옥 같은 기억이 있는데, 자꾸자꾸 떠올라서, 같이 죽고 싶었어. 내가 죽으면, 지옥 같은 기억도 끝날 테니까."

하얀 뱃전에서 뛰어내리는 심청이 같은 미아가 떠오른다. 공양미 삼백석 보다도 무거운 악몽이 너를 집어삼키던 날. 하늘은 맑았을까. 너에게 지옥을 선사한 그 사람은 맑은 하늘 아래를 걸으면서, 아무렇지 않게 웃었을까.

"나, 분장실에서 나쁜 짓을 당했어. 엄마랑 친구였던 아티스트 아저씨였어."

소름 끼치게 착한 척했겠지. 분장하듯, 속내를 숨기고는 네게 다가갔겠지. 발에 차이는 돌을 주워 있는 힘껏 던져본다. 퐁 하고, 낯선 살기가 가라앉는다.

"근데, 이상하다. 내가 왜 이런 얘기를 너한테 할까. 다른 애들도 다 이러냐? 뭔가 무방비 상태가 되네. 역시 푸근한 외모 때문인가?"

푸근하고 자시고, 난, 그놈을 죽이고 싶다고, 억배 할아버지가 준 칼이 정말 물증이 되는 수가 있다고!

"감옥에 있어. 평생 못 나올 거야. 나 말고, 당한 사람이 더 있대. 정말 악마지?"

다행이네. 내 손을 피로 적시지 않아도 되겠어.

차가운 바람이 타오르는 증오를 식혀 준다.

"자, 이거. 더 예쁜 거로 사려고 했는데, 그러면 네가 안 쓸 것 같아서."

미아가 주머니에서 무언가 꺼내 건넨다. 아무 장식이 없는 실핀이다.

"딱 내 스타일인데?"

으, 저 썩은 미소. 진짜 솔직한 거울이라니까.

"너도 언젠가 그 무채색을 벗고, 네 색을 주장하는 날이 올 거야."

무슨 소리, 난 영원히 회색 인간으로 남을 거라고. 싸다구를 날리며 날아가는 머리카락을 실핀으로 고정시킨다. 고마워, 미아.

그 고백이 미아에겐 힘들었나 보다. 듬직한 내 어깨에 기대서 잠들었다. 백만 번 돌려본, 호러 영화처럼, 네 악몽이 조금 가벼워졌으면 좋겠다.

그건 그렇고, 내 얼굴이 그렇게 푸근해? 가슴 깊은 곳에 숨겨놓은 비밀들을 두레박처럼 긷고 싶을 만큼 푸근해?

"미아, 아까부터 누가 따라오는 것 같아."

차창에 아른대던 얼굴이 결국 교문까지 우릴 쫓아온다.

"누구? 앗, 연극부 선배네."

미아가 공손하게 인사한다. 휴, 아는 사람이었구나. 역시 동선이 겹친 거겠지?

"치아 선배야. 이쪽은 꿀떡이에요."

굉장히 수상해 보였던 얼굴도 가로등 밑에서 보니 아주 평범한 인상이네. 마른 체형에 각진 얼굴, 평범한 안경이 참 밋밋해 보이지만, 눈빛만은 다르다. 뭐랄까, 과학실에서 보곤 했던 포르말린에 담겨있는 표본 같아.

"안녕? 네가 꿀떡이구나? 반갑다."

대답 대신 꾸벅 인사를 했다. 먼저 아는 척을 했더라면, 이렇게 찜찜한 기분으로 다니지 않았을 텐데. 좀 미안하기도 하고, 찝찝하기도 하고.

미아가 맥아더에게 볼일이 있다고 해서 운동장에서 헤어졌다. 막 경비초소를 지나가는데 경비아저씨가 부른다. 어, 택배네. 뭐지? 북북 상자를 뜯고 있는데, 못 보던 학생이 다가온다. 선배인가?

"잠깐 나 좀 봐."

영문도 모르고, 기숙사 뒤편으로 끌려갔다.

"너, 왜 호랑이 주변에서 알짱대냐?"

내 인생에도 이런 일이 벌어지는구나. 역시 잘생긴 애들은 위험해.

"너 같은 애가 호랑이랑 어울릴 것 같아? 너 거울은 보냐?"

그러는 선배도, 그리 거울을 살피는 얼굴은 아닌데요. 복실이가 그린 테니스공이 딱 여기 있네. 동그란 몸통에 짧은 팔다리가 참 인상적입니다만,

뒤 편에 포진해 있던 여성 동지들이 슬금슬금 다가온다. 설마 다

호랑이 팬클럽이에요? 생각보다 수가 적은데? 게다가 외모들이 다 동글동글해서, 전혀 위협이 되지 않아.

"왜 말이 없어? 너나 무시하냐?"

사납게 밀쳐대는 바람에 손에 든 박스가 툭 떨어졌다. 그 덕에 내용물이 쏟아졌다. 뭐야 이게?

"왁! 이거 페루 인형 아니니?"

테니스공 선배가 인형을 주워든다.

"어머, 정말이네! 쿠스코에서 파는 인형이다!"

세상 화려한 모자에, 그보다 화려한 옷, 뭉툭한 팔다리를 가진 이 몽땅한 인형이, 페루 인형이로군요. 엄만, 날 기숙사에 처박아 놓고, 원장 쌤이랑 페루로 놀러 가셨나 봐요.

"한 번만 만져보자."

"나도."

"와, 이거 완전 귀엽다."

인형 하나를 가지고, 오글오글 모여서 탄성을 지르는 언니들이 더 귀여워요.

"그거 가질래요?"

"왁! 정말 이거 나 가져도 돼?"

대답 한번 빠르네.

"도로 뺏어가기 없기다! 한 번 주면 정말 끝이야. 울고불고해도 절대 안 돌려준다!"

꽉 끌어안은 게, 이미 돌려줄 마음이 없구만요. 인형을 보느라, 나 따위는 안중에도 없는 것 같아서, 박스를 수거하고 돌아왔다. 이거 너무 싱거운 거 아냐? 뭔 위협을 하다 말어. 씻으러 들어간 화장실에서 화들짝 놀랐다. 나 지금까지 이 얼굴로 돌아다닌 거야! 어쩐지 마을 사람들이 인사를 받지 않더라! 내 순둥순둥한 눈매는 어쩌고, 저리 라인을 세게 그렸어! 셰딩을 준다더니, 저승사자로 만들어놨네. 입술마저 시체야. 이러니 선배들이 덤비다 말지.

얼굴이 닳도록 벅벅 닦아도, 저 강력한 라인은 잘 지워지지 않는다. 와, 미아 덕분에 없던 쌍꺼풀이 생겼네. 고맙다. 저승에서 유행하는 메이크업으로 무서운 선배들도 쫓아주고, 쌍꺼풀까지 만들어줘서. 웅, 하고 전화가 울린다. 국제전화네.

받을까 말까 하다 그만뒀다. 무슨 말을 해야 할지 모르겠어. 무슨 반응을 해야 할지도, 엄마의 결혼식 날 난 뭘 했지. 복실이랑 책방에 갔었나? 마을의 역사를 조사하러 갔었나. 암튼 즐거웠어. 엄마의 결혼식을 일부러 잊어버리고 말 만큼 즐거웠어. 엄마도 분명 좋았겠지. 내 빈자리를 느끼지 못할 만큼 좋았겠지. 그러니까 그만 자책해도 될까.

공부할 걸 챙겨 들고 기숙사에서 나왔다. 공부 따위 도피처가 될 순 없지만. 호랑이, 널 보면 분명 기분이 좋아질 거야. 넌 내 비타민이니까.

오늘은 내내 졸리다. 잠깐이라도 잘까 싶어 엎드리는데, 미아가 어깨를 흔든다.

"꿀떡아, 누가 불러."

누가! 누가 내 쪽잠을 방해하는 건데! 어, 테니스공 선배?

"인형 돌려주려고 온 건 아니고! 자, 이거!"

다짜고짜 뭔가를 안겨준다. 누런 봉투에 든 게 꽤 무겁다.

"나도 뭔가를 보답해야 할 것 같아서."

"이게 뭔데요?"

낮에 보는 선배는 더 동글동글하고 귀엽네. 레이스가 오글오글 붙은 블라우스에, 망사를 여러 겹 덧대서 만든 풍성한 스커트가 어제 본 페루 인형 같다.

"대대로 내려오는 족보. 너만 봐라. 꼭 너만 봐야 해. 절대 다른 애 보여주면 안 돼!"

"저만요?"

"그래, 이 족보엔 저주가 걸려있는데, 다른 사람들이랑 같이 보면, 시험에서 망한대."

거짓말, 그런 게 어딨어! 혼자만 살려는 수작이잖아!

"그럼, 잘 보고, 다시 돌려줘."

테니스공에서 페루 인형이 된 선배가 총총 사라진다. 고작 인형 하나에, 협박도 포기하고, 족보까지 주시는 건가요? 인형에 미치면 이럴 수도 있나요?

"인형에 완전 미쳤어. 오죽하면, 물에 빠진 인형을 구하러 뛰어들었을까? 그래서 이 학교에 온 거잖아. 저 선배."

레알? 그게 사실이야? 미아의 말에 경악한다.

"다른 사람들은 성적이 떨어져서 그랬을 거다, 연애에 실패해서 그랬을 거다 추측하지만, 실상은 인형 때문이었대. 애착 인형이 있는데, 친구가 장난으로 던진 거지."

"장난치고는 심하네."

"어디나, 그런 성격파탄자는 있으니까."

이제는 제법 털옷이 가벼워 보이는 계절이 왔다. 복실이의 복슬복슬한 털도, 동복용으로 바뀌었다. 더 복슬복슬하고, 더 따뜻해 보여.

오늘 메뉴는 뭉근하게 끓인 청국장. 냄새는 좀 그래도, 맛은 참 좋단 말이야. 청양고추를 넣어서 칼칼하니, 밥도둑이야. 벌써 두 그릇째 퍼다 먹는데, 미아가 인형을 들고 나타난다. 더는 인형하고 얽히기 싫은데,

"뭘 주워 오냐?"

"응, 떨어져 있길래."

청국장에 무생채를 넣고 슥슥 밥을 비벼 먹는다. 와, 이거 완전 밥 강도!

"매점에 조각 케이크 들어왔대. 사줄 테니까, 가자."

흠, 디저트를 먹을 배는 남겨놔야겠지?

“너, 지금 보니까, 쌍꺼풀 생겼다? 나 몰래 쌍꺼풀 테이프라도
산 거야?”

“네 덕에 생겼어.”

“내 덕?”

다음 날이면 사라질 줄 알았더니 삼 일째, 자리를 잡고, 버티고
있네. 케이크가 너무 달콤해서, 저승사자 같던 화장도 잊고, 널 용
서할 것만 같아.

“엄청 꾀죄죄한 인형이네. 버린 건가?”

밝은 갈색의 강아지 인형은 버렸다고 해도 이상하지 않을 만큼,
헤지고 닳았다. 뭔가 축축한 것 같기도 하고.

“역시 버릴까?”

“그럴 거면 왜 주워 와?”

“금방 주인이 나타날 줄 알았지.”

매점 휴지통에 버리려는 걸 말린다.

“누군가에게는 소중한 인형일 수도 있어.”

“그럼, 네가 가지고 있어.”

미아가 덜컥 인형을 맡긴다. 나도 영 찜찜한데.

수업이 끝날 때까지도 주인이 나타나지 않아, 결국 기숙사까지
가져왔다. 너무 더러워서 빨아놓을까 하다가, 그건 또 예의가 아
닌 것 같고, 전단이라도 만들어서 붙일까?

“일주일 정도 게시하면 되지 않을까?”

배달을 마치고 온, 호랑이가 전단지 붙이는 걸 도와준다.

"응, 회장한테도 그렇게 말해놨어."

게시판이란 게시판에는 죄다 붙여놨다. 꾀죄죄한 인형은 일단 벽장 속에 봉인해 두었다. 빨리 찾으러 왔으면 좋겠는데,

원단 더미에 파묻힌 세계사 쌤은 오늘도 바쁘시다. 뭐, 동복의 계절이 왔으니까. 갑자기 키가 자란 녀석들도, 키 대신 허리둘레가 자란 녀석들도, 아예 동복이 없는 나 같은 녀석들도 있어서, 오늘은 조수까지 두고 일하신다.

"쌤, 재봉틀도 할 줄 아시네요?"

"취미로 배웠어. 나름 재밌어."

세계사 쌤처럼 능숙하지는 않지만, 제법 시다 같긴 하다, 울 담임 쌤.

"한눈팔지 말고 박아요. 박음선이 삐뚤어지잖아요."

세계사 쌤의 잔소리에 울 쌤이 기가 죽는다. 저 눈빛 역사책에서 본 것 같은데? 어느 나라 노예였더라? 호랑이가 읍내에서 사 온, 찐 옥수수를 내려놓고, 우리는 우리의 자리로 간다.

참, 족보 챙겨 왔지! 누런 종이봉투에 담긴 족보를 꺼내서 조심스레 펼쳐본다. 핵심 요약본에다, 기출문제, 백 점 방지용 문제까지 완벽하게 정리돼 있네. 호랑이랑 같이 봐야겠다.

"아, 그거, 혹시 미미 선배가 준 족보?"

"어? 어떻게 알았어?"

“예전에 보여준 적 있거든,”

어, 이거 절대 혼자만 보라고 했었는데, 역시 뻥이었던 거야? 내가 호랑이랑 알콩달콩 볼까 봐?

“그거 혼자만 봐야 해. 같이 보면, 망해.”

“엥? 그 말이 정말이야?”

“혼자 펼쳤을 때랑 둘이 펼쳤을 때, 셋이 펼쳤을 때랑 문제의 답이 다르데. 핵심 포인트도 이상하게 바뀐대. 그래서, 미미 선배도 망했대.”

그건, 그냥 이 족보가 틀린 게 아닐까? 혼자 보건, 둘이 보건, 족보 자체가 틀린 건 아닐까?

“난 오늘 교과서 위주로 할 거니까. 그 족보, 꿀떡이 네가 봐.”

아, 그러기엔 영 찜찜한데. 오늘은 계속 찜찜한 일이 생기는 건가. 하지만, 무시하기엔 너무 일목요연하게 정리가 잘돼 있단 말이야. 한두 장 넘겨본다는 게, 푹 빠져서 봤다.

“문 닫을 시간이야!”

아니, 벌써? 방금 온 것 같은데?

“뭘 간식도 안 먹고, 그리 파고드냐? 오자마자 전교 1등 찍게?”

채오 쌤이 비아냥거린다. 그런 건 태어나서 한 번도 못 해봤습니다.

“자자, 다른 데로 새지 말고, 바로 기숙사로 가라. 밤이 깊었으니까.”

“쌤. 이렇게 밤새워 교복을 만들면, 쌤한테도 돌아오는 게 있어요?”

정말 팔려 온 노예 같아서 그래요.

“시간 외 근무수당이 있잖니. 그리고, 이 교복 공짜 아니야. 일반 교복처럼 똑같이 판매하는 거란다.”

그렇죠. 세상에 공짜는 없죠. 역시 쌤은 자본주의의 노예였어.

딴 데로 새지 말라고 했지만, 자판기 우유 정돈 괜찮겠지? 벤치에 앉아서 따뜻한 한 모금. 역시 맛있어.

“나 혼자만 봐서 미안해.”

“그게 왜 미안해. 당연한 거지.”

호랑이가 피식 웃는다.

“너, 첫 시험인가? 그럼, 충격 좀 먹겠는데?”

응? 왜? 여긴 시험도 뭐 덕후력 테스트 같은 거야?

“우리 학교 시험, 좀 어려워. 중간 기말을 합쳐서, 한 번만 보니까, 범위도 방대하고, 쌤들도 함정을 많이 파놓거든. 애들이 허우적대는 걸 즐기시는 것 같아.”

호랑이가 이렇게 욕할 정도면 장난 아니겠는데. 각오해야 하나.

“교장 쌤이 아무나 불러오는 게 아니야. 학교 폭력 가해자라던가, 가방만 메고 왔다 갔다 하는 유령 같은 녀석들은 데려오질 않아. 학교 분위기를 해친다나 뭐라나.”

그니까 성적에 인성까지 체크해서 뽑는단 말이야? 나 혹시 간당

간당하게 뽑힌 거 아니냐?

"성적이 이상하게 나오더라도, 너무 충격 먹진 마."

상큼하게 위협을 하고는 호랑이가 기숙사로 쏙 들어간다. 내 일생에 일등도 없지만, 그렇다고 꼴등도 없다. 졸음을 쫓으러, 세수도 하고, 낮에 복실이가 준 고카페인 음료도 마시고, 다시 족보를 펼쳐 든다. 마성의 족보여! 내 아둔한 뇌에, 정답의 각인을 새겨라!

"쌍꺼풀까진 좋은데, 이 다크써클은 뭐냐? 판다도 너보단 낫겠다."

"섀도라고 생각해."

"무슨 섀도를 이렇게 병자처럼 칠해?"

미아가 썬 로션까지 발라주면 부산을 떨어보지만, 강력한 천연 섀도는 사라지지 않는다. 지금 내 얼굴이 중요하냐. 꼴찌가 되느냐 마느냐 그게 더 중요해. 내가 이렇게 멍충한 걸 알면 호랑이도 정나미가 떨어질 거야. 그게 아니어도, 내 자존심이 허락하지 못해. 쉬는 시간에도 오로지 공부, 공부, 공부!

드디어 시험 날! 족보는 헤질 만큼 봤고, 사 온 문제집도 다 풀었다. 내 삶에서 이토록 열심히 공부한 건 처음이야. 어디선가 바라보고 있을 이름 모를 신에게도 기도해본다. 꼴찌만 면하게 해주세요!

손이 너무 차서 계속 비벼가면서 문제를 풀었다. 감독관이 보기엔 파리처럼 보였을 거야. 그래도 끝났다! 문제조차 이해하지 못하면 어떡하나 했는데, 그 정도로 어렵진 않았다. 모르는 것보다 아는 게 더 많았고. 시간도 그렇게 모자라지 않았다.

3일에 걸친 시험에서 영어, 국어, 암기과목은 그럭저럭 봤는데, 수학에서 망했다. 수학은 역시 통곡의 벽이야. 호랑이가 그렇게 가르쳐줬는데도, 서술형에서 와르르 무너지고 말았다. 배점도 높은 망할 서술형에서!

"이번 수학 쉬웠지?"

누구인가? 누가 쉽다는 소리를 내었어! 복실이 네 놈이냐?

"너무 쉬워서, 시간이 막 남더라. 변별력이 너무 없는 거 아니야?"

우리, 미아, 철퇴로 맞고 싶구나?

"꿀떡이 너도 쉬웠지?"

맥아더 너까지 배신하기냐. 시무룩한 표정으로 급식을 먹는데, 호랑이가 상쾌하게 웃으며 앞에 앉는다.

"할아버지들이 삼겹살 구워준다는 데, 같이 가자. 시험 끝난 기념이래."

역시 호랑이 너밖에 없어. 망할 수학은 잊고, 몸보신 좀 해야겠어.

"근데 수학 쉬웠지?"

야!

차창을 열어놓고 달린다. 이렇게 홀가분할 수 있다니, 시험도 그리 나쁘진 않은데? 곁에 앉은 호랑이도 생글생글 웃는다. 나 같은 돌머리를 데리고 공부하느라 너도 수고 많았다. 덕분에 통곡의 벽 앞에서 덜 울 수 있었어.

"시험 끝나서 좋지?"

"응!"

"가는 길에 음료수 사 가자. 할아버지들은 막걸리를 드실 테지만,"

"좋아."

탄산음료도 사고, 과자도 사고, 아이스크림도 산다. 기분 완전 좋아. 대장간에서 바비큐 파티라니! 최고야!

"여, 호랭이 왔냐?"

"꿀떡이 어서 와라!"

"이건 다 익은 거여. 어서 먹어!"

벌써 한 잔씩 들이키셨나 보다. 평소보다 더 기분 좋아 보이시네. 고기도 지글지글 맛있겠다. 옹기종기 모여 앉아 육즙 철철 고기를 먹는다. 급한 일은 오전에 다 끝내놓고, 본격적으로 노신단다. 막걸리도 아주 짝으로 들여놨어.

"와, 이렇게 맛있는 삼겹살은 처음이에요!"

단골 식당에서 얻어온 파김치도 죽인다.

"많이 먹어라. 냉장고에 이만큼 또 있다."

게다가 넘치는 인심!

"시험이 끝난 것도 축하할 일이지만, 우리도 축하할 일이 있지. 자자, 억배, 니가 말해 봐."

억배 할아버지가 숟가락을 마이크처럼 들고 일어선다.

"흠흠, 천만억 대장간이 한국을 넘어, 세계로 진출하게 되었다! 한국 호미가 해외에서 그렇게 알아준다지?"

와, 이거 정말 축하할 일이다! 삼겹살 파워로 우렁찬 박수를 보낸다.

"꿀떡이 널 만났던 날이, 업체에 샘플을 줬던 날이거든. 근데 우리 물건이 제일 좋았다지 뭐냐. 뭐, 당연한 일이지. 호미랑 칼, 그리고 조선 낫은 이 천막억 대장간의 자부심이거든!"

다 같이 지화자! 잔이 흘러넘치도록 격렬하게!

"정말 축하드려요!"

"다아, 네 덕이야. 널 만나서, 꿀 호떡도 얻어먹고, 해외 진출까지 하고!"

암요, 암요, 제가 바로 행운의 여신이거든요. 탄산도 많이 먹으면 취하나, 공연히 헛웃음이 난다. 그건 호랑이도 마찬가지. 할아버지의 잔을 채우는 내내 얼빠진 녀석처럼 웃어댄다.

"넌 왜 그렇게 웃냐?"

"좋잖아?"

“뭐가?”

“천만억의 미래는 내 미래이기도 하잖아!”

너는 뼛속까지 대장장이야! 술기운이 오른 할아버지들이 번갈아 가며 노래한다. 반주는 젓가락 장단. 특히 억배 할아버지가 잘 맞추신단 말이야. 거의 신급이야. 가끔 할머니 집에서 어르신들이 두드리는 건 봤는데, 이 정도의 고수는 처음이다. 나도 살짝 배워본다. 드럼보다 어려운 거 아니야. 이거?

얼큰하게 취한 할아버지들이 어깨동무하고 비틀비틀 귀가한다. 집 앞까지 배웅해 드리고, 우리도 버스에 올랐다.

“요 며칠 공부하느라, 제대로 못 잤지? 오늘은 푹 자.”

응, 그래야 하는데, 잠은 집에서 자야 하는데, 버스는 왜 이렇게 따뜻하고, 네 어깨는 왜 이렇게 포근한 거야. 자꾸만 고개가 떨어진다. 아, 안 되는데

“꿀떡아, 다 왔어.”

산발 머리를 하고 호다닥 버스에서 내렸다. 잠도 깰 겸 정거장 슈퍼에서 아이스크림을 사서 베어 문다. 저 가파른 언덕을 오르면 죄책감이 덜하겠지? 내가 저 45도 각도를 믿고, 맘껏 폭식한다.

“코까지 골더라.”

알아, 나도 내 소리에 깼어. 앞으로 너랑 있을 땐 무슨 수를 써서라도 깨어있어야겠어.

“오늘은 쉬고, 내일부터 다시 하자.”

“뭘?”

바닐라 아이스크림도 맛있지만, 네가 먹는 초콜릿 맛도 궁금하다. 아, 두 개 살걸.

“공부. 의상실에서 7시에 봐. 수학 문제집 꼭 가져오고.”

아, 두 개가 아니라, 백 개 살걸. 그래야 떼로 몰려드는 메뚜기 같은 스트레스를 퇴치할 것 같은데?

“호랑아.”

“응?”

“너 몇 등급이야?”

“좀 부끄러운데, 도제 수업을 받느라, 좀 떨어졌거든.”

“그래서 몇 등급인데?”

“2.”

먹다 남은 아이스크림을 네게 날린다. 아주 딱 재수 없어!

“나한테 실망한 거야? 앞으론 더 잘할게. 나 그렇게 무식한 놈 아니야.”

졸졸졸 쫓아오며 호랑이가 애걸복걸한다. 한마디만 더 하면, 벽장 속에 잠들어 있는 무언가가 튀어나갈지도 몰라!

시무룩한 호랑이가 기숙사로 들어가고, 나는 남아서 전단을 수거한다. 일주일이 지나도 찾으러 오는 사람이 없네. 역시 버려야겠다. 어, 누가 파우치를 흘리고 갔네. 아, 맥아더 거구나. 주인을 알아보려고 열어본 파우치에서 틴트랑 파우더를 발견했다. 맥아더도 화장을 하는구나. 나만 민낯이었던 거야? 한눈을 파는 사이 손에 든 전단이 날아가, 누군가의 얼굴에 척하고 들러붙었다. 이건 너무 작위적이잖아. 이 작가 나부랭이야.

"아, 꿀떡이네. 족보는 잘 봤어?"

"아, 선배. 그러잖아도 돌려드리려고 했는데."

미미 선배가 이 밤에 어쩐 일이시지?

"나중에 줘도 돼. 그보다 너 인형 못 봤니? 요만한 강아지 인형인데."

에이, 설마 그 걸레짝 같은 인형은 아니죠?

"언제 잃어버리셨는데요?"

"열흘쯤 됐어. 샅샅이 뒤지고 다녀도 찾을 수가 없어. 청소부 아주머니께 물어봐도 모르신다고 하시고."

혹시 지저분하고 축축한 이건 아니겠지. 선배 얼굴에 들러붙었던 전단을 훅 내밀어본다.

"왁! 이거 맞아!"

전단을 이렇게 다닥다닥 붙여놨는데도 못 보셨나요? 하긴 얼굴에 날아간 전단도 못 보는 장님인데 뭘,

"선배, 눈이 안 좋아요?"

"아니, 둘 다 2.1 이야."

세상엔, 시력 좋은 장님도 있구나. 신기하다.

별수 없이 그닥 깨끗하지 않은 기숙사로 선배를 데리고 갔다. 경

건하게 무릎을 꿇고 앉아, 상자에 담긴 강아지 인형을 건넨다. 마주 앉은 선배가 왈칵 울음을 터뜨린다.

"이 은혜를 어찌 갚아야 할까! 이거 우리 강아지가 마지막까지 갖고 놀던 애착 인형이거든. 그래서 빨지도 않고, 물고 빤 그대로 놔둔 건데. 내 부주의로 잃어버리고 말았어. 정말 고마워! 꿀떡이 넌 내 은인이야! 앞으로 뭐든 다 시켜. 내가 몸이 부서지도록 일할게!"

그럴 필욘 없어요. 저도 침 묻은 인형을 처리할 수 있어서 충분히 만족하니까요. 몹종처럼 들러붙어, 잡일을 하려는 선배를 쫓아내고, 이제야 나만의 시간을 갖는다. 몸종은 됐고, 다음에도 족보나 빌려줬으면 좋겠다.

오랜만에 일기를 써본다. 천만억 대장간에서 삼겹살을 먹은 거랑 드디어 꾀죄죄한 인형을 돌려준 거. 그리고 호랑이의 얄미운 점도 발견했어. 앞으로도 밉고, 나쁜 점을 많이 보여줘야 해. 그래야 미운 정 고운 정 다 드니까.

일기를 쓰고 나서, 그간 소홀했던 독서도 한다. 그러다 출출해져서, 생라면을 뽀갰다. 너무 짜지 않게 스프를 조금 뿌리고, 책장에 흘리지 않게 조심조심 먹는다. 이제야 영혼에도 밥을 주네. 그간 너무 굶주렸지? 오늘은 밀린 거 다 몰아 줄게. 이불을 깔고 누워서 뒹굴뒹굴 책을 읽는다. 입이 심심하면 생라면 한 입. 아, 행복해. 얼굴이 풍선처럼 부은들 어때. 그 또한 나일 텐데.

"아, 괜찮다니까요!"

선배가 제 가방을 들면, 후배인 저는 뭐가 되나요? 실랑이하는 사이 누군가와 어깨가 부딪쳤다.

"야, 눈 똑바로 달고 다녀! 우리 꿀떡이님한테 무슨 짓이야!"

멱살잡이하는 미미 선배를 떼어놓고, 대신 사과를 하고, 다시 가방을 사수하고, 아, 정신없어 죽겠네!

"물 떠다 줄까? 햇빛이 너무 많이 비치는 것 같지? 내가 커튼 쳐줄게. 배는 안 고파? 빵 먹을래? 음료는 우유면 될까?

제발 절 가해자로 만들지 마세요. 왜 은혜를 원수로 갚아요?

"미미 선배."

"응? 왜? 빵 말고 과자 사 올까?"

"절 그냥 내버려두세요. 그게 은혜를 갚는 거예요."

"그럴 순 없지. 넌 나의 은인인데."

선배가 후배의 수발을 드는 게 말이 되나요!

"미미 선배, 그럼 제가 소원 세 가지를 말할 테니까. 들어주세요."

"소원? 좋아! 내가 램프 속에 갇히는 한이 있어도, 꼭 들어줄게!"

그런, 투철한 사명감은 제발 넣어두라고요.

"하나, 졸업할 때까지 내가 있는 교실에 찾아오지 않는다."

"하지만!"

"둘, 내가 무언가 부탁하기 전에 먼저 행동을 개시하지 않는다"

"그것도!"

"셋, 이게 정말 중요한 거예요."

마지막 소원은 귓속말로 소곤소곤. 징징대던 미미 선배의 얼굴이 환해진다.

"좋아! 이 미미의 명예를 걸고, 내가 그 소원 꼭 이뤄줄게."

드디어 선배가 사라졌다. 이제야 평화네.

"마지막 소원이 뭔데, 저 찰거머리가 뚝 떨어지냐?"

그건 미아 네게도 말할 수 없는 비밀, 두근대는 나만의 소원이니까.

완전히 사라지기를 꿈꿨건만, 본인이 아니라, 다른 선배들을 시켜 선행을 하고 다닌다. 매점에서 대신 줄을 서주거나, 휴지가 떨어진 화장실에서 문 밑으로 휴지를 들이민다거나, 날아오는 배구공을 대신 맞아준다거나. 제발, 나 좀 내버려두세요!

"그 인형이 미미 선배 거였다니, 너 제대로 줄 섰네. 그 조직이 얼마나 탄탄한 조직인데, 너 하나는 거뜬히 지켜낼걸."

맥아더의 연설에 김이 빠진다. 그 탄탄한 조직에서 나는 벗어나고 싶다고요.

"거기 누가 떠드냐?"

수학 쌤이 특히 나를 째려본다. 그래도 싸죠. 전 우리 반 공식 돌머리니까요.

탐험가 옷을 입은 법정이가 칠판에 적힌 문제를 푼다. 법복을 벗은 법정이는 속세에 묻혀 잘도 살아간다. 똘똘이도 살이 올라서

몽실몽실 귀엽다. 그 텅 빈 방이 똘똘이 물건으로 가득 찼다고 하니, 무소유의 삶을 제대로 청산했구려. 스님.

"이건 쉬운 문제니까, 꿀떡이가 풀어볼까?"

쳇, 그냥 풀어보라고 하면 되잖아요. 아슬아슬하게 문제를 풀고 뾰로통한 표정으로 들어왔다. 이렇게 자극하면 확 포기하는 수가 있어.

이론은 분명 쉽고, 이해가 쏙쏙 가는데, 문제는 왜 이렇게 어려운 건가요? 이것저것 섞어서 마라탕처럼 매운 문제를 니들은 왜 이렇게 술술 푸는 건데요? 특히 호랑이 너, 오늘따라 아주 얄밉구나. 내 뇌는 구조 자체가 문과형인 걸까.

보건실엔 디지털 신장계가 있어서 아무 때고 키와 몸무게를 잴 수 있다. 미아가 좀 자란 것 같아, 말해줬더니, 극구 재본다고 해서 따라왔다. 이참에 내 뇌 질량도 재보고 싶은데, 그건 안 되겠지? 애들은 거의 동복으로 갈아입었는데, 보건 쌤의 의녀 복장은 여전하시네. 하긴 저 옷은 계절을 탈 것 같지 않아. 유행도 물론,

"3cm나 컸네. 아, 이렇게 자라면, 전혀 귀엽지가 않은데?"

어쩐지 눈높이가 달라졌다 했어. 문과형 뇌 대신 몸무게를 재고 있는데, 미아가 힐끗댄다. 실례야. 숙녀의 몸무게를 훔쳐보다니,

"몰라, 몰라! 꿀떡이만 살 빠지고, 나는 이렇게 우락부락해지고."

어디가 우락부락하다는 거야. 미소년 주제에.

1g이라도 내가 사라지는 게 아쉬워서, 버터 쿠키를 사 먹기로

했다. 보건실을 나오는 데 연극부 치아 선배랑 마주쳤다. 요즘 미아랑 있을 때 자주 마주치는 것 같아. 뭐 좁디좁은 학교니까 그럴 수도 있으려나,

"이제 축제네. 문학의 밤도 있고, 콘서트도 있고, 연극 공연도 있어. 먹거리 장터에, 프리마켓까지, 꿀떡이 넌 뭐할 거야? 책 좋아하니까 시 낭송 어때? 극본을 직접 써서 연극을 만들 수도 있어. 공모제로 뽑으니까, 작품만 당선되면 연극부에서 알아서 공연해 주거든. 노랠 잘하면 콘서트를 해도 되고,"

숨 좀 쉬면서 말해. 듣는 나도 힘들어.

"그 모든 게 축제 때 일어나는 거야?"

"그럼, 3일 내내 하니까. 있잖아, 꿀떡아, 현대물 말고 중세 물로 써봐. 나 중세 물 분장해 보고 싶단 말이야. 마녀 같은 것도 나오고, 막 용도 나오고."

친구여, 나는 아무것도 한다고 말하지 않았네.

"반드시 무언가 하나는 맡아야 해. 연출이건, 연기건, 대본이건,"

"아무것도 안 하는 사람은 없어?"

"강제로 하게 돼 있어. 그런 방관자는 우리 학교에 있을 수 없거든, 하다못해, 진행 위원이라도 해야 해."

"순수한 관객은 없는 거야?"

"있지. 3일 내내 하니까, 하루는 공연을 하고, 다음 날은 관객이 되고, 모레는 장사를 하고, 3일 내내 다른 걸 하는 애들도 있어. 나

처럼 3일 내내 한 가지만 하는 애도 있고."

전교생이 100명쯤 되는 학교에선 당연한 일이려나.

"축제는 모두의 것이잖아. 다 같이 하는 게 맞지. 뭐든 신청만 하면 돼. 작년엔 운동장에서 버스킹을 하는 애들도 있었어. 근데 섭외한 기타리스트가 아이돌이었던 거 있지. 어쩐지 애들이 운동장에 몰려있더라고."

미아는 축제가 좋은가보다. 쿠키를 먹을 생각을 않고 마르지 않는 샘처럼 떠든다. 결국 축제 관련 수다가 체육 수업까지 이어진다.

"맥아더 너는 뭐 할 거야?"

오늘은 고구마를 은박지에 싸서 굽는다. 옥수수는 버터를 발라서 꼬챙이에 굽고. 아, 고소한 냄새.

"나? 난 춤. 제복을 입고 추는 아이돌 춤이 얼마나 멋진 줄 알아?"

군부대에서 흔히 볼 수 있는 그런 거 아니고? 각 잡고 박수 치고, 다나까로 노래하고. 막 그럴 것 같은데?

"복실이 너는?"

"글쎄?"

별 관심이 없는 투로 대답하지만, 뭐 그 외모면, 벌써 섭외가 들어왔겠지. 인형극이든, 호객이든, 뭐든,

"호랑이 넌?"

일제히 호랑이에게 고개가 돌아간다. 뭐지 이 극적인 반응은?

"저 녀석은 재능 낭비를 했어! 저 얼굴에 청소했다고! 그것도 청소업체랑 계약이 되어있는 이 학교에서!"

"뭐든 하라며?"

"하필 청소냐고!"

옥수수를 고루고루 구우며 호랑이가 픽 웃는다. 그때 호랑이는 말을 못 했을 때, 폐가 되기 싫었을 거야.

"암튼 이번엔 안돼! 미아네 연극부에 들어가던지, 맥아더의 아이돌 춤을 같이 추던지. 꿀떡이랑 같이 집필을 하던지."

다 좋은데, 왜 난 집필이야? 호랑이는 웃기만 할 뿐 말이 없다. 나도 저 심정이라고, 아무것도 안 하고 싶은 마음. 그냥 열렬한 박수만 보내고 싶은 마음.

벌써 게시판은 모집 광고로 빽빽하다. 내가 인형 전단을 수거할 때 만해도 썰렁했었는데, 참 일사천리네. 연극부에서 모집하는 극본 공모도 있네. 와, 이건 2주일 남았어. 정말 2주 안에 집필이 가능해? 탈고도 안 될 것 같은데?

"관심 있니?"

어, 국어 쌤. 오늘따라 더 말라보이시네요.

"2주 안에 쓰라는 건 역시 무리지. 이건, 그간 노력해 온 친구들을 위한 공모전이야. 그런 친구들에게 공연의 기회를 주는 거야. 한 번의 경험이라도, 그 애에겐 큰 디딤돌이 되니까. 실제로 학교 공모전에 당선돼서, 대학로까지 진출한 선배들도 있어. 시작은 이 작은 무대였지.”

와 멋지다! 꿈을 향해 나아가는 첫 무대라니!

“꼭 보러 가야겠어요. 그 꿈의 무대요.”

“그래. 꼭 오렴. 네가 주인공이 되어도 좋고.”

에이, 그건 무리예요. 전 한 번도 극본을 써본 적이 없는걸요. 시는 몇 번 써봤지만.

휘청휘청 국어 쌤이 가시고, 다시 게시판에 눈을 둔다. 꼼꼼히 훑어보지만, 막 하고 싶은 일이 없다. 정말 진행 위원이나 할까. 근데 그건 3일 내내 못 쉴 것 같아. 음, 어쩌지? 생각에 빠져 걷느라 엉뚱한 곳까지 왔다.

응? 여기가 어디야? 한 층을 더 올라왔나 봐. 별관은 5층까지 있는 거 아니었어? 미지의 공간도 있었구나. 어, 피아노다. 작은 교실에 피아노 한 대만 딸랑 놓여있네. 엄청 아늑해 보여서 나도 모르게 이끌려 들어갔다. 커튼 틈으로 실낱같은 해가 건반에 비춰든다. 할머니 집엔 이것보다 더 작고 투박한 풍금이 있었는데, 폐교에서 땔감용으로 가져온 걸 내가 좋아하는 바람에 때질 못했지. 건반을 만져보다, 나도 모르게 흥얼거렸다.

한가할 땐 테이블을 닦고

매운맛, 순한 맛, 슬픈 맛 라면도 채워 넣어

등 따순 호빵도 돌려놓고

아에이오우, 웃음을 장전하고

어서 오세요.

물건들이 숨바꼭질하는 좁아터진 가게에서

한 번만 더 찾아볼래요?

눈앞에 있을지도 몰라요.

발밑에 있을지도 몰라요.

보아뱀처럼 길어지는 줄 끝에서

못 찾겠다. 꾀꼬리는 놉!

매캐한 맛도, 부드러운 맛도, 박하 맛도 다 놉 놉 놉

네 노안도 민증 없이는 놉

am pm 온종일 욕해도 놉

왓? 갓 생 알바니까

왓? 갓 생 나니까

왓! 외로워도 슬퍼도 나란 캔디니까

　피아노 음색이 풍금처럼 따뜻해서, 아무 노랫말이나 막 붙여
봤다. 아주 잠깐 일했던 편의점 얘기. 과연 이게 노래가 될까 싶
지만,

　시는 처음에 노래였다고 했던가, 노래가 처음에 시였다고 했던
가. 뭐가 먼저인지는 모르겠지만, 분명 시랑 노래는 같은 거였을
거야. 이렇게 음을 붙이너까, 이 엉터리 시도 꼭 노래 같잖아. 손

을 털고 일어나는데, 피아노 밑에 고여있던 그림자도 스르륵 일어난다. 캭! 뭐야!

"다시 불러 봐. 그 노래."

복실이잖아. 뭐야! 놀랐잖아!

"니가 왜 여기서 나와?"

"그건 내가 할 말이야."

복실이가 나동그라진 나를 한심하게 내려다본다.

"밖에 써 붙여놓은 거 못 봤어?"

뭐가 붙어있었나?

"여긴 일반인 출입 금지 구역이라고."

"그러는 넌?"

"난 퍼리잖아."

뭐야? 그럼 여긴 퍼리 전용 구역이란 말이냐?

후딱 나가서 살펴보니, 어라, 정말 퍼리 전용 구역 표지판이 있네. 뭐 이런 멍멍이 같은 곳이 다 있어?

"너, 여기서 더위를 식혔던 거냐?"

"뭐, 가끔."

밝은 데서 보는 복실이랑 어두운 데서 보는 복실이는 느낌이 많이 다르네. 뭔가 더 거친 느낌이 드는 게 위험해 보이기도 하고, 이 몹쓸 전용구역에서 빨리 나가야겠다. 후딱 돌아서는데, 다시 팔목을 잡는다.

"아까 그 노래, 다시 불러보라니까."

"몰라, 기억 안 나."

"거짓말. 음은 내가 칠 테니까. 어서 불러."

머릿속에서 지워져 가는 음을 복실이가 완벽하게 소환해 낸다. 처음 듣고 이렇게 칠 수 있는 거야? 와, 여기선 나만 평범하고, 나만 바보구나.

복실이가 치는 음에 끌려 나도 모르게 입술을 달싹댄다

한가할 땐 테이블을 닦고

매운맛, 순한 맛, 슬픈 맛 라면도 채워 넣어

등 따순 호빵도 돌려놓고

아에이오우, 웃음을 장전하고

어서 오세요.

어딘가 억지스러웠던 음들이 복실이의 연주에선 매끄럽게 바뀌었다. 뭔가 마법을 부린 게 분명해. 슬슬 도망치는 게 좋겠어.

"안 잡아먹을 테니까, 도망치지 마."

독심술까지? 이렇게 진지하고 무서운 너는 처음이야.

"여기, 내가 음을 그릴 테니까. 넌 생각나는 대로 가사를 적어."

복실이의 푸른 눈이 어둠 속에서 빛난다. 퍼리 전용 구역에선 복실이도 이렇게 변신하는 것일까. 귀엽고 다정했던 짐승은 어디

가고, 푸른 불꽃이 튀는 금발의 마법사가 오선지를 메우고 있어.

"니 전용 구역이 있는 게 신기하다."

"이 학교를 거쳐 간 퍼리가 나만 있는 건 아니니까."

아무리 그래도, 전용 구역이 따로 있다니, 복지가 너무 우수한 거 아니야. 남아도는 공간이 많다 쳐도 그렇지.

"피아노는 왜 있는 거야? 퍼리 전용이면, 빗이나, 뭐 수선 도구 같은 게 있어야 하는 거 아냐?"

어색함에 아무 말이나 해본다. 부디 내가 아는 복실이로 돌아와 줘.

"피아노가 어때서, 더울 때, 이 밑에 들어가면 얼마나 시원한 줄 알아? 아늑하고, 시원하고, 숨기 좋고, 아주 딱 좋아."

그래서, 그렇게 감쪽같이 몰랐구나. 내가,

"나 같은 무뢰한이 벌떡 문을 열어도 잘 숨으라고, 놔둔 거냐. 그 피아노?"

피식 웃는 걸 보니, 맞구만. 누가 피아노를 이런 식으로 낭비하냐.

"어색한 부분의 음을 좀 수정했어. 한 번 쳐볼게."

어설프기 짝이 없던, 내 즉흥곡이, 복실이의 손끝에서 탈바꿈했다. 뭐, 이리 통통 튀고 귀여운 노래가 다 있담. 게다가 풋풋하면서도 달콤한 목소리가 이 노래와 찰떡이다. 내가 부른 건 명백히 소음이었어!

“어때?”

“너, 천재구나?”

“원곡자가 그렇게 얘기하니까, 우쭐해지는데?”

원곡이고 자시고, 내 껀, 스케치도 아닌 낙서였어. 완성은 네가
한 거야. 다시 한번 눈을 비비고 우리가 완성한 악보를 내려다본
다. 넌, 짱돌도 다이아몬드로 만드는 연금술사야!

“너 정말 이상한 애네.”

금발의 미소년이 슬금슬금 다가와 볼을 꼬집는다. 야! 그만 다
가와. 심장이 두근거리니까.

“노래 따위 다시는 부르고 싶지 않았는데, 너 땜에 부르고 싶어
지잖아.”

볼이 얼얼하다 했더니, 두 손으로 폭 감싼다.

“이름처럼 말랑말랑하고, 달콤하게 생겨서는,”

잠깐만, 더는 가까이 오지 마. 배양 중인 뾰루지가 더 확대되어
보인단 말이야. 게다가 나, 급식 먹고 이도 안 닦았어. 뭔가 아주
아주 아슬아슬하고 위험해지려는 순간,

“복실이 이놈! 수업 안 들어가냐?”

담임 쌤한테 끌려서 교무실까지 직행했다. 수업 종이 치고, 또
쳤는데, 퍼리전용구역에서 땡땡이를 치느라, 못 들은 죄다.

“둘이 거기서 뭘 했는지 제대로 증명하지 못하면, 아주 심각해
진다.”

담임 쌤의 협박에 복실이가 오선지를 쓱 내밀었다. 담임 쌤이 고함을 치고 화를 내도, 꿋꿋하게 털옷을 주워 입었던 녀석이다. 너한테 그 털 옷은 소라게의 소라껍데기와 같은 것일까?

"이게 뭐냐?"

"보면 몰라요? 축제 때 둘이 같이 부를 곡이잖아요."

그러니까요. 우린 건전하게 노래를 만든 것뿐이라고요. 아니, 잠깐만, 축제 때 둘이 같이 뭘 한다고?

"음, 좋은 생각인데? 복실이는 작년엔 뒤에서 연출만 했잖아. 올해는 본격 데뷔인가?"

"뭐예요. 그게?"

이리 쌀쌀맞게 말해도, 담임 쌤은 웃는다. 대체 일이 어떻게 돌아가는 거냐. 그리고, 이 작당 모의에 왜 내가 껴있는 건데?

"아티스트 님, 그렇다고 맘대로 수업에 빠지시면 곤란합니다. 이 악보는 일단, 복사해 둘게. 그래야 출석으로 인정이 되니까."

"이런 것도 인정이 돼요?"

일반적으로 이런 건 땡땡이라고 안 하나요?

"영감이란 게 시간에 맞춰서 오는 게 아니잖아. 번뜩하고 오면, 퍼뜩하고 받아적어야 하니까, 어쩔 수 없이 수업에 빠질 때도 있는 거지."

와, 이 학교는 대체 얼마나 자유로운 거냐. 허용범위가 거의 태평양을 넘어 대서양 급이네.

"너, 아직 아무것도 지원 안 했지?"

악보 원본을 돌려받고, 돌아오는 길에 복실이가 묻는다. 저 탈 속에서 얼마나 레이저를 쏘고 있을지 안 봐도 알 것 같아. 나는 그 눈길에 데이기 전에 손 좀 떼면 안 될까?

"좋아. 이대로 아무것도 하면 안 돼."

복실이가 복도에 멈춰 서서 다짐을 받는다. 우선 어깨에 올려놓은 손부터 치워줄래. 누가 보면 고백이라도 받는 줄 알겠어.

"이따 밤에 보자."

이따 밤엔 호랑이랑 수학 공부해야 해. 못다 읽은 책도 읽어야 하고, 일기도 써야 하고, 법정이가 준 육포도 먹어야 해.

"도망가면 안 돼."

목소리에 담긴 진심을 알기에 예스도 노도 못 하겠다. 말없이 복슬복슬한 탈을 올려다보았다.

"잡아먹지 않을 거니까."

마지막 말이 어쩐지 쓸쓸하게 들려서 결국 고개를 끄덕였다. 네가 꿈꾸는 그 길에 함께 할 수 있다면, 나도 분명 즐거울 거야. 하지만, 너무 오래 붙잡아두면 안 돼. 내 마음은 다른 데 맡겨두었으니까.

"아주 수상하다?"

미아가 샅샅이 나를 훑는다. 그렇게 수상한 짓 안 했어. 아, 좀 했나?

"둘이 뭐 하셨을까? 매점에도 없고, 운동장에도 없고. 어디 가서 뭘 하셨을까?"

착실한 반장으로 돌아간 복실이가 어색하게 어깨를 들썩인다. 그러니까 더 수상쩍어 보이잖아.

"축제 때문에 상의할 게 있었거든."

"수업도 빼먹고?"

"시간 가는 줄 몰랐던 거지."

복실이는 좋겠다. 탈 뒤에 숨어서 웃을 수 있어서, 나는 지금 진땀을 흘리고 있다고,

"우리 꿀떡이 얌전하게 생겨서, 여기저기 어장 관리하는 거야?"

"오해야. 오해."

두 손을 흔드는 것도 모자라, 머리까지 흔들어 본다. 아름다운 생명체에 잠시 홀리긴 했지만, 이 마음은 한결같은걸. 아마도,

"저 털북숭이랑 푸근푸근한 꿀떡이랑 뭘 했겠냐? 어디 가서 빵이라도 나눠 먹었겠지."

맥아더의 말에 미아의 의심이 증폭된다. 빵보다는 역시 어장 관리가 나은 걸까. 수업이 시작돼서, 제대로 변명도 못 했다. 이건 짚고 넘어가야 해. 호랑이의 눈이 슬퍼 보인단 말이야. 우물쭈물하다가 종례 시간까지 지났다. 우리 참새 친구들은 그새 복실이와 나의 땡땡이를 잊고 삼삼오오 흩어진다. 오늘은 읍내 큰 서점에서 할인 행사를 한데서 죄다 몰려간다고 했다. 팬시까지 30%

세일이라며 미아가 신이 났다. 그 덕에 한산해진 학교에서 호랑이를 기다린다. 얇은 후드 티에 체육복 바지를 접어 입은 호랑이가 자전거를 타고 시원하게 달려온다. 내 눈에만 이렇게 아름다운 걸까? 보고만 있어도 심장이 콩닥거려.

"나, 기다린 거야?"

"응,"

너는 천천히 자전거를 몰고, 그 곁에서 나는 조금 빠른 걸음으로 걷는다.

"나, 축제 때 복실이랑 같이 노래 부르려고,"

"그래서, 수업 빼먹은 거구나?"

누렇게 마른 강아지풀이 바람에 한들댄다. 담벼락에 붙은 감나무엔 주홍빛 감들이 따뜻한 빛깔로 매달려있다.

"종 치는 소리를 못 들었어."

"복실이라면 그럴 수 있지. 음악엔 진심이거든,"

응, 정말 그렇더라. 눈빛이 달라지더라. 네가 대장간에 있을 때 눈빛이랑 같아. 회장이 요리할 때 눈빛도 그렇고, 미아가 화장할 때 눈빛도 그래. 꿈꾸는 사람의 눈빛. 그래서 거절을 못 했어.

"참 이것 좀 전해줘. 아직도 돌려주지 못했네."

미아가 준 요점 정리 노트다. 같은 반이면서 아직도 돌려주질 않았어?

"자꾸 까먹어."

완벽해 보이는 네게 있는 이런 허점도 좋아. 내가 채워줄 수 있는 거잖아. 힛

"분명 즐거울 거야. 녀석이랑 노래 부르는 거. 그니까 열심히 해."

"넌, 뭐 할 건데?"

내가 곡을 만들고, 노래를 부르는 동안, 네가 뭘 할지 궁금해. 나 없는 곳에서 네가 뭘 할지 너무 궁금해.

"네 공연에 관객. 그것 말고는 하고 싶은 게 없는데?"

"내가 엉망진창으로 부르면 어쩌려고?"

"다른 남자애랑 놀아나더니 쌤통이다 해야지."

뭐야, 그게! 호랑이가 웃어서 따라 웃었다. 아니 내 웃음에 호랑이가 따라 웃은 건가. 누가 먼저인지 모르겠어.

"응원할게!"

어깨를 툭 치고, 호랑이가 달려간다. 남겨진 나는, 작은 씨앗처럼 작아지는 너를 본다. 내 눈빛도 지금 그럴까. 너희들이 꿈꿀 때의 그 눈빛일까. 내 시가 노래가 되었을 때, 가슴이 터질 것처럼 기뻤어. 누군가의 목소리로 불러줬을 때, 정말 좋았어. 아무렇게나 흥얼거렸던 내 속마음이 노래가 될 수 있다니, 정말 기적 같지 않아?

보물찾기에서 숨겨진 종이를 발견한 것처럼 두근거리며 기숙사로 돌아왔다. 밥 대신 빵으로 배를 채우고, 복습, 예습을 하고, 영혼의 양식도 채워본다. 그러다 나도 모르게 졸았나보다, 쾅쾅

소리에 깼다.

"뭐야, 전화도 안 받고!"

복실이가 홱 손을 낚아채서는 달려간다. 야, 나 맨발에 슬리퍼라고!

"타!"

이렇게 작은 자전거를 너랑 나랑 타도 되겠냐? 타이어가 터질 것 같은데? 머뭇대는 것도 잠시 복실이의 성화에 결국 올라탔다.

시골이라 그런가, 밤의 도로가 무서울 만큼 텅 비어 있다. 가로등은 왜 이렇게 드문드문 있는데, 아주 깜깜해 죽겠네. 구불구불 도로를 달려, 돌담이 세워진 으슥한 샛길을 달려, 폐가 몇 채를 슥슥 지나서, 어느 담벼락으로 들어간다. 어딘가 문이 있을 것 같은데, 여기가 지름길인 건지, 허물어진 벽 너머로 아무렇지 않게 들어간다. 끽, 멈춰 서는 것이 다 온 모양인데, 복실이 너, 뭔가 범죄에 연루된 건 아니지? 가로등 하나 없는 이런 캄캄한 곳에, 으슥하다 못해, 쾌쾌하고 수상쩍은 곳에, 왜 날 데려온 거야?

핸드폰 불빛으로 더듬더듬 길을 가던 녀석이 뭔가를 열고, 팟, 불을 켠다. 이 폐허에 웬 버스냐? 폐차 직전의 낡은 버스가 담쟁이덩굴을 잔뜩 감고, 폐가 마당에 주차되어있는 광경은 놀랍다 못해 기괴하다.

"거기 계속 서 있으면, 모기 밥 된다."

벌써 목덜미가 간지러워. 윙윙대는 모기를 피해 수상쩍은 버스에 올라탄다. 겉모습은 기괴하기 짝이 없더니 내부는 의외로 깨끗하고 아늑하다. 운전석 외의 의자는 죄다 고물상에 팔았는지 보이지 않고, 잔디 같은 카펫이 깔려있다. 아기자기한 쿠션들이 아무렇게나 놓여있고, 어디 삼촌 방에서 훔쳐 온 것 같은 세고비아 기타랑 누렇게 바랜 키보드도 한쪽에 세워져 있다. 바닥에 흩어져있는 악보를 피해 가며 적당한 곳에 앉았다. 먼지가 풀썩 피어난다.

"추우면 이거 덮어."

다시 풀썩 먼지가 핀다. 이건 담요보다 먼지 쪽에 더 가까운데, 콜록.

"여기 멋있지? 내 아지트야!"

"당장이라도 좀비가 나올 것처럼 멋져!"

"그치? 오덕고에 들어가지 않았다면, 여기서 살았을 거야. 여기 완전 폐허라서. 음악을 아무리 크게 틀어놔도 괜찮아. 완전 좋지?"

"응. 딱 굶어 죽기에 좋아!"

"옆 마을에 가면 가게가 있어. 그리고 이렇게 폐가지만, 화장실은 쓸 만해."

"남의 집에서 볼일을 봐도 되는 거야?"

아무리 폐가라지만, 그건 실례잖아.

"남의 집이라니, 여기 우리 사촌 형네 외갓집이야. 물론 다 돌아가셨지만, 어쨌거나 남의 집은 아니야. 아는 사람 집이지."

그쯤 되면 남의 집 아니냐?

"그래서, 멀쩡한 음악실은 놔두고, 이 폐가엔 왜 온 건데?"

복실이가 탈을 벗으며 어깨를 으쓱한다.

"참견하는 사람도 없고, 늦게까지 작업해도 쫓아내는 사람도 없고, 악기도 있고, 푹신한 방석도 있고, 봐봐, 비상식량도 있어."

뭘 얼마나 작업하려고, 야반도주하는 사람처럼, 비상식량까지 챙겼냐? 그래도 저 버터 쿠키는 맛있어 보인다. 먹으면서 시작하는 것도 나쁘진 않겠어.

내가 쿠키 상자를 뜯는 동안 복실이가 털옷을 벗고, 홀가분한 표정으로 발랑 누웠다. 바닥에 굴러다니는 멜로디언으로 요런 저런 음을 불러보다가, 뭔가가 떠올랐는지, 오선지에 음표를 폭풍처럼 그려댄다. 나는 어쩌면 너에게 아주 작은 계기. 머뭇대던 너를 밀어주던 작은 바람. 다시 꿈꾸기 시작한 너를 축하해.

버터 쿠키도 동나서, 그리다 만 악보를 주워 들고, 그림을 그린다. 털옷을 벗은 홀가분한 네가 배를 깔고 누워 음표를 그리는 모습, 흩어진 머리칼과 긴 속눈썹, 연필을 쥔 길고 예쁜 손.

"내가 이렇게 만화 주인공처럼 생겼어?"

좀 미화하긴 했지만, 실화에 가깝거든. 현실 세계에 살기엔 부적절한 미모랄까. 끄적이던 그림은 다시 흩어진 종이에 끼워놓고, 멜로디언으로 드문드문 연주하는 네 신곡을 들어본다.

"더 무겁고, 더 슬퍼도 좋을 것 같은데?"

"나도 그렇게 생각해."

설탕으로 만든 지붕에 떨어지는 일

지그재그 생채기들도 분명 달콤할 거야

바스러진 낙엽을 치우면 계단

탄 쿠키 같은 우리들이

시럽이 차오른 계단 끝에서 하이 하이

다음 버스를 타기도 전에

짜릿한 낙하가 시작될걸

호박 등이 켜진 내리막을 지나

당돌한 오렌지

스윗한 바나나

바스락 커튼 뒤엔 울랑말랑 시나몬

기분 따라 달라지는 캔디라면 우린 딸기 크림 회오리

넌 달고, 난 부드럽게

담에 또 놀러 올게

호박 등이 켜진 거리에서

날 닮은 캔디를 고르는 동안!

언젠가 꾸었던 꿈과 어스름한 버스 불빛과 핼러윈이 다가오는 어느 계절이 만나, 우리의 노래가 탄생했다. 네 몽환적인 목소리와 들릴 듯 말 듯한 내 목소리. 호박 등 뒤에 숨은 풀벌레 같은 내 목소리. 이런 것도 하모니라면, 충분해.

"제목은? 핼러윈 버스?"

"좋아!"

후렴 부분을 다시 정리하고, 그럴싸하게 키보드를 쳐보고, 어설프게 영상까지 찍어봤다. 고작 핸드폰으로 찍은 거지만, 버스 안의 풍경과 풀벌레 소리, 그리고 우리의 열기가 모여 꽤 낭만적인 풍경이 찍혔다. 엉망인 바닥도 이렇게 분위기 있게 나오다니, 진짜 아지트 같기도 하고. 물론 내 얼굴은 여전히 동글동글하고 복스럽지만,

"그냥 폐차된 버스인 줄 알았는데, 아지트 맞네. 뭔가 예술가의 혼이 빙의된 느낌이야."

"그치? 가만히 있어도 뭔가 간질거리고, 막 쓰고 싶어지지?"

그건 모기 때문인지도 몰라. 오늘 수백 방은 물린 것 같아. 버스 창밖으로 희미하게 밝아오는 하늘이 보인다. 시간이 이렇게 빠르게 지나가다니, 네 말이 맞았어. 학교 음악실이었으면, 진작에 쫓겨났겠구나. 복실이 네가 여기까지 온 이유를 이제야 알겠다. 아무도 방해하지 않는 그런 곳을 찾은 거였어.

밝아오는 하늘 아래, 둘이 타기에는 역시나 작은 자전거를 타고, 학교로 향한다. 네가 힘에 부치면, 내가 몰고, 그러다 다시 네가 몰고 한다. 떡진 내 머리칼도, 부스스한 네 털 옷도 모두 추억.

소소한 것에 웃다가, 소소한 것에 티격태격하다 보니 벌써 학교다. 간밤에 지은 우리의 노래는 너와 나의 영혼 속에서 새콤달콤 익어가고 있겠지. 내일이면 좀 더 달콤해진 핼러윈 버스를 부를 수 있으려나.

호랑이가 부탁한 공책을 전하러 간다. 오늘은 연극부의 첫 연습이 있는 날, 의상 담당인 미아는 지하 소품실에서 의상을 체크하고 있겠지. 호랑이처럼 자꾸만 주는 걸 까먹어서 결국 소품실까지 가게 됐다. 가방에만 들어가면 까먹는단 말이야.

오늘따라 별관이 고요하다. 연극부는 그렇다 치고, 다들 어디로 간 거니. 나처럼 출출해져서 다들 식당으로 몰려간 건가. 이거만 전하고 나도 식당으로 가야지. 라볶이를 부탁할까? 부대찌개도 좋은데, 라면 사리 두 개 넣고 걸쭉하게 콜?

행복한 고민을 하며 소품실 문을 여는데, 미아는 없고 치아 선배가 대본을 뒤척이며 서 있다.

"꿀떡이구나. 여긴 어쩐 일이니?"

"아, 안녕하세요. 미아한테 전해줄 게 있어서요."

"그래? 여기 두고 가렴. 내가 전해줄게."

그럼, 선배랑 미아 단둘이 있게 되는 거잖아요. 그건 어쩐지 싫어요.

"아니에요. 좀 기다릴게요."

"그래?"

미아는 어딜 간 걸까. 휴대전화가 작업대에 있는 걸 보면 멀리 간 건 아닌데.

"참, 저기 캐비닛에서 산타 옷 좀 꺼내줄래? 소품으로 쓸 거라서."

단둘이 있기도 어색하고, 무엇보다 선배의 말이니 벌떡 일어섰다. 저 큰 캐비닛 말이지?

"산타 옷이 어디 있는데요?"

이 캐비닛엔 온통 붉은 옷 천지라, 구분이 잘 안 가. 근데 왜 산타 옷이지? 계절에 영 안 맞는데? 뭔가 이상해.

순간 엄청난 힘이 등을 떠밀었다. 소품으로 꽉 찬 캐비닛은 내 비명도 주먹질도 다 흡수해 버린다. 뭐야! 지금 무슨 일이 벌어지고 있는 거야! 이대로는 안 돼! 절대 안 돼! 또다시 미아에게 상처를 줄 순 없어! 발길질을 하고, 비명을 지르고, 덜컹덜컹 캐비닛을 흔든다. 미아, 제발 도망쳐!

"어, 선배가 어쩐 일이세요? 지금 연습 중 아니에요?"

캐비닛 틈새로 미아의 목소리가 들려온다.

"아, 뭐 가지고 갈 게 있어서."

"소품은 다 가져갔을 텐데?"

미아, 미아, 그대로 도망쳐! 제발 이 마음이 전해지기를!

"근데 이게 무슨 소리지?"

미아가 이편으로 다가온다. 안돼. 도망쳐. 우당탕탕 뭔가가 넘어가는 소리, 끔찍한 비명과 자욱한 피 냄새. 이 모든 게 다 거짓말이길! 부디!

눈 부신 빛이 쏟아진다. 빛 속에는 너, 멍든 입술로 싱겁게 웃는 너.

캐비닛을 나와 가발이 벗겨진 미아를, 옷이 찢어진 미아를 끌어안는다.

"지켜 주지 못해서 미안해! 미안해!"

"그건 내가 할 말이야. 널 위험에 빠뜨려서, 미안."

넘어질 수 있는 건 다 넘어진 것같이 바닥이 아수라장이다. 그 아수라장의 한가운데에 치아 선배가 뻗어있다.

"너 괜찮아?"

"이번엔 시원하게 한 방 먹여줬지."

후련한 듯 말해도, 네 마음에 철철 피가 흐르고 있는 거 다 보여. 절망한 미아를 끌어안고 엉엉 울었다. 영혼이 빠져나간 것처럼 미아가 내 품에서 흔들린다. 미아, 미아, 미안해. 미리 알았더라면, 내가 좀 더 의심했더라면, 네게 이런 상처를 남기지 않았을 텐데. 다시 너를 아프게 하지 않았을 텐데.

기절한 치아 선배가 으으 소리를 내며 깨어난다. 용서 못 해. 악당은 죽어버렷! 퍽퍽, 발로 밟고, 축구공처럼 머리를 걷어차고, 팔도 와락 깨물었다. 어느새 몰려온 쌤들이 나를 뜯어말리지만, 그냥 죽여 놓을 거야!

"그만해도 돼."

미아가 흥분한 나를 꼭 끌어안아 준다.

"네가 그렇게 복수하지 않아도, 선배 어딘가 부러졌을 거야. 그리고 나 하나도 안 다쳤어."

"이 피는?"

"네 피잖아?"

응? 그러고 보니 이마에서 줄줄 피가 흐른다. 캐비닛에 사정없이 찧은 내 이마에서 났던 거구나. 이 주먹에서도.

"흉 지겠다."

미아가 내 이마를 보듬는다. 흉 져도 괜찮아. 네 마음만 아물 수만 있다면,

"보건 쌤, 이 녀석들 좀 부탁해요."

교장 쌤이 우리를 내보내고 여전히 뻗어있는 치아 선배를 일으켜 세운다. 저 악당, 확 죽여버려야 하는데!

여전히 별관은 조용하다. 우리가 끔찍한 일을 당한 게 꼭 거짓말 같아.

"평소에 너무 얌전했던 애라, 이런 일을 벌일지 몰랐네."

다행히 이마를 꿰매지 않아도 될 정도라 반창고를 붙이는 거로 끝났다. 보건 쌤이 상처투성이 손에도 밴드를 발라준다.

"저, 치아 선배는 어떻게 되는 거예요?"

"퇴학. 입학원서에도 명시되어 있으니까. 학폭도 절도도, 왕따도 이 학교에선 모두 퇴학이야."

찢어진 블라우스 대신 체육복으로 갈아입은 미아가 씁쓸하게 웃는다. 안 다쳤다고 하지만, 너도 여기저기 긁힌 자국이야.

"남 걱정이나 하고, 바보야, 내가 아무리 약해 보여도 남자야."

"내 눈엔 작고 여린 소녀야."

미아가 헝클어진 내 머리칼을 쓸어 준다. 작고 여리던 소녀가 언제 이렇게 늠름한 소년이 된 걸까.

"나, 오덕고에 와서 유도도 배우고, 태권도도 배웠어. 유단자 정도는 아니지만, 저런 녀석 정도는 막아낼 수 있어."

"정말?"

"그래."

보건실을 나와서 걷는다. 발걸음이 절로 매점으로 향한다. 뭔가 달달한 게 필요해. 말랑말랑 곰 젤리를 사고, 막대사탕도 사고, 솜사탕이랑, 초코바도 산다. 미아는 딸기우유. 바람이 부는 테라스에 앉아 본격적으로 당 충전. 아, 살 것 같다.

"남자가 너무 싫어서, 내가 남자인 것조차 싫어서 여장을 시작했는데, 그 여장 땜에 또 이렇게 됐어."

"그건 네 여장이랑 상관없어. 그저 그 인간이 악당일 뿐!"

"그만큼 내가 약해 보였겠지."

우린 여리고 약해서 자주 공격당한다. 아직 변변한 보호색도, 방어기제도 없이 무방비 상태 그대로.

"그래서 유도를 배운 거야. 스스로 지키지 못하는 것도 죄니까. 나, 더 강해질 거야. 그래서 나도, 사랑하는 사람도 모두 지켜낼 거야!"

응원의 말 대신, 막대사탕을 내밀었다. 미아가 피식 웃으면서 받는다.

"혼자였다면, 그런 무시무시한 용기를 못 냈을지도 모르겠다."

"내가 갇힌 거 알았어?"

"공책을 봤어, 게다가 남의 일에 무모하게 나서는 거 너밖에 더 있어?"

무슨 소리, 나 얌전한 소녀거든. 그리고 남의 일에 나서는 것도 별로 좋아하지 않을걸. 아마.

채오 쌤의 차가 운동장을 가로질러 가는 게 보인다. 치아 선배를 태우고 병원에 가는 걸까. 병원 대신 불지옥도 괜찮은데.

"미안하고 고마워."

당연하잖아. 우린 친군데. 솜사탕을 먹느라 우물거렸지만, 이 마음은 전달됐을 거야.

"니들 치고받고 싸웠냐? 몰골이 왜 이래?"

법정이가 나타나서 호들갑을 떤다. 똘똘이도 덩달아서 낑낑 댄다.

"내리막에서 굴렀어."

“손을 꼭 잡고 굴렀나 보네?”

“그럼, 도중에 놓냐? 친군데?”

“흥, 논개 나셨네.”

법정이와 미아가 티격태격한다. 우리만 알고 있는 게 좋겠지. 요 녀석들의 귀에까지 들어가면 치아 선배는 피살당할지도 몰라. 미아도 계속 상처받을 거고.

“라면 먹으러 가자! 짜장라면!”

“라면은 못 참지. 가자!”

무소유에서 욕망의 화신이 된 법정이도 따라붙는다. 맥아더가 어리둥절 우리를 맞는다. 얼굴 꼬라지는 묻지 않고, 묵묵히 라면을 끓여주는 묵직한 녀석, 그래서 내가 널 좋아해.

꼬들꼬들한 라면도 좋고, 고통을 잊게 하는 녀석들의 수다도 좋다. 짜장 소스가 묻은 미아의 멍든 입술도, 똘똘이의 쫑긋대는 귀도 좋다. 같이 있다면 더한 일도 견딜 수 있을 것 같은 느낌. 미아가 내게 살짝 윙크한다. 나빴던 기억도 언젠가 빛 바란 추억이 될 수 있기를 기도해. 미아.

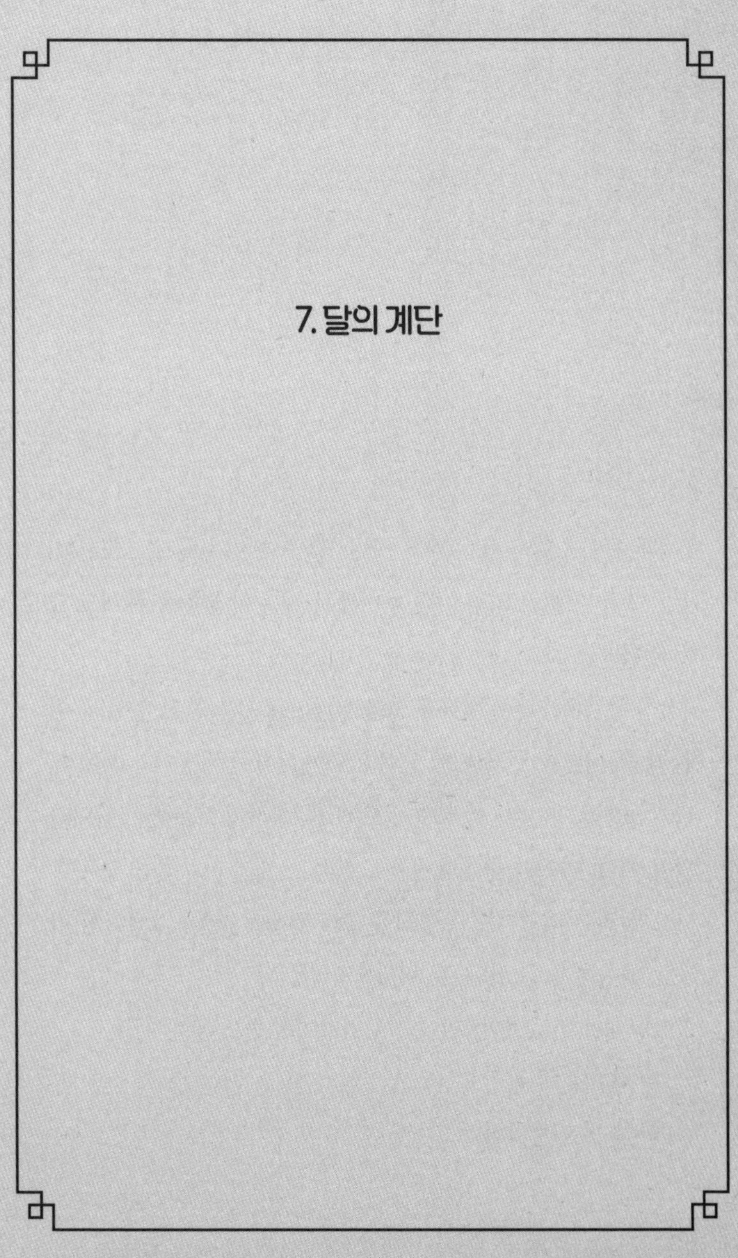

7. 달의 계단

늑대 울음소리가 들려온다. 아니, 상상 속 야수인지도 모른다. 달빛밖에 기댈 것 없는 야밤에 어째서 나는 이 숲길을 헤매고 있는 걸까.

삼십 분 전까지 난, 미아를 도와 무대 소품을 만들고 있었다. 이번 창작극은 3학년 선배의 작품으로 개화기가 배경이라 흑백 대비의 물건들이 많다. 우리가 만드는 건, 허리에 고무줄이 들어간 검정 치마. 미아가 꼼꼼하게 바느질하고, 내가 고무줄을 넣는다. 구호가 적힌 머리띠도 무명천을 잘라 만들고, 제법 그럴싸한 가구도 맥아더가 우드락으로 뚝딱뚝딱 만든다.

"이맘때쯤 아니었어? 미아가 무덤가에서 졸도했던 거?"

"그 얘긴 왜 꺼내?"

미아가 눈을 부라린다.

종이 가구에 누런 한지를 붙이며 맥아더가 키득키득 웃는다.

"떵떵거리지나 말지, 그렇게 잘난 척을 하고 가더니, 결국 업혀 오냐?"

"방금 만든 가구가 관짝이 되는 수가 있다!"

꿰매고 있던 치마를 내던지며 미아가 앙탈을 부린다. 그조차 귀여운 녀석.

"참, 꿀떡이 넌 안 가봤지?"

도망치려면 지금이야!

"어, 여보세요? 네?"

핸드폰을 들고 나가려는 찰나. 덜미가 잡혔다.

"우리 꿀떡이 겁먹고 도망치는 거 아니지?"

그럴 리가, 방금 정말 진동이 울렸어. 스팸일 수도 있지만, 웅, 하고 신호가 왔다니까. 미아까지 가세하여 나를 눌러 앉힌다.

"우리 꿀떡이, 죄다 거치는 통과의례를 건너뛰었구나? 안개가 자욱이 끼는 것도, 교문 앞에 죽은 짐승이 놓여있는 것도 네가 신고식을 안 해서야."

묘지에서 졸도한 주제에 장황하구나. 미아여.

"불운이 더 커지기 전에 후딱 해치우자."

"그래, 달도 휘영청 밝은 것이 딱, 지금이야!"

놉! 난 그런 거 질색이야. 귀신 같은 건 믿지 않지만, 벌레가 싫단 말이야. 아직도 복실이의 아지트에서 물린 모기 때문에 온몸이 간지럽다고.

"정글에는 정글의 규칙이 있어. 거기서 너만 예외일 순 없어."

손전등을 쥐여주며 맥아더가 명령한다. 대체 그 규칙 누가 만든 거야?

"우리 모두의 안녕을 위해서, 그리고, 이 정글의 일원이 되기 위해서, 꿀떡아, 부탁한다."

법정이 너까지 이럴 거냐? 주님은 이런 거 싫어하신다고!

"호랑이 오기 전에 후딱 다녀와. 붕어빵 사 온댔어. 얼릉!"

미아가 먹을 것으로 꼬신다. 그럼, 후딱 다녀와 볼까? 왕복 30분이면 된댔으니까. 운동 삼아 갔다 오면 될 거야. 붕어 열 마리 먹어야지!

그렇게 호기롭게 나선 지 30분째, 설상가상 손전등도 나가고, 발걸음도 한없이 느려진다. 희게 펄럭이는 비닐봉지에 화들짝 놀라고, 발밑에서 부러지는 잔가지에 펄쩍 뛴다. 내가 이렇게 겁쟁이였나? 가만 저기 보이는 게 비석인가? 아, 거의 다 왔다. 맥아더가 말한 대로 무덤 둘레에 야생 국화가 소담스레 피어있네.

'사랑하는 아들 이요아' 먼지 하나 없이 깨끗한 묘비에 적힌 글씨. 사랑하는 아들의 이름을 돌에 새기며 그는 얼마나 울었을까. 그 마음에도 이 이름 석 자를 새겼겠다. 주머니 속에 있는 요구르트를 꺼내 묘비 앞에 내려놓는다. 어둠 속에서 희게 발하는 국화를 만져보는데, 인기척이 느껴진다. 뭐야, 이 시간에 누구야? 설마 애들이 몰래 따라왔나?

"이거 혹시 네 거?"

목련처럼 피부가 흰 소년이 손전등을 내밀며 어색하게 웃는다. 이목구비가 낯이 익은데, 누군지는 모르겠다. 읍내에서 본적 있나?

"응. 고장 나서 버린 거야."

"고장 났다고? 괜찮은 것 같은데?"

소년이 손전등을 탁탁 두드린다. 접지 불량이었는지 야속하게도 불이 들어온다. 소년이 말짱해진 손전등을 자기 주머니에 꽂는다. 잉, 돌려줄 줄 알았는데.

"이거 마셔도 돼?"

벌써 마시고 있으면서, 그가 참 달게도 요구르트를 마신다. 남색 교복 바지에 흰 셔츠, 바지와 같은 색의 넥타이가 말끔하게 매여있다. 깔끔한 복장에 비해, 스니커즈에는 흙이 묻어있고, 끈도 풀려있다. 단정한 가슴에서 배지가 반짝인다. 뭐지 손바닥 모양인데? 내가 배지에 지대한 관심을 보이자, 그가 개구쟁이처럼 씽긋 웃는다.

"이 배지, 스카우트 선서식에서 받은 건데. 그때 되게 우쭐했던 기억이 나. 내가 대표로 선서했거든. 맨날 할머니, 할아버지만 왔었는데, 그날은 엄마, 아빠가 오셨었어. 아빠가 배지를 달아주고, 엄마가 항건을 매줬지."

“엄청 좋았겠다.”

“응, 엄청 좋았어. 끝나고 먹었던 짜장면도 맛있었고.”

그가 잘 다듬어놓은 무덤가에 스스럼없이 기댄다. 국화 향이 물씬 나는가 했더니, 별들이 총총 돋아난다. 아빠가 있는 하늘도 별들이 유치처럼 돋아날까. 아빠 따윈 잊은 엄마에게도 그 옛날 별이 떠오를까. 우리가 같이 보았던 그 별

“미움은 산자의 감정이야. 네가 그 앨 미워하는 것도, 그 아저씨가 얄미운 것도 다 살아있어서 느낄 수 있는 거야.”

배지를 단 소년은 이상하게도 내 마음을 읽어낸다. 나도 어둠 속에서 투명해져 버린 걸까.

“죽으면, 그런 게 사라져?”

네 곁에 앉아서 하늘을 올려다본다. 어둠은 여러 색깔이 중첩된 색깔. 오늘은 군청색 물감을 더 많이 풀었네.

“응, 그리움만 남고, 다 사라져.”

라영이의 손에 밀려 죽었다면, 나도 미움 따위 없이 마냥 모든 이들을 그리워했을까. 그건 너무 착한 영혼 아닐까?

“여전히 이 배지를 달던 그날로 돌아갈 것 같고, 처음 고백했던 그때로 돌아갈 것 같고, 모든 좋았던 날들로 돌아갈 수 있을 것 같아.”

네가 서글프게 웃는다. 어쩌면 내 또래. 하지만 훨씬 오빠처럼 보이는 건 어째서일까. 머뭇대다 결국 네 신발 끈을 묶어준다. 물

에 젖어서 축축한 신발 끈.

"우린 그 애들한테 절름발이 비둘기밖에 안 될 거야. 괴롭힘을 받다가 죽더라도, 잘못 태어난 걸 원망해야 하는 그런 존재."

라영이에게 나는 정말 그런 존재였을까. 절름발이 비둘기.

나는 라영이가 죗값을 받았으면 좋겠는데, 내 팔이 부러진 것처럼, 그 애의 어딘가도 가루가 되도록 부러졌으면 좋겠는데. 그것 역시 산자의 감정이겠지.

"너 제일 무서운 게 뭔지 알아?"

네가 옷깃에 떨어진 낙엽을 주워 어둑해져 가는 불빛에 비춰본다. 잘 말라서 잎맥이 훤히 들여다보이는 잎.

"사랑하는 사람이 아플 때, 대신 아파줄 수 없는 거야. 그건 내가 아픈 것보다 더 무섭고 잔인해."

이제야 네가 누구를 닮았는지 알겠다. 네 얼굴이 익숙했던 이유를 알겠어.

"죗값은 그 애 대신, 그 애가 사랑하는 사람이 받게 될 거야."

네 맑은 눈에 투명한 슬픔이 고인다. 그 감정도 그리움에 속해 있는 거니.

"그래서 더 슬퍼. 나한텐 미움조차 남아있지 않는 데, 그 애는 그 죄를 영원히 지고 가야 해."

손을 뻗어 그 투명한 슬픔을 만져본다. 차고 부드럽다.

"나, 자전거를 탄 채로 강에 빠졌어. 생각보다 깊었고, 생각보다 빨리 죽었어.”

“안 아팠어?”

“응, 순간이었어.”

다행이네. 많이 아프지 않고 죽어서. 그래서 원망 없이 착한 귀신이 된 건지도 모르지만,

“늘 다니던 강둑에, 좋아하던 여자애가 묶여있었어. 내리막이었고, 하필 자전거 브레이크도 고장 나 있었어. 그런데도 피할 수 있는 건 나뿐이었어.”

머릿속이 하얘진다. 꼭 쥔 주먹도 겨울 무처럼 창백하고 단단해진다. 널 그렇게 만든 그 애는 국화꽃을 들고, 시시하게 애도를 표했겠지.

“그 애는 어때? 널 죽게 만든 애.”

“잘 살아. 본인은.”

한적한 무덤가에서 귀신을 만나도 이렇게 괜찮은 건, 귀신 주제에 곱상한 외모 덕분인가.

“내가 죽은 그날, 강둑에 묶여있던 그 여자애도 기억을 잃었어.”

모래가 메워지는 것처럼 기억을 지울 수 있다니. 그런 방어기제라면, 너만 불쌍하잖아. 너는 그 여자애를 구하려다 죽은 건데.

“너 그런 말 듣지 않아? 같이 있으면 털어놓게 된다고. 이상하게, 그래.”

사람한테만 통하는 줄 알았는데, 영혼한테도 먹히나 보네. 영매

라도 돼야 하나?

마주 보던 그 애가 싱그럽게 웃는다. 네가 좋아했던 여자애도 분명 너를 좋아했겠지. 네가 죽은 걸 차마 믿을 수 없어서 기억을 통으로 지운 걸 거야.

"이거 우리 아빠한테 전해줄래? 그럼, 나도 불빛을 따라갈 수 있을 것 같아."

네가 빛나는 배지를 내민다.

"가장 빛나는 추억을 놓고 가는 거야?"

"응, 그렇지 않으면 갈 수가 없어."

밥 짓는 연기처럼, 처연하고 슬픈 너를 가볍게 끌어안는다. 놓아주기엔 너무 아름다운 너를, 보내야 한다.

"이거 고마워. 안녕!"

네가 손전등을 비추며 손을 흔든다. 저 멀리 비추는 그 빛을 따라 네가 소리도 없이 길을 나선다. 어쩜 넌 내가 만들어낸 상상일지도 몰라. 내 뇌가 만들어낸 환상통인지도 몰라. 손끝에서 만져지는 배지가 매끈하고 차다. 이 빛나는 추억 잊지 않을게.

느닷없이 공포가 밀려온다. 정작 귀신을 볼 때는 안 무서웠는데, 바보처럼 다리가 후들거린다. 숲 저편에서 어룽대는 불빛이 보여. 나를 부르는 네 목소리도 들려. 왜 이제 왔어!

"귀신이라도 봤어?"

울며 안기는 나를 호랑이가 따뜻하게 안아준다. 살아있는 건 이렇게 따뜻한 거구나. 이렇게 가슴 벅차고, 이렇게 먹먹해.

바람이 헝클어뜨렸던 머리칼을 호랑이가 쓸어 준다. 한없이 다정한 네 눈빛이라면 언젠가 나도 치유되겠지.

"가자."

호랑이가 내민 손을 꼭 붙든다. 나를 놀라게 하던 나뭇가지도 이젠 경쾌한 발자국, 나를 무섭게 하던 부엉이 울음도 신나는 BGM. 너와 함께 간다면 으스스한 귀곡산장도 파라다이스가 될 게 분명해.

"뭘 믿고 혼자 갔어?"

"붕어빵"

"붕어빵?"

"갔다 와서 열 마리 먹으려고 했어."

호랑이가 피식 웃는다. 왜 웃어? 붕어빵이 어때서? 바삭하고, 촉촉하고, 달짝지근해서 얼마나 맛있는데!

혼자 갈 땐 삼십 분이 걸리더니, 호랑이와 같이 내려오니까 십오 분 밖에 안 걸린다. 나, 엄청난 길치인지도.

나를 숲으로 내몬 주동자들은 어딘가로 사라지고, 책상 위에 덩그러니 붕어빵만 남아있다. 웅, 붕어가 다 눅눅해졌어. 진짜 죽은 붕어처럼 끈적해. 붕어를 들고 울상을 짓는 나를 호랑이가 입술을 꾹 물고 내려다본다. 웃음 참는 거 다 보인다. 너

"붕어가 다 죽었어."

"그러게…."

결국 웃음을 터뜨리는 녀석, 가만 보면 너도 한패야. 붕어를 잃은 내 슬픔에 이리 공감을 못 하다니! 오기로 한입 문다. 오, 생각보다 맛있잖아? 호랑이도 덩달아 한입 문다.

"눅눅한 거 빼면 괜찮네."

"응, 팥죽 같기도 하고, 떡 같기도 하고. 그치?"

"응."

볼에 팥고물을 묻히고 먹는 호랑이가 너무 귀엽다. 너도 배고팠구나. 닦아주려고 내민 손을 잡혔다.

"나중에 먹으려고, 놔둔 거니까. 놔둬."

어쩐지 그러니까, 더 닦아주고 싶잖아. 붙잡힌 손 대신 봉긋한 입술이 맘대로 나가버렸다. 붕어빵의 시간이 정지되고, 호랑이의 검은 눈동자가 커졌다. 붙잡힌 손이 확 당겨지고, 느슨하게 걸터앉아 있던 네가 훅 다가온다. 투명한 지느러미가 스쳐 지난 것처럼, 따뜻한 바람이 간질인 것처럼, 꽃잎 같기도 하고, 얇게 저민 황도 같기도 한, 너무너무 부드럽고, 달콤한 느낌. 그게 우리의 첫 키스. 꽃향기 대신 팥 향기가 나던 우리의 잊을 수 없는 첫 키스.

"우왓! 했다! 했어!"

창밖에서 들리는 소리에 정지된 시간이 덜커덩 다시 흘러간다. 내 붕어를 눅눅하게 만든 이 범죄자들! 니들이 지금 무슨 짓을 한 줄 알아! 밖을 향해 주먹을 치켜드는 나를 호랑이가 막아서고는,

드르륵 커튼을 친다. 두 뺨을 감싸는 그 애의 손. 귓가를 어지럽히던 아우성도 쿵쿵 심장 소리에 먹혀버렸어. 어쩌면 좋지? 내 심장. 어쩌면 좋지? 이 마음. 둘 다 멈출 수는 없는데.

무덤가에서 그 녀석을 본 여운일지, 호랑이와의 키스 때문일지, 머리가 복잡해서 통 아무 일도 손에 잡히지 않는다. 역시 이럴 땐 쇼핑일까. 복실이가 소개해준 책방은 여전히 비좁지만, 그래도 꾸준히 책이 들어온다. 신기하게도 더는 좁아지지 않는 것 같다. 수납 방법에 비밀이 있을까?

대리석 빛깔의 책이 손에 잡힌다. 죽음의 엘레지. 가녀린 시인의 옆모습이 죽음을 암시하는 것만 같아, 호기심을 자극한다.

높은 언덕 꼭대기 밑에서

나는 선술집을 하겠다

거기서 회색 눈을 가진 사람들이

앉아서 쉴 수 있도록

먹을 것이 충분히 있고

마실 것이 있어, 어쩌다 그 언덕으로 올라오는

회색 눈의 사람들의

추위를 녹여 주리라

나그네는 푹 잠들어

여행의 끝을 꿈꿀 것이고

나는 한밤중에 일어나

사그라지는 불을 손보리라

아아 이것은 이상한 환상—

그러나 내가 아는 모든 것은

오래전 내가 두 개의 회색 눈으로부터

받은 것들이다.

　그녀가 썼던 '선술집'*이라는 시. 따뜻하면서도 쓸쓸함이 배어 나오는 시. 선술집은 아니지만, 이 헌책방도 내겐 그렇다. 나를 채워주는 책이 있고, 마음을 녹이는 오래된 향기가 있는 곳.

　"오늘도 좋은 책을 골랐네. 빈센트 밀레이. 나도 정말 좋아하는 작가거든."

　주인도 분명 문학을 꿈꾸었겠지. 이 서고 어딘가엔 주인이 쓴 책이 숨겨져 있을지도 몰라.

　새로 입은 교복은 아직은 좀 빳빳해서 불편하다. 길이 들기까지 얼마나 시간이 걸릴까. 내가 먼저 길드는 게 편할지도 모르겠다. 여전히 만화 주인공 같은 세일러복. 그건 호랑이도 마찬가지다. 이렇게 제각각인 교복을 입고도 그놈의 연보라색 체크 덕에 오

---

* 빈센트 밀레이의 시집 「죽음의 엘레지」 중 '선술집' 전문

덕고 학생인 게 금방 들통난다. 그런 면에서 복실이는 참 좋겠다. 목에 두른 리본 말고는 걸리적거리는 게 없잖아. 옷 자체가 감옥이라는 문제가 있지만,

"책 샀구나?"

복실이도 제 말 하면 온다더니.

"시집이네? 그래서 네 노래가 꼭 시 같구나?"

이 털북숭이 녀석 꽤 오랜만에 보는 것 같다.

"오늘은 따뜻해 보인다. 너."

"퍼리들이 좋아하는 계절이야. 지금부터 봄까지!"

학용품이랑 생필품을 샀나 보다. 봉투가 꽤 불룩하다.

"요 며칠 버스에서 지냈거든. 음악실도 강당도 밤새 애들이 북적거려서."

"퍼리 전용이 있잖아?"

"뺏겼어. 축제 기간엔 전용이고 뭐고 없어. 피아노가 있는 교실이 몇 안 되니까."

그래서 학교에서 안 보였군.

"그날 우리가 만든 노래 기억나지?"

어떻게 잊겠어? 시간 가는지 모르고 밤새 만든 노랜데.

"앞부분은 내가 부를게. 호박 등부터 같이 부르고, 마지막에 '날 닮은 캔디를 고르는 동안'은 네가 부르면 돼. 짧은 소절이니까, 괜찮을 거야. 어때?"

뭐, 한 소절 정도는 괜찮으려나? 버스 정거장에 나란히 앉아 바람을 반주 삼아 불러본다.

설탕으로 만든 지붕에 떨어지는 일

지그재그 생채기들도 분명 달콤할 거야

바스러진 낙엽을 치우면 계단

탄 쿠키 같은 우리들이

시럽이 차오른 계단 끝에서 하이 하이

다음 버스를 타기도 전에

짜릿한 낙하가 시작될 걸

중저음의 설레는 목소리, 네 목소리에 얼마나 많은 소녀들이 밤잠을 설칠지 안 봐도 알겠어. 이제 같이 부를 차례. 부드러운 네 목소리를 따라 나도 조심스레 한 발.

호박 등이 켜진 내리막을 지나

당돌한 오렌지

스윗한 바나나

바스락 커튼 뒤엔 울랑말랑 시나몬

기분 따라 달라지는 캔디라면 우린 딸기 크림 회오리

넌 달고, 난 부드럽게

담에 또 놀러 올게

호박 등이 켜진 거리에서

기어들어 갈 것처럼 부끄러운 목소리지만, 그래도 용기를 내어, 불러본다. 공기 반 소리 반 너한테 배운 대로.

날 닮은 캔디를 고르는 동안!

탈 속에 있어도 표정을 알 것 같아. 분명 놀라는 표정 같은데? 내가 그렇게 못 불렀나?

"너! 연습 많이 했구나!"

"뭔가 어색하지 않아?"

"아냐! 살짝 어설픈 게 더 좋아. 뭔가 수줍은 소녀 같기도 하고,"

복실이가 덥석 손을 잡는다.

"아무래도 오늘이 지나면 안 될 것 같아! 가자!"

어딜? 나는 오늘, 따뜻한 수프를 내주는 낡은 선술집을 방문할 예정이었다고!

질질 끌려 도착한 곳은 역시나 버스다. 읍내를 통해 걸어가니까, 생각보다 가깝다. 마을 두 개를 통과해서 폐가 두어 채를 지나니까 바로다. 이번엔 제대로 된 대문으로 들어갔다. 돌담은 반쯤 허물어져 버렸지만,

노랗게 물들기 시작한 담쟁이덩굴이며 웃자란 풀들은 여전한데, 어째 내부가 더 복잡해졌다. 무슨 장비가 이렇게 늘었어?

"완벽하진 않지만, 그럭저럭 쓸 만해. 풀벌레 소리나 개 짖는 소리가 섞여서 녹음되긴 하지만,"

버스에서 뻗어 나간 전기선들이 집안까지 어지러이 이어져 있다. 너 전기세 정도는 내는 거지? 이거 도둑 전기는 아니지?

"그 참에 이 집도 샀어. 나중에 제대로 다시 지을 거야. 지금은 화장실만 대충 고쳐놨어."

"궁금한 게 있는데, 너 재벌 2세쯤 돼?"

탈을 벗던 복실이가 피식 웃는다.

"아이돌 하면서 벌어놓은 거야. 이런 폐가는 싸니까."

너 정말 아이돌이었어? 복슬복슬한 털을 쓰고 다니는 것도, 실은 그것 때문이야? 네 정체를 숨기려고?

"몰랐어. 네가 아이돌인 거."

"너라면 모를 줄 알았어. 넌 요즘 노래보다 옛날 노래를 더 좋아하니까.

뜨끔! 어떻게 알았지? 그래도 인디밴드는 제법 알아!

"그래서 더 편하고 좋아. 니가."

그 고백은 시시해서 못 들은 척하련다. 읍내에서 산 슈크림 빵을 던져줘서 폴짝 앉았다. 일단 먹고 시작해 볼까? 음, 부드럽고 맛있어. 내가 좋아하는 옥수수수염차도 사 왔네.

"오늘은 버스 말고, 마당에서 불러보자. 넌 일단 먹고 있어. 난 세팅 좀 하고 올게."

슈크림 빵을 말끔히 처리하고, 뭉그적뭉그적 일어나 마당으로 나가본다. 쿠션 몇 개도 챙겨갈까? 폭신폭신한 거로 골라서.

뭔가를 연결하느라 녀석이 바빠서, 눈에 띄는 걸레를 빨아서 툇마루를 닦았다. 2010년 9월에 멈춘 달력도 바랜 채 그대로 걸려 있네. 좀 우글우글 울긴 해도, 나름 멋있다. 금 간 시계도 구멍이 숭숭 뚫린 창호지도 정감 있네.

"우연히 만난 거 치고는 뭘 많이 준비했는데?"

"현직 아이돌의 자세지."

벌써 MR도 만들어놨네. 버스에 틀어박힌 이유가 있었구만.

털옷을 벗은 복실이는 밤색 슬랙스에 베이지색 남방, 그리고 갈색 넥타이, 때깔을 맞추려고 한 게 아닌데, 오늘은 나도 낙엽 빛깔 원피스. 우연이 겹치면 필연인 건데. 오늘 우리가 좀 그런 것 같아.

기타를 맨 복실이는 정말 아티스트 같아서 가슴이 두근댄다.

"연습 삼아 불러볼까?"

"응"

산뜻한 네 시작을 따라서, 살랑대는 내 발. 연습한 그대로, 너와 입을 맞춘다. 네가 웃으면 나도 따라 웃고, 기타에 열중하면 나도 열중하고, 그러다 수줍게 마지막 소절을 불러본다. 어때 연습 치고는 좋았지?

"전보다 더 좋다."

"응, 노래도 익나 봐."

"그러게, 꼭 홍시 같다. 입에 넣자마자 녹는 아이스 홍시."

"다음 곡 불러볼까?"

개 짖는 소리가 들리지만, 꼬꼬 닭 소리도 섞이지만, 좋다. 바스락 나뭇잎 소리도 좋고, 우리의 노래에 섞여 드는 바람 소리도 너무 좋다.

한가할 땐 테이블을 닦고

매운맛, 순한 맛, 슬픈 맛 라면도 채워 넣어

등 따순 호빵도 돌려놓고

아에이오우, 웃음을 장전하고

어서 오세요.

진상 손님을 상대하던 불쌍한 캔디도 여기서라면, 가을 햇살처럼 노래할 것 같아. 빈센트 밀레이의 시집은 무릎에 올려두고, 폭신한 쿠션에 기대앉아 아무 걱정 없이 노래할 것 같아.

얼룩덜룩 젖소 무늬 고양이가 불쑥 나타나서 우리의 엔딩을 장식해 주었다. 나른한 기지개와 함께 우리의 웃음도 담겼겠다.

"두 번 부르면, 절대 이 느낌이 없겠지?"

"아마도?"

"좋아! 그럼, 이걸로 하자."

대체 뭘 한다는 건지는 몰라도, 더 부르지 않아서 좋아. 꼼꼼하게 장비를 챙겨 넣고, 야무지게 문도 잠근다.

"포스터는 이걸로 하려고."

정류장에서 노래를 부르던 모습이다. 넌 복슬복슬한 털북숭이고, 난 널 길들이는 정신 나간 주인 같아.

"이거 언제 찍은 거야?"

"슈퍼 아줌마가 찍어줬어. 우리가 예뻐 보였나 봐. 잘 나왔지?"

"이상해. 그리고 무슨 포스터?"

"축제 때 공연 포스터."

"그런 게 필요해?"

"당연하지! 우리의 첫 데뷔 무대인데."

뭐 괜찮으려나. 축제가 끝나면 뗄 테니까. 살짝 고개를 숙이고 노래를 부르는 내 모습이 좀 예쁜 것 같기도 하고, 각도가 좋았나? 얼굴도 작게 나왔다. 복실이에 비할 바는 아니지만,

"조금 보정 할게. 여기 이 쓰레기통도 치우고, 약간 바란 느낌으로 어때?"

"괜찮네."

"그럼, 동의한 거다."

돌아오는 길에 이것저것 상의하고, 연습 날짜도 정했다. 매번 버스까지 갈 수 없어서, 연습이 비는 시간대에 퍼리 전용 공간에

서 만나기로 했다. 그래 봤자 한 시간 남짓이지만, 그 정도면 충분할 것 같다.

두런두런 얘기를 하다 보니, 벌써 학교네. 복실이가 기숙사 앞에서 손을 흔든다.

"모레 보자!"

그래. 꿈을 향해 달려가는 소년아, 그날 보자. 복실이와 헤어져서 식당으로 간다.

"오, 마침 손님이 필요했었는데!"

회장이 격하게 반겨준다. 뭔가 실험 중이었는지, 김이 모락모락 나는 접시를 냉큼 내온다. 이런 테스트는 만 번도 땡큐해.

겉을 살짝 튀긴 가래떡에 카레 향이 나는 새콤달콤 소스, 그리고 바짝 구운 우삼겹이 침샘을 자극하네.

"먹어봐. 비빔 떡볶이야"

겉바속촉 가래떡에, 새콤달콤 소스가 진짜 잘 어울린다. 우삼겹도 풍미를 더하는 데다, 불맛까지 나서, 완전 맛있어!

말 대신 순식간에 접시를 비워 회장을 기쁘게 했다.

"회장, 이건 꼭 세상에 나와야 하는 음식이야!"

"좋아! 꿀떡이 네가 그렇게 말한다면! 꼭 메뉴에 올릴게!"

"꼭이야! 꼭!"

비빔 떡볶이를 두 접시 더 해치우고 돌아왔다. 언덕 꼭대기 선술집에 가기엔 너무 졸리고 배부르다. 미안해요. 빈센트. 내일은 꼭 언덕 꼭대기까지 올라갈게요.

　쓸데없는 인형이 또 도착해서 미미 선배를 만나러 간다. 엄마는 왜 인형을 보내는 걸까. 나는 인형보다 책을 더 좋아하는데.
　"왁! 이거 무스잖아!"
　"무스요?"
　"그래, 게다가 기마경찰 복장이야! 복슬복슬 정말 귀엽다!"
　평범한 사슴인 줄 알았는데, 무스였구나.
　"정말 나 주는 거야? 이렇게 귀한걸?"
　귀하게 여기니까 주는 거예요. 나한테는 예쁜 쓰레기니까.
　"네가 시킨 대로, 호랑이에게 접근하는 하이에나 같은 애들을 이 손으로 처리했지. 걱정마. 나는 간디처럼 무폭력 주의자니까. 아주 평화롭게 해결했다고,"
　내가 언제 그런 일을 시켰던가? 귓속말로 속삭였던 건, 호랑이랑 나랑 잘될 수 있게 응원해 주세요. 이거였던 것 같은데.
　"너도 알다시피 호랑이가 좀 인기가 많아야지. 우리 학교에만 적이 있는 게 아니야. 식당 아주머니들도 호랑이가 배달오는 시간만 목 빼고 기다린다고! 하지만, 걱정마! 이 미미가 있는 한, 호락호락 호랑이를 넘보게 하진 않을 테니까."
　"고마워요. 선배."
　충성스러운 행동대장도 나쁘진 않은데?

"그나저나 너 무덤에 갔다 왔다며?"

무스 인형을 폭 안아 들고, 미미 선배가 동그란 눈을 치뜨며 묻는다.

"신고식이니 뭐니 해서 당했어요."

베이지색 원피스를 입은 미미 선배와 밤색의 무스 인형은 영혼의 단짝인 것처럼 잘 어울린다.

"심령 연구회에서 여름방학마다 여는 행사야. 담력 테스트니 뭐니 해서, 무덤 주변을 돌게 하거든, 뭐 소소한 장치를 설치하기도 하고, 귀신 분장을 하기도 하고, 좀 떠들썩하게 놀아."

"무덤에 안 간다고, 불길한 일이 생기는 건 뻥이죠?"

"응, 뻥이야. 안 그러면 안 가니까."

뭐 그래도, 그 뻥 덕분에 무덤 주인이 심심하진 않았겠네.

미미 선배가 봉제 인형처럼 짧은 다리를 까딱까딱 흔든다. 다른 선배들은 축제 때 쓸 인형 옷을 만드느라 고양이 손까지 빌릴 지경이라고 했으니, 이렇게 미미 선배와 수다를 떠는 건 엄청난 특혜일 거야.

"나 꼭 찾고 싶은 인형이 있어. 엄마가 만들어준 애착 인형인데 기차에다 놓고 내렸거든."

"그건 못 찾았어요?"

"응. 내가 갑자기 열이 나는 바람에 엄마도 아빠도 정신이 없었나 봐."

그게 미미 선배의 첫 이별이었겠네.

"난, 옹앙이가 여행하고 있다고 믿어. 나 대신 기차를 타고, 알프스를 넘어, 온 세상을 여행하고 있다고 믿어. 그래서 이렇게 다른 나라 인형을 만나면 꼭 물어봐. 우리 옹앙이 본 적 있니? 요만하고 폭신폭신한 앤데, 잘 있냐고."

선배가 무스 인형의 귀에 소곤소곤 옹앙이의 안부를 묻는다. 달리는 걸 좋아하는 너라면 봤을지도 모르겠다. 요만하고 폭신폭신한 옹앙이. 잘 있는 거 맞지?

"여기 있었네! 세계사 쌤이 찾으셔!!"

미미 선배와 항상 동행하는 선배다.

"앗, 무스 인형이네? 또 꿀떡이가 준 거야? 좋겠다!"

경비실 뒤에서는 그리 험상궂은 얼굴이었는데, 인형을 대할 땐 마냥 천사 같다. 역시 덕후들이란,

미미 선배 일행과 헤어져 농구장을 가로질러 지나가는데, 스탠드에 앉은 소녀가 보인다. 소공녀 세라에 나오는 인형처럼, 깜찍하게 생긴 외모에, 여리여리한 체구가 여자인 내가 봐도 엄청 예쁘다.

가까이서 본 소녀는 역시나 눈부시게 예뻤지만, 그것 때문에 놀란 건 아니다. 소녀를 기괴하게 만든 건 목덜미부터 뺨까지 이어진 멍과 팔을 휘감은 화상 자국. 멀리서 봤을 땐 몰랐는데, 머리카락도 누가 억지도 자른 것처럼 들쑥날쑥하다. 이 아이를 이렇게

괴물로 만든 사람은 누굴까.

"야! 오 꿀떡!"

법정이보다 똘똘이가 먼저 달려온다. 구해 준 은혜를 아는지, 눈치가 좋은 건지, 복실이와 나한테는 충성을 다한다. 그 꼬리로 날 수도 있겠어.

똘똘이를 따라 운동장을 내달린다. 한발 늦게 도착한 법정이도 동행한다.

"바자회 준비는 잘하고 있어?"

무소유의 삶을 살던 법정이는 감당 못 할 만큼 물건이 많아져서, 이번 바자회에서 많은 물건을 내놓을 예정이다. 뭐, 주로 실패한 애견용품이지만,

"어, 똘똘이 물건 말고도, 핸드메이드도 좀 필요할 것 같아서, 타일로 만든 냄비 받침이랑, 수제 비누를 만드는 중이거든. 너도 필요하면 좀 줄까?"

"팔고 남거든 줘."

헉헉 숨을 몰아쉬며 끊임없이 대화하는 것도 힘든 일이다. 게다가 똘똘이는 체력 하나는 양몰이 개 수준이다. 결국, 지나가는 복실이를 불러서 대신 달리게 했다. 스탠드에 앉아, 복슬복슬한 복실이와 똘똘이가 달리는 걸 구경한다. 나름 장관이네.

"넌 잘 돼가? 저 녀석이랑 같이 노래한다며?"

"뭐 그렇지."

힐긋 올려본 소녀는 여전히 그 자세 그대로였지만, 분명 아까보
단 느슨해졌다. 초점이 없던 눈도, 내달리는 복실이를 따라 움직
인다. 멍투성이 입가도 조금 풀어졌다.

"복실이를 영입하려고 밴드부에서도 연극부에서도 엄청 혈안
이 돼 있었는데, 결국 콘서트네."

"콘서트까지는 아니야. 고작 서너 곡 부를 건데?"

"그럼 미니 콘서트 정도 되려나? 그래도, 단독 공연이잖아."

맞아. 그것두. 별관 앞 야외공연장에서. 으, 상상만 해도 떨리네.

"기대된다. 너도 복실이도!"

뭐든 무심하던 네가 이렇게 반짝거리다니, 더 열심히 연습해
야겠어.

"율동도 좀 가미해볼까?"

탈이 돌아갈 정도로 내달린 복실이가 불쑥 끼어든다. 돌아간
탈을 제자리로 돌려주는데, 킥킥 웃음소리가 들린다. 스탠드 끝
에 앉아 있던 소녀가 예쁜 보조개를 만들며 웃는다. 웃을 땐 우
리랑 똑같네.

호기심쟁이 똘똘이가 폴짝폴짝 소녀를 향해 뛰어 올라간다. 잡
기엔 늦었다. 소녀가 똘똘이의 머리를 조심스레 쓰다듬어본다.
기분이 좋은지 똘똘이의 꼬리가 살랑살랑 흔들린다. 저 지조 없
는 녀석!

법정이가 멋쩍은 표정으로 다가간다. 잠시 경계하던 소녀가 똘

똘이가 무릎을 핥는 바람에 다시 웃음을 터뜨렸다.

"율동이라니? 나는 노래도 버겁거든?"

"복잡한 거 아니야. 몇 가지 포인트만 주자는 거지. 앙코르 곡은 신나는 게 좋잖아?"

"앙코르까지 생각하고 있는 거야?"

"분명 나온다니까. 앙코르. 그니까 이따 여덟 시쯤에 퍼리 전용으로 와."

기대 세워놓은 기타를 들고 복실이가 성큼성큼 올라간다. 너의 무대를 내가 망칠 순 없겠지. 여덟 시면 얼마 안 남았네. 남은 숙제를 끝내고 가야겠다.

"얜 꿀떡이야. 책벌레고, 아까 봤던 복실이랑 콘서트를 할거래. 재밌겠지?"

벌써 친구가 된 거냐? 무소유를 벗어난 법정이는 가끔 종잡을 수가 없다. 낯을 가리는 것 같으면서도 뭔가 맞는 게 있다 싶으면 거리낌 없이 다가간다. 이번 경우엔 역시 똘똘이가 매개체겠지.

"이쪽은 슬아, 학교 구경 왔대."

너처럼 위태로운 아이를 혼자 두고, 엄마, 아빠는 어딜 간 거니? 내 걱정은 아랑곳하지 않고 법정이가 질문을 퍼붓는다.

"넌 뭘 좋아해? 여긴 웬만한 덕후들은 다 있거든. 동물 말고는 또 없어?"

"없어."

소녀의 얼굴에서 돌던 생기가 신기루처럼 사라진다. 아까 그 표정이네. 말라붙은 식물 같은 그 표정.

무대장치를 든 미아와 후배들이 언덕길을 올라가는 게 보인다. 늘 드레스만 입던 미아도 요즘엔 바지를 입는다. 못도 박아야 하고, 페인트도 칠해야 하는데 역시 드레스는 무리겠지. 살랑살랑 손을 흔들어 인사한다.

"취미도 없어? 난 똘똘이랑 운동장을 도는 게 취민데. 저기 나무 그림 들고 가는 쟤는 분장이 취미고,"

소녀가 고개를 흔든다. 무언가 생각한다는 것조차 버거운 것처럼.

"정말 없어?"

그렇게 묻는 너도, 똘똘이를 만나기 전까지는 무소유를 지향했어. 그니까 그만 물어봐.

"먹는 건 어때? 춤추는 건? 혹시 인형 안 좋아해?"

이쯤에서 끼어드는 게 좋겠다.

"너 매점 가봤어? 여기 매점 끝내주는데, 케이크도 판다?"

"맞아! 오늘은 피자 빵도 있더라! 가자! 내가 구경시켜 줄게!"

안내를 자처하는 법정이를 따라 소녀가 스르륵 일어난다. 가만히 앉아서 질문 공세를 받는 것보단 이편이 낫겠지.

"그럼, 구경 잘하고 가."

소녀를 향해 인사하고 돌아섰다. 법정이 니가 잠시만이라도 저 앨 지켜줘.

교감실의 문을 두드린다. 내게 삼중당 문고를 선물해 준 다정한 목소리가 들려온다.

"꿀떡이네? 앉으렴. 뭐 마실래? 수정과랑 식혜 있는데?"

교감 쌤이 곶감이 동동 뜬 수정과를 연잎 모양 다기에 담아준다. 와, 예쁘다. 근데 손님이 있네. 얼릉 마시고 가야겠다.

"다시 한번 부탁드립니다."

산뜻한 눈썹과 동그란 이마가 스탠드에 앉아 있던 소녀와 똑 닮은 이분이 엄마겠구나. 작은 얼굴에 오밀조밀한 눈 코 입이 꼭 인형 같다. 곁에 앉은 남자는 그에 비해 꽤 나이가 들어 보인다. 교장 선생님이랑 비슷한 연배가 아닐까.

"입학은 교장 선생님의 재량입니다. 제 권한 밖이고요."

"추천이 가능하시잖습니까."

부탁하는 말조차 딱딱하다. 곁에 선 여자도 그렇고, 평생 부탁 같은 거 안 했을 것 같은 사람들이야. 입은 옷도 물론 명품이겠지.

"서류를 확인해 봐야겠네요. 잠시 기다리세요."

이참에 나도 따라나설까 했는데, 교감 쌤이 눈빛으로 저지하신다. 이런 어색한 자리에 절 버려주시는 건가요? 수정과를 홀짝이는데, 남자가 부담스럽게 자꾸 쳐다본다. 역시 잘못 왔어. 차라리 매점이나 따라갈걸.

"넌 어떻게 여길 왔니?"

인형 같은 여자가 묻는다. 목소리도 참 곱네.

"죽었다 깨어났는데, 교장 쌤이 꿈이 뭐냐고 물어봤어요"

지금 생각해도 웃기는 상황이다. 하지만, 이 오만한 커플은 전혀 웃지 않는다.

"그래서?"

"그땐 생각나는 게 좀 벌레밖에 없어서."

"그랬구나. 여기 정말 좋지? 괴롭힘 같은 거 없지?"

"없어요. 근데 그게 애들이 착하고 순해서 없는 게 아니에요. 다 너무너무 하고 싶은 일을 하고 있으니까, 너그러워지는 거예요. 성깔도 있고, 예민하고 요즘 애들이랑 똑같아요."

또 오지랖을 부리고 말았네. 그냥 없다고 말하면 될 것을,

"우리 꿀떡이가 학교 자랑을 제대로 해줬구나. 고맙다."

마침 서류를 들고 돌아온 교감 선생님이 다정하게 어깨를 두드려준다.

"우리 학교는 비공개 모집인데, 아는 분께 들으신 모양이군요. 뭐, 간혹 그렇게 입학하는 경우도 있긴 합니다만,"

자리로 돌아가 서류를 뒤적이는 교감 쌤의 표정이 차갑게 굳는다.

"서류엔 이상이 없습니다. 우수한 성적으로 학교에 다녔고, 학폭 가해자였던 적도 없군요."

말이 끝나기 무섭게 아빠가 끼어든다.

"그럼, 입학이 가능한 거 아닙니까?"

"최종 심사는 면접에서 결정됩니다. 여기 있는 저 아이도 그렇고, 다른 아이들도 모두 불시에 면접을 봤지요. 거기서 통과한 아이만 이 학교 학생이 될 수 있어요."

"불시에?"

인형 같은 엄마가 눈을 깜빡인다.

"여긴, 두 분께서 알고 계신 대로 자살미수자 그리고 학교폭력 피해자들이 많이 다니는 곳이에요. 물론 부모를 잃고, 마음 둘 곳이 없는 아이나, 취향이 독특한 아이들도 있지요. 하지만, 모두 면접 땐 꿈을 얘기한답니다. 황당하고 말도 안 되는 꿈도 괜찮아요. 좀 벌레나, 분장실 거울이나, 털북숭이 짐승이나 다 좋아요. 그게 그 아이들을 살릴 수 있는 거라면요."

"그게 우리 슬아가 떨어진 이유랑 상관이 있나요?"

엄마의 손이 떨려온다. 당신은 알고 있구나. 그 애의 대답.

"네. 슬아는 불시에 본 면접에서, 꿈이 없다고 대답했습니다."

"아니에요! 그 앤 무용도 피아노도 다 잘 한다구요."

"저희가 묻는 건 잘하는 게 아닙니다. 하고 싶은 거, 즉 꿈꾸는 것이죠. 슬아는 세 번의 질문에 다 '없다'라고 대답했습니다. 다른 아이에게는 한 번만 주어지는 질문을 슬아에게는 세 번이나 되물었습니다. 저희는 황당무계한 꿈은 받아줄 수 있어도, 꿈이 아예 없는 아이는 받질 않아요. 하고 싶은 게 아예 없는 아이는 결국 이곳에서도 적응하지 못할 테니까요."

"황당무계한 거라면 없는 거나 마찬가지 아닙니까?"

"아니요. 황당무계한 꿈이라도 꾸다 보면 근사치에 갈 수 있어요. 저 아이도 도서관 좀 벌레가 꿈이었지만, 지금은 시를 쓰고 있어요. 꿈이 분장실 거울이었던 아이는 연극부에서 분장을 맡고 있답니다. 아주 황당하고, 작은 거라도 하고 싶은 게 있다면 됩니다. 그건 빵 반죽에 들어가는 효모와 같은 거니까요."

"여기서, 생길 수도 있잖아요! 우리 슬아도 분명 여기서 생길 겁니다. 그러니까 기회를 주세요. 그 아이에겐 여기가 마지막 기회입니다!"

아빠가 벌떡 일어나 교감 선생님의 손을 붙든다. 인형처럼 예쁜 엄마도 일어나 그 팔을 붙든다. 아, 이걸 어쩌지. 내가 뭘 어째야 하지?

우왕좌왕하는데, 돌을 든 수석 쌤이 벌컥 문을 연다. 강에서 주운 돌덩이를 자랑하러 온 것 같은데, 이 갑갑한 상황을 마주하자, 스르르 다시 문을 닫는다.

"이수석 교장 선생님, 들어오세요."

칼날처럼 벼린 교감 쌤의 목소리에, 돌을 든 수석 쌤이 주뼛대며 들어온다.

"슬아 학생이 입학하지 못하는 이유에 대해 납득가게 설명하셨나요?"

우물쭈물하는 쌤은 방금 깨어난 원시인처럼 어리숙해 보인다.

저를 이 세계로 데려올 때 이러지 않으셨잖아요.

"그 아이는… 꿈이 없습니다."

"꿈은 만들면 되잖습니까!"

"물론 그렇죠. 꿈이 없던 아이도 이 학교에 와선 꿈을 만들기도 하니까요."

"근데, 왜? 우리 슬아만 불합격입니까? 슬아에게도 기회를 주십시오!"

교장 쌤이 들고 있던 돌을 손님용 테이블에 조심스레 내려놓는다. 그리고 단호하게 아빠를 마주 바라본다.

"슬아에겐 기회를 줄 수 없습니다. 꿈이 없는 것도 문제지만, 우린 가해자들은 받지 않거든요."

"슬아는 가해자가 아니에요. 피해자죠!"

엄마가 울며 맞받아친다.

"슬아는 그럴지 모르죠. 하지만, 그 오빠는 가해자가 맞지 않습니까? 10년 전 사건을 잊으신 건 아니시죠?"

아빠의 눈이 벽에 걸린 시계만큼 커진다.

"당신 누구야?"

"가해자는 정말 쉽게 잊더군요. 내 아들은 죽었는데, 아무 일도 없던 것처럼 대학을 다니고, 유학을 가고, 곧 결혼도 한다죠?"

기계처럼 읊조리던 교감 쌤이 테이블에 놓인 돌을 번쩍 들어 올린다.

“내 아들은 죽었는데!”

부부가 혼비백산 달아나고, 교감 쌤과 내가 실성한 아버지를 붙잡는다. 그 상처는 천 년이 지나도, 백골이 썩어 진토가 돼도 잊지 못하리라.

돌을 빼앗아 구석에 내려놓고, 흥분한 수석 쌤을 진정시킨다. 수석 쌤이 냉수를 벌컥벌컥 마시며 떨리는 숨을 내쉰다. 네가 말한 죗값이 이거였구나. 가장 잔인하고 아프다는 죗값.

“흉한 걸 보게 했구나. 미안하다.”

“교감 선생님도 아셨군요.”

“어떻게 그 얼굴을 잊겠니? 네가 없었으면, 무슨 짓을 했을지 몰라.”

그래서 나를 내보내지 않은 거였어.

마냥 인자해 보였던 두 분께도 헤아릴 수 없는 상처가 있고, 그 상처 위에 세운 우리들의 꿈의 학교가 있다. 고맙습니다. 선생님. 우리들을 위해 살아주셔서요.

“처음엔 나도 자살인 줄 알았다.”

버석버석 마른 말투. 헤집은 상처에서 새어 나오는 것 같다.

“모든 정황이 그렇게 보였으니까. 괴롭힘을 당해서 죽었구나. 설아라는 아이도 아무 기억을 못 하고, 요아만 죽었으니까. 근데 아무리 생각해도 자살은 아닌 거야. 설아랑 보려고 영화 티켓도 예매해 놨고, 서점에 문제집도 주문해 놓았더구나. 죽으려는 사람은 그런 것 안 하잖니. 그래서 친구들한테 물어봤지. 경찰에는 알리지 않겠다고 하고, 그랬더니 친한 친구 몇이 붙더구나.”

“정말 신고하지 않으셨군요?”

목이 타는지 다시 물을 따라 드신다.

“신고한들 소용없었을 거야. 요아가 자살자가 된 것도, 저 사람이 한 짓이니까. 고위 경찰이라더라.”

얼마나 원통했을까. 자식이 죽은 것도, 그 죽음을 밝혀내지 못한 것도.

“나는 우리 요아가 다니고 싶은 학교를 만들고 싶었어. 학폭도 없고, 질투도 없고, 그저 꿈꾸느라 바쁜 학교, 엉뚱해도 좋고, 해괴해도 좋고, 황당해도 좋은 그런 학교. 이제야 그런 학교를 만든 것 같은데, 요아는 여기 없구나.”

오늘 여기 온 걸 후회할 뻔했는데, 아니었네. 오늘만큼 적당한 때가 없는 것 같아. 기진맥진 앉아있는 교장 선생님의 셔츠에 그날의 배지를 달아준다. 엄지와 새끼를 접고 세 손가락을 치켜든 모양의 배지. 가장 행복했던 순간으로 남은 그날의 배지.

“있었어요. 이 학교가 세워지고, 꿈꾸는 아이들로 채워지고, 그 꿈들이 맛있게 부푸는 걸 모두 지켜봤는걸요. 두 분이 같이 꿈꾸고, 함께 웃는 것도 다 지켜봤어요.”

두 분의 눈시울이 젖어 든다. 자랑스럽게 선서하던 요아의 얼굴, 기억나시죠? 같이 짜장면을 먹었던 것도.

"그래도 짜장면을 먹던 그날이, 두 분이 와서 배지를 달아주고, 항건을 매줬던 그날이 제일 행복했대요. 그런 날들로 다시 돌아갈 수 있을 것 같아서, 더 머물렀던 거래요. 그렇게 요아는 다 봤어요. 우리를, 그리고 이 학교를."

공연히 나까지 눈물이 나서 말끝이 흐려졌다. 마주 보고 셋이 우니까, 꼭 가족 같네.

"가장 행복했던 기억을 두고 이제 간대요."

"이제 여기 없는 거니?"

"네. 미움도 원망도 산 자의 감정이랬어요. 요아에겐 그리움밖에 없대요. 그 그리움마저 놓아두고 좋은 곳으로 갔어요. 그니까, 두 분도 행복하셔야 해요."

티슈를 히말라야처럼 쌓아놓고 운들, 살아있는 우리들은 그렇게 가뿐해질 수 없겠지. 두 분의 애달픈 울음을 차마 보지 못해서, 우물쭈물 도망쳐 나왔다. 요아의 마음이 조금이라도 전달되었기를.

울고 나니까 배가 고프다. 나란 아이는 슬픔보다 역시 생존일까. 저절로 발걸음이 매점으로 향한다. 그런 면에서 우리 학교 매점은 참 좋다. 학생도 몇 안 되는데, 늦은 저녁까지 열려있으니까, 메뉴도 얼마나 다양한데,

다 팔려버린 피자 빵 대신 단팥빵에 바나나 우유를 사서 돌아가는데, 테라스에 앉은 호랑이가 보인다. 내가 좋아하는 보라색 후

드 티를 입고, 짧은 머리칼을 흩날리며 화사하게 웃는 너, 이렇게 반가움과 식욕 사이를 오가도 되는 걸까.

풍파를 일으킨 부모는 사라졌는데, 어쩐 일인지 아직 슬아는 남아, 복실이와 법정이 사이에서 웃고 있다. 우리는 어리고 연약해서 상처도 쉽게 받지만, 그만큼 쉽게 마음을 열기도 한다. 좀 전까진 무표정하던 너도 이렇게 웃을 수 있구나.

"법정이가 똘똘이를 구해온 얘기를 하던 중이었거든."

그 얘기라면 아주 넌덜머리 날 정도로 잘 알지.

"손이 닳도록 빌었다니까. 아주 파리가 된 줄 알았어."

복실이가 무릎을 꿇고 손을 싹싹 비비며 그날을 재현한다. 그래, 그날은 파리한테 빙의한 날이지. 그 덕에 똘똘이도 법정이도 새 삶을 얻을 수 있었어. 단팥빵을 베어 물며 호랑이를 본다. 호랑이가 시선을 눈치채고 마주 보며 싱긋 웃는다. 아, 두근거려

"어디 갔었어?"

"응. 그냥 산책."

"사파리 선배가 키우던 오리알이 부화했대. 가볼래?"

"좀 있다가. 지금은 쟤를 데려다줘야 할 것 같아."

남은 단팥빵을 한입에 넣고, 바나나 우유도 탈탈 털어먹고, 슬아에게 다가섰다.

"가자, 부모님이 기다리실 거야."

슬아가 거부감 없이 따라온다.

"나, 알고 있어."

작지만 선명한 목소리

"내가 이 학교에 다닐 수 없는 이유."

나는 돌아서고, 너는 멈춰 선다. 운동장에 길게 뻗은 그림자가 엇갈리도록

"우리 오빠 때문에 사람이 죽었잖아. 아빠는 그걸 무마했고,"

모래바람이 불어서 시야가 흐려졌다. 테라스에서 간간이 웃음소리가 들려온다. 다시 너희 곁에 가고 싶어.

"친구 오빠가 우리 오빠랑 친구야. 그래서 소문이 났어."

"그것 때문에 따돌림을 당한 거야?"

네가 어깨를 으쓱한다.

"나쁜 피니까. 나는,"

그건 네 잘못이 아니야. 하지만 섣부른 위로는 하지 않을게. 그건 네게 필요 없는 말이니까

온 데를 미친 듯이 헤매고 다니는 남자를 만나 너를 보내준다. 그리 오만해 보였던 남자도 자식에겐 어쩔 수 없는지 연신 쩔쩔맨다. 그는 무거운 침묵을 끌며 집으로 가야 한다. 그날 잘못 묶은 매듭이 결국 가장 사랑하는 딸에게 낙인을 남겼다. 그가 아무리 아파한들, 자식을 잃은 슬픔까진 알 수는 없겠지. 부디 오래오래 아파하길,

"안 추워?"

호랑이가 담요를 어깨에 둘러주며 따뜻하게 웃는다. 내가 꽁꽁 얼어붙은 걸 알고 나타나 줬구나. 나의 흑기사.

"추워."

따뜻한 네 손을 잡고, 사파리 선배가 관리하는 사육장을 향해 걷는다. 닭도 토끼도 오리도 다 여기서 키운다. 간혹 식당에서 나오는 삼계탕도 사파리 선배가 키운 닭으로 만든 것. 선배는 사육사를 꿈꾸기도 하지만, 사냥꾼도 꿈꾼다. 수렵과 채집은 인류의 오랜 역사이기도 하니까.

솜털이 보송보송한 노란 오리가 뒤뚱뒤뚱 돌아다닌다. 오늘의 먼지를 다 날려버릴 만큼 깜찍하네. 선배의 손에서 자란 어미 오리도 순한 편이라 우리를 그리 경계하진 않았다.

"선배, 자연에서 살아도 되겠어요. 토끼도 그렇고, 이 오리도 그렇고, 진짜 잘 키우시네요."

"그래? 실은 졸업하고 바로 농장에 갈까 하거든."

닭똥이 묻은 작업복을 아무렇지 않게 입고 자랑스레 말하는 선배가 멋져 보인다.

"니들도 놀러 와. 말 태워줄게."

말? 어디 제주도라도 가시는 걸까?

"선배는 아르헨티나에 가실 거야. 친척분이 농장을 하신대."

와, 이제 선배를 보려면 비행기를 타야겠구나.

"역시 광활한 자연이 좋아. 마음이 탁 트이거든."

오리가 헤엄치는 대야에 물을 채워주고는 선배가 토끼를 살펴러 나간다.

"아까 매점에서 봤던 애가 이상한 말을 했어."

호랑이 손에 들린 열무잎에 오리들이 모여든다. 먹기보단 장난을 치기 바쁘네.

"무슨 말?"

"실은 이 학교에 다닐 맘이 없대. 그래도 부모님이 꼭 사죄했으면 해서 온 거래. 이 학교에 꼭 사과해야 할 사람이 있대."

오빠가 도망쳤을 때 슬아는 아직 어린애. 맑고 투명한 눈으로 모든 걸 봤을 거다. 그리고 면접 때 알아차렸겠지. 아들을 잃은 아비를, 여전히 그날에 머물러 있는 슬픈 아비를. 그래서 더욱 꿈이 없다고 말했는지 모른다. 감히 그 앞에서 꿈을 얘기할 수 있을까. 아들이라는 꿈을 영영 잃은 그 앞에서.

호랑이가 퍼리 전용 공간까지 데려다주었다.

"내년엔 같이 축제 준비를 하자."

"뭐든?"

"응, 뭐든."

벌써 내년이 기대되는데, 우린 뭘 하게 될까? 시시한 연극도 좋고, 관객들이 모두 도망가는 끔찍한 콘서트도 좋을 것 같아. 함께할 수만 있다면,

네가 기숙사를 향해 한들한들 걸어가는 모습을 오래도록 내려

다본다. 모퉁이를 돌면서 네가 손을 흔든다.

"단장의 미아리고개냐? 왜 이제야 들어와?"

"그게 뭔데?"

"모르면 됐어!"

한참을 기다렸나 보다. 먹다 남긴 라면처럼 복실이가 퉁퉁 불어있네.

"안무는 내가 짰으니까, 넌 따라 하기만 하면 돼."

말은 참 시원시원하다만, 그건 네가 아이돌이어서 그렇고, 일반인인 나는 그리 쉽지 않을걸? 아니나 다를까, 노래는 어찌어찌했는데, 춤에서 턱턱 막힌다.

"우리 꿀떡이 몸이 아주 빳빳한 게 깡통 로봇 뺨치는구나?"

이럴 줄 알았으면, 매점 빵을 다 쓸어 먹을걸. 벌써 배가 고파져.

"발이 된다 싶으면, 손이 안 되고, 손이 된다 싶으면, 발이 안 되네? 오늘 이거 될 때까지 한다?"

힘든 하루네. 영혼도 몸도 힘든 하루야.

"자, 이거 프랑스에서 보내온 초콜릿인데, 방금 배운 거 성공하면 준다."

젠장, 그런 건 진즉에 말했어야지! 기이익 거리며 제멋대로 움직이던 몸이 기름을 칠한 것처럼 매끄럽게 움직인다. 턴까지, 어때? 완벽하지?

"역시 당근을 줘야 하는구나? 넌,"

"내 뇌는 입금 후에 움직여."

"못 살겠다. 짜장면 시켜줄 테니까, 끝까지 해봐."

"탕수육도,"

"알았어! 제대로 추기나 해!"

좋아! 눈을 부릅뜨고, 완벽한 춤 신인 너를 따라 어설프게나마 춤을 춰본다. 딱딱 각을 맞추진 못했지만, 그래도 틀린 데는 없어!

"아직은, 안돼! 다시! 다시!"

오늘 밤 안에 탕수육을 먹을 수 있을까? 나 이러다 아사할 것 같은데?

백 번은 춘 것 같다. 시간상 아니지만, 기분상은 그래. 복실이가 시켜 준 탕수육을 와구와구 먹으면서, 한숨을 쉰다. 이토록 힘든 하루가 길기까지 하네. 복실이가 짜장면을 비벼 건넨다. 탕수육과 짜장면이 아니었다면, 울었을지도 몰라.

"오늘은 잠이 솔솔 올 것 같지? 아무런 잡생각 없이? 푹 자고 나면, 걱정도 다 사라질 거야."

이런저런 일로 고심하던 나를 알아봤구나. 고마워 복실아. 덕분에 오늘은 시체처럼 푹 자겠다. 내일은 근육통에 시달리겠지만,

"자 다 먹었으면 한 번 더 출까? 디저트로 군만두 줄게."

악, 그만! 외쳐보지만, 바삭한 군만두 때문에 추게 될걸.

8. 호랑이 연고

춥지도 덥지도 않은 요즘이 캠핑하기엔 딱이다. 한가한 녀석끼리 옹기종기 모여 라면을 먹는다. 가장 열심히 젓가락을 놀리는 건, 한참 나이의 담임 선생님.

"쌤, 많이 한가하신가 봐요?"

"축제는 니들이 하는 거잖아? 왜? 내가 먹는 게 아깝냐?"

뭐, 조금?

"내일은 가정으로 초대장을 보내려고 한다. 이사 갔거나, 보내기 싫은 사람은 미리 말해줘."

입학할 때 주소면 엄마와 내가 살던 빌라일까. 라영이와 원장 쌤이 살던 아파트일까.

"김치 먹어봐. 완전 맛있어."

털북숭이 장갑을 끼고도 수준 높은 젓가락질을 하는 복실이가 김치를 집어서 종이컵에 올려준다. 탈을 비스듬히 쓰고 라면을 먹는 모습이 혼자 보기 아깝게 귀엽네.

"넌, 라면보다는 파스타가 어울려. 아니, 이슬이나, 잎사귀 같은 거."

"엘프도 그런 거 안 먹어."

면발을 야무지게 빨아올리며 복실이가 웅얼댄다.

"너도 보낼 거야? 초대장?"

"음, 작년엔 멤버들이 놀러 오긴 했는데, 올핸 모르겠다. 지금 바쁠 때거든."

역시 초대장 따위 보내지 말라고 할까. 죽은 사람 말곤 초대할 사람도 없는데.

"이따 버스로 와. 보여줄 거 있어. 연습도 해야 하고."

저편에서 라면을 먹고 있는 호랑이를 힐끗 본다. 배달을 마치고 늦게 합류한 호랑이는 맥아더 쪽에 앉아서 볶음 라면을 먹는다. 한 젓가락 뺏어 먹으러 갈까?

"저 녀석도 오늘은 합창 연습해야 할 걸?"

"합창? 아무것도 안 한댔는데?"

"아무것도 안 하는 녀석들을 모아서 합창을 시키거든, 그게 축제의 시작이야. 아예 아무것도 안 할 수는 없어."

호홍, 그렇구나.

"그니까, 이따 꼭 와. 분식 사 놓을게."

“순대랑 김말이도.”

“알았어!”

요 며칠 너무 놀아서, 오늘은 도서관에 가서 공부 좀 하고 가야겠다. 수학 선생님이 개인적으로 내준 숙제도 해야 하고, 지문이 두루마리 화장지처럼 긴 국어 문제도 좀 풀어야 한다. 축제를 준비하면서도, 틈틈이 공부하는지, 태어날 때부터 천재였던 건지, 이 학교 애들은 공부 하난 정말로 잘한다. 이건 좀 불공평한 거 아니냐. 쳇, 난 뇌 질량부터 다른데 말이야.

오늘따라 도서관이 고요하다. 이렇게 문제를 풀고 있으면 세상 모든 책이 다 재미있어 보인다. 버지니아 울프의 전집마저 해리 포터처럼 보이네.

어찌어찌 수학 문제를 풀고, 두루마리 화장지처럼 긴 지문의 국어 문제를 푸는데, 한쪽 뺨이 차가워진다.

“먹고 해. 얼굴이 쇠처럼 달아올랐어.”

내 머리가 과부하가 걸린 걸 어떻게 알고, 차가운 탄산음료를 주는 거야? 다정하고 예쁜 호랑아.

휴게실에 갈까 하다가, 복실이를 만날 시간도 다 됐고 해서, 아예 짐을 싸 들고 나왔다. 덩달아 나온 호랑이도 나란히 걷는다. 넌 대체 언제 공부하니. 설마 꿈속에서 하는 건 아니지?

페인트가 덜 마른 무대장치들이 스탠드에 널려있다. 다음 주면, 시작이네. 애들도 쌤들도 모두 들떠있는 것 같아. 그러는 나도.

"아무것도 안 하는 애들끼린 무슨 노래 불러?"

"동요."

"엑? 동요?"

내 반응에 호랑이가 싱그럽게 웃는다. 넌 이 탄산보다도 짜릿해.

"'반달'이란 노래야. 너도 알걸?"

푸른 하늘 은하수 하얀 쪽배에

계수나무 한 나무 토끼 한 마리

호랑이가 속삭이는 노래가 너무 감미로워서 우뚝 멈춰 섰다. 이렇게 저음이었구나. 목소리가 심장을 휘감곤 놓아주질 않아.

"다들 아는 노래를 고르다 보니 이 노래야. 근데, 너 어디 아파?"

우뚝 멈춰선 나를 호랑이가 걱정스레 내려다본다.

"그래. 아파, 심장이. 넌 왜 노래까지 잘 부르는 거야?"

호랑이가 피식 웃고는 머리카락을 잔뜩 헝클어뜨려 놓는다.

"네 눈에만 그래."

정말 내 눈에만 그럴까. 나는 강철 콩깍지가 씌어서, 네 모든 게 좋아 보이는 걸까.

"복실이한테 갈 거지? 읍내까지 데려다줄게."

따뜻한 네 손을 마주 잡고 걷는다. 노랗게 물든 나뭇잎들이 발밑에서 바스락거려. 막걸릿병을 오려서 만든 바람개비가 언덕에서 돌아가고, 누군가 날린 연이 나뭇가지에 걸려서 팔락댄다. 너랑 같이 걸으면 어디든 너무 짧아. 벌써 마을 초입이잖아.

"너무 늦게까지 하진 마."

"응."

모퉁이를 돌아 사라지는 너를 붙잡고 싶다. 강아지처럼 네 꽁무니를 졸졸 쫓아가고 싶다.

"그럴 거면 똥강아지로 태어나지 그랬냐?"

너 그거 악취미다. 이별의 순간마다 나타나서 찬물 뿌리는 거.

"칫, 분식은 사놨어?"

"배 터질 만큼 사놨으니까. 빨랑 들어와!"

어째 올 때마다 버스 안이 비좁아지는 것 같다. 이 봉투들은 뭐야. 무슨 택배가 이렇게 많아?

"여기가 우체국이냐?"

"아, 팬들이 보내준 거. 주소를 이쪽으로 바꿨더니, 자꾸 쌓이네."

"너 아직도 팬이 남아있구나?"

"아직 현직이라고!"

복실이가 노트북으로 뭔가를 보여준다. 전에 폐가 마루에서 찍었던 영상이다. 와, 편집하고 나니까 무슨 뮤직비디오 같다.

"인터넷이 공개한 건데, 엄청나진 않더라도, 반응이 좋아."

응? 우리가 찍은 게 만천하에 공개됐다고? 왜!

"이건 초상권 침해야."

"무슨, 영광인 줄 알아야지? 아이돌이랑 듀엣을 하는 게 쉬운
일인 줄 알아?"

댓글들을 보니 네가 그리 오만방자하게 구는 이유를 알겠다. 이
렇게 열렬하게 호응해 주는 팬들이 있으니. 뭐

"허락을 받았어야지."

"그랬으면 거절했을걸."

절대로 허락하지 않지. 이 오징어 같은 얼굴을 너라면 내놓겠냐?

"말 안 한 건 미안. 근데 근황을 좀 알리고 싶었어. 한동안 숨어
살았으니까."

얼룩 고양이가 나오는 엔딩. 어딘가 어설프고, 잡음도 섞였지만,
그래도 수수하고, 싱그럽고, 자연스러워서 좋다. 근황을 알리기
에 딱 좋은 것 같긴 해.

"다 네 덕이야. 노래를 만들고 나니까, 공개하고 싶어졌어. 숨겨
놓기엔 아까운 노래이기도 하고."

음악에 진심인 너는 너무 멋져서, 위험해. 심장아, 진정해!

"그거나 까봐. 배고프니까!"

"오케이! 그럼 허락한 거다!"

이미 다 공개하고 나선, 흥, 칫, 뿡

복실이가 뜨끈뜨끈한 분식을 신문지 위에 늘어놓는다. 바삭바
삭한 김말이에, 매콤한 떡볶이, 촉촉한 순대에 어묵까지, 와 너
무 맛있겠다.

"곡에 대한 저작권은 너한테 있으니까. 정식으로 음원이 발매되면, 용돈 정도는 벌 수 있을 거야."

말랑말랑 떡볶이를 먹으면서 고개를 끄덕인다. 좋네. 엄마한테 덜 기댈 수 있겠다.

"너랑 만든 곡이랑, 내가 쓴 곡을 모아서 소품집을 내볼까 해."

"그래도 괜찮겠어? 너한테 곡 주려는 사람이 많을 것 같은데?"

"그건 너무 상업적이잖아. 그냥 일기장을 공개하는 것처럼 소소하게 해보고 싶어. 너만 괜찮다면."

"난 좋아."

사실은 가문의 영광이잖아. 네가 내 어설픈 노래를 불러 준다는 거. 그래도 좋은 티를 내진 않을 거야. 그런 게 친구니까.

MR을 체크하는 복실이를 내버려두고, 차곡차곡 쌓인 소포들을 둘러본다. 이미 뜯은 것도 있고, 뜯다 만 것도 있고, 배송 온 그대로인 것도 있다. 미미 선배가 보면, 좋아죽을 것 같은 귀여운 인형에 운동화에 가방까지 많기도 많네. 연습이고 뭐고, 정리부터 좀 해야겠다. 상자들을 한쪽에 쌓고, 포장지는 쓰레기 봉지에 넣는다. 팬레터들도, 빈 바구니에 차곡차곡 담는다. 와, 이 동네는 우리 동네인데? 내가 다니던 학원이랑 완전 가깝네. 어?

"뭐 이상한 거라도 봤어?"

떡볶이 국물이 튀긴 셔츠를 입고 복실이가 다가온다.

"아는 사람이야? 박라영? 이분 알아?"

"넌?"

"우리가 팬들을 일일이 알 수는 없지. 그래도 이분은 기억해. 신인 때부터 우릴 좋아해 줬거든. 거의 1호 팬이나 다름없어."

라영이가 늘 듣던 노래가, 네 노래였구나.

"'문 크리스탈' 이네. 너."

"그래. 문 크리스탈이야. 그게 널 아프게 하는 건 아니지?"

"응, 아프지 않아."

아픈 건 내가 아니라, 그 애가 될 거야. 오빠에 이어, 가장 좋아하는 아이돌까지 뺏었다고 생각할, 그 애가 될 거야.

"복실아. 나 목말라."

"아, 음료수 냉장고에 있는데, 잠깐만 기다려!"

복실이가 본채로 호다닥 달려간다. 미안해 복실아. 근데 이 팬레터는 버려야겠어. 잘게 찢은 편지를 쓰레기 봉지 속에 넣는다. 동영상 속의 나를 알아봤겠지. 무엇을 썼건, 복실이가 보지 않았으면 좋겠다. 네 입에서 흘러나오는 내 얘기는 싫어. 좋건 나쁘건 다,

먹은 걸 말끔하게 정리하고, 환기도 좀 하고, 아에이오우, 목도 풀어본다. 기분도 한결 나아졌다.

"자, 그럼, 시작한다!"

나도 너에게 동화되어 가나 보다. 먹구름 같았던 기분이 이렇게 반짝거릴 수 있다니. 내 노래를 불러 주는 네가 좋다. 나도 오

늘부터 너의 팬이 될래. 1호는 아니더라도, 마지막 팬은 될 수 있을 것 같아.

"오늘따라 더 달콤하게 부르는 것 같다. 우리 꿀떡이?"

"다 네 덕이지."

"내 덕보다는 든든한 분식 덕이겠지."

"둘 다야."

기계 부품 같던 내가 이렇게 변할 수 있다니, 나도 신기해. 이렇게 너와 노래를 부르게 됐고, 호랑이를 좋아하게 됐고, 좀 벌레를 꿈꾸게 됐어. 살아있는 게 이렇게 즐겁다니, 먹는 게 이렇게 행복하다니! 예전엔 미처 몰랐었어.

"축제 때 팬들이 몰려오지 않아?"

"내가 여기 있는 거 모를 텐데?"

"정말?"

"우리 교장 쌤 생긴 건 돌 같아도, 굉장히 치밀해. 주소가 비공개거든. 홈페이지 같은 것도 없고, 떠돌아다니는 학교 약도도 엉뚱한 곳이래. 그리고, 축제 때도, 초대장이 없으면 들어오지 못해. 마을 사람들한테는 초대장을 배부하는 것 같긴 한데. 알다시피, 어르신들은 아이돌을 모르잖아. 난 공식적으론 퍼리고."

"만약에 알려지면 어떡할 거야?"

"뭘 어떡해? 그냥 다니는 거지. 누가 이 먼 산꼭대기까지 날 만나러 오겠어? 온다 해도 별로 상관없고. 그니까 걱정마."

풀이 무성한 마당에서 음악을 틀어놓고, 요리조리 몸을 움직여 본다. 확실히 예전보다 좋아졌어! 그래도 복실이의 눈엔 성에 차지 않는지, 끊임없이 지적한다. 내가 그렇게 춤을 잘 췄으면 널 따라 아이돌을 했겠지! 분식이 다 소화됐을 즈음에 복실이가 본채 냉장고에서 아이스크림을 꺼내줬다. 화르르 불사르기 전에 진화까지 시켜주네. 고마워.

"너 핸드폰 번호 바뀐 거지? 옛날 그 번호 아니지?"

"응."

"너 이메일이나. SNS 확인도 안 하지?"

"응, 왜?"

"온 김에 확인하고 가."

스팸만 잔뜩 쌓여있는 메일은 왜? SNS도 거의 무덤이나 다름없는데, 무엇보다 난, 과거로부터 도망쳐 왔다고!

반항을 해보지만, 결국 끌려 들어간다. 응? 무슨 메일이 이렇게 쌓여있어? 내가 이렇게 친구가 다양하고 많았나? 초등학교 친구? 나 얘 얼굴도 모르는데? 무덤 같은 SNS도 댓글이 폭발적으로 늘어났고, 홈피에는 불이 났다. 대체 뭐야?

"아무리 내가 쉬는 중이라지만, 그래도 아이돌이야. 같이 뮤비에 나왔는데, 아무 반응이 없을 리 없지."

"이거 다 읽어봐야 해?"

"그건 네 마음. 하지만, 과거를 정리하고 싶다면, 비공개 계정으로 돌려. 그게 편할 거야.”

그게 좋겠다. 복실이의 도움을 받아. SNS랑 홈피, 그리고 온갖 메신저를 모두 정리했다. 라영이에게도 뭔가가 와 있었지만, 확인하고 싶지 않아.

“너와 친했던 사람들은 서운해할 거야.”

“응, 좀 미안하긴 하다.”

“그래도 어쩔 수 없지. 미래를 살려면.”

그래, 내 친구는 라영이의 친구이기도 하고, 라영이를 잊기 위해선, 아무하고도 엮여선 안 돼. 난, 이제 너희들만으로도 충분하니까.

“내 선물도 있지만, 여기, 네 선물도 있어. 이렇게 같이 노래를 불러 준 네게도 고마워하는 팬이 있더라. 아마 지하 세계에서 날 구원해 냈다고 생각하나 봐. 물론 네 노랫말을 좋아하는 팬도 있고.”

엄청 포근해 보이는 슬리퍼네. 좀 더 추워지면 신어야겠다. 네 덕에 나도 사랑을 받네. 고마워. 복실아.

별이 총총 떠오른 하늘 아래를 걸어간다. 어둠은 모든 걸 신비롭게 만들어. 낮에 보았던 낡은 집도 호박 마차처럼 따뜻해 보이고, 으스스하던 갈대숲도, 아늑한 보금자리처럼 보인다. 노란 가로등 불 아래 쓰레기 봉지마저 정겨워 보이네. 그건 어둠 때문이 아니라, 내 마음 때문이야. 이렇게 평화롭고 좋았던 때가 없었던 것 같아. 살고 싶은 인생을 산다는 건, 이런 걸 거야.

“무슨 생각 해?”

“살아있길 잘했다는 생각.”

다시 탈을 쓴 너도 어둠 속에서는 엄청 사랑스러워. 꼭 안아주고 싶을 만큼.

“그러네. 살아줘서 고마워. 오 꿀떡”

퍼리인 네가 세상 제일 평범한 나를 꼭 끌어안아준다. 정말 살아있길 잘했어.

담임 쌤은 의상실에 계신다. 체육 쌤이 왜 허구한 날 여기 계신 줄 모르겠다.

“쌤. 저, 집 주소 좀 확인해 보고 싶은데요?”

“어. 그건 교무실에 가서 봐야 하는 데 잠깐만,”

가만 놔두면 영영 일이 끝날 것 같지 않아서, 옷본을 오리는 걸 도와드렸다.

“덕분에 빨리 끝났네.”

“쌤은 왜 늘 여기 계시는 거예요?”

“세계사 쌤이 워낙 바쁘시잖아. 도와주는 거지.”

“왜 쌤만 도와주는데요?”

“뭐, 좋아하니까?”

“세계사 쌤을요? 아니면 원단을요?”

“원단보다는 양재라고 해야겠다. 나 옷 만드는 거 좋아해. 지금 입고 있는 것도 직접 만든 거야. 보다시피, 이 산꼭대기에서 옷을 사러 나가는 게 수월한 일은 아니잖니? 인터넷으로 사는 것도 좋긴 한데, 실패 확률이 높잖아."

결국, 세계사 쌤과의 로맨스는 아니라는 거네. 하긴 둘처럼 안 어울리는 커플도 없겠다. 체육복 아니면 보이스카우트 제복만 입는 쌤과 치렁치렁한 드레스를 입는 세계사 쌤이 어울릴 리 없어.

"그리고 세계사 쌤 남친 있어. 무슨 백작이라던데. 가끔 놀러 와."

와, 입는 옷만 중세풍이 아니었구나.

"이렇게 일을 도와주면, 샘플로 만든 옷도 무료로 준다고."

철저히 계산적인 관계였군요. 내가 크게 오해할 뻔했네. 쌤의 체육복이 그토록 알록달록했던 것도 샘플이어서 그랬나 보네. 지금 입고 있는 것도 현란하기 그지없다. 무지개 나라에서 온 키다리 요정 같아요.

현란한 패션의 쌤을 따라 교무실로 들어간다. 영어 쌤과 국어 쌤이 프린터기 앞에서 끙끙대고 계신다. 종이라도 걸렸나 보다.

"주소 확인한댔지? 여기, 하나 아파트로 되어있는데? 맞니?"

우리가 살던 작은 빌라는 벌써 팔렸는지도 모르겠다. 언제부터 엄마와 원장 선생님은 같이 살게 됐을까? 내가 입원하던 날부터일까? 라영이는 엄말 뭐라고 부를까?

"맞아요. 근데 초대장 안 보내도 될까요?"

"아이쿠, 좀 빨리 말하지 그랬니? 오늘 아침에 보내버렸는데."

그렇다면, 이 또한 운명이겠지.

"초대장을 보낸다고, 전부 오시는 건 아니란다. 뭐, 평일이니까."

"네."

부디 분실됐으면 좋겠다. 오배송되거나. 폐가 우체통에 콱 처박혀도 괜찮은데.

"안 오셔도 된다고, 전화해 보는 건 어떠니?"

대답 대신 인사를 하고 교무실에서 나왔다. 이미 엎질러진 물이라면 어떻게 되겠지. 누군가 나를 찾아오는 것도 싫지만, 오지 말라고 전화하는 건 더 싫다.

"야, 마침 잘 만났다."

오랜만에 만난 미아가 다짜고짜 연극부로 끌고 간다. 고뇌에 빠질 시간이 없어서 좋네.

"친구 5가 펑크 났어. 오늘 하루만 대타해 줘. 주인공 옆에서 시시덕거리기만 하면 돼."

그게 어디 쉬운 일이냐고. 차라리 나무 같은 걸 시켜.

펑크를 낸 녀석이 남자였나 보다. 어색하기 짝이 없는 개화기의 남학생 교복을 입고 보니, 절로 웃음이 난다. 다소 유치한 학원 로맨스이지만, 그래도 재밌었다. 주인공 옆에서 시시덕거리는 것도, 좋았고, 그 떠들썩함에 같이 묻어가는 것도 좋았다.

"사랑니 빼러 갔어. 예약된 거라 어쩔 수 없나 봐."

친구5는 별 비중은 없지만, 극의 끝부분에 편지를 전달해 줘야 하는 큐피드 같은 녀석이라, 아예 뺄 수는 없었단다. 덕분에 어설픈 큐피드가 되었네.

"자, 이건 수고비. 담에도 또 부탁해."

뭐, 이 맛 난 깡통 비스킷이라면,

비스킷을 먹으며 평범 5로 돌아온다. 연극도 꽤 재밌네. 꼭 대학로 소극장에 와 있는 느낌이야.

"어이, 거기, 후배님! 한가하면 이것 좀 도와줄래?"

여긴 한가하게 과자를 먹으면서 지나다닐 곳이 못 되는구나. 결국, 포스터를 붙이는 걸 돕는다. 손 그림으로 그린 연분홍 포스터는 인형 덕후라면 훅 갈 만큼 엄청나게 귀엽다. 전시는 본관 3층 어학실이네.

"후배님도 꼭 구경 와."

시간 나면 가볼까. 인형을 좋아하지 않지만, 미미 선배의 컬렉션이 궁금하긴 해.

그 외에도 선반 다는 걸 도와주거나, 악기 세팅하는 걸 도와주거나, 심지어 쓰레기통까지 비워주면서 드디어 복도를 클리어했다. 앞으로 축제 기간에 여길 지나갈 일은 없을 것 같아.

운동장을 가로지르다 호랑이를 만났다. 넌 누구를 초대했니? 댓잎을 타고 다니는 바람 요정?

"천만억 할아버지들한테 보냈어. 네가 노래 부르는 거 보고 싶으시대."

아, 부끄러운데, 그래도 할아버지들이라면, 내 노래를 좋아해 주시겠지. 무대장치로 어수선한 스탠드 끝에 앉아 깡통 비스킷을 곁들여 자판기 우유를 먹는다. 이렇게 빈둥대는 거 너무 좋은데?

"너무 바쁘고 정신없어서, 누가 왔는지 모르고 지나가기도 해. 복실이도 멤버들이 왔는데, 나중에 알았대."

"팬들이 막 몰려오고 그러지 않았어?"

"팬이라 봤자, 이 학교 애들인데 뭐. 그렇다고 조용했던 건 아니야. 너도 눈앞에서 아이돌을 보면 소리부터 지를걸?"

"소문 같은 거 안 났어?"

"소문나면 우리가 불편하잖아. 아무리 해맑은 바보들이라도 그 정돈 알아."

그래, 우리는 모두 과거에서 떠나왔으니깐. 더는 옛날 인연들에 연연하고 싶지 않으니깐.

"그니까 이렇게 미간에 주름 잡지 마."

호랑이가 손을 들어 쫙 미간을 펴준다. 차가운 얼굴에 닿는 따뜻한 손.

"축제는 우리들을 위한 거야. 우리가 즐기고, 우리가 좋으면 돼. 아무도, 우리를 망칠 순 없어. 그러니까 꿀떡이 너도 즐거워야 해."

과거로부터 오는 기분 나쁜 감정도, 네 다정한 손길 하나에 이렇게 말끔하게 지워진다. 어릴 적 할머니 집에 있던 호랑이 연고 같아. 바르는 순간 화, 하고 아픔을 잊게 했던 만능 연고. 써도 써도 닳지 않았던 연고.

"넌 내 연고야."

"뭐든 좋아. 이렇게 웃는다면."

그 말이 왜 이렇게 좋은 걸까. 눈물이 방울방울 흘러내리도록 좋
아. 울면서 웃는 건 바보 같은데. 눈물을 닦아주던 호랑이가 여름
바람처럼 가볍게 키스한다. 세상 모든 적이 몰려온대도 난 견딜
수 있을 거야. 넌 내 연고니까.

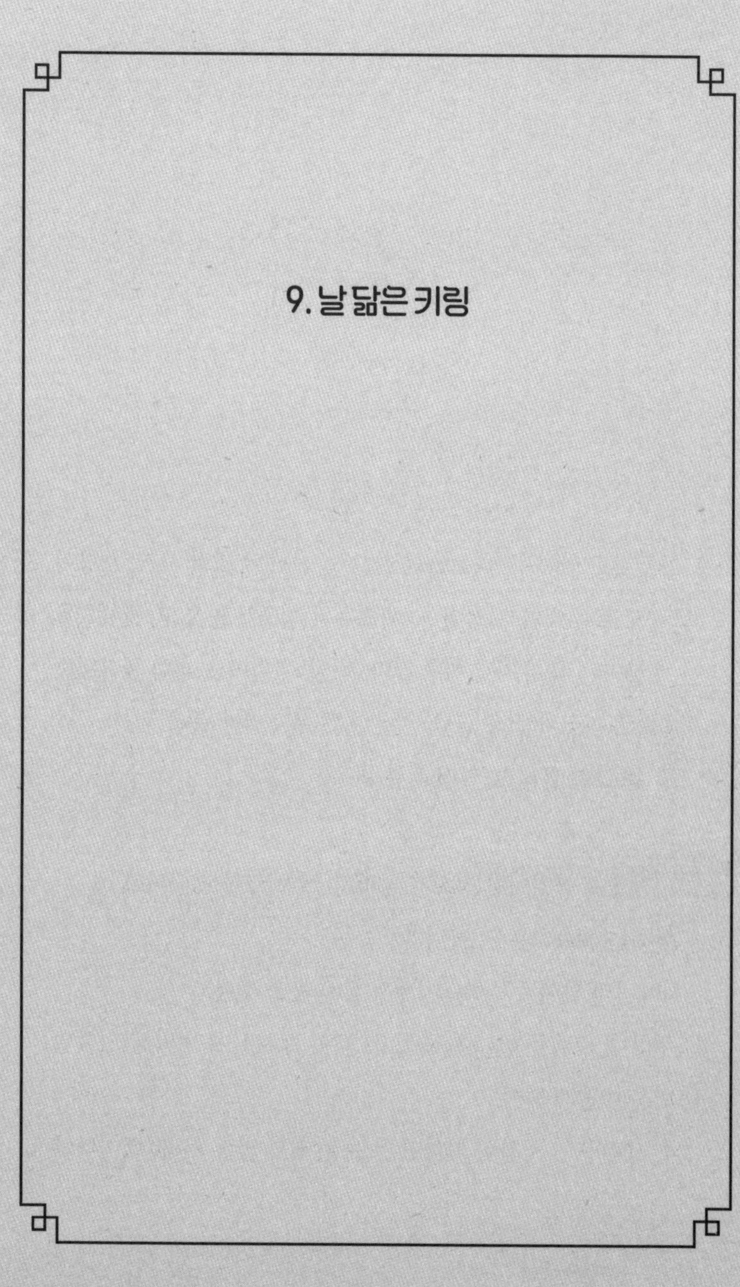

9. 날 닮은 키링

‘아무것도 안 하는 녀석들의 합창’이 진짜 축제의 시작. 호랑이
의 솔로로 무대가 시작된다. 체크무늬 청소복을 입고 빗자루를
든 호랑이는 꼭 뮤지컬 배우 같다. ‘반달’의 편곡도 제법 세련됐잖
아? 솔로 파트가 금세 끝났지만, 난 네 목소리만 들려.

“침 좀 그만 흘리고, 일정표 좀 봐.”

누가 침을 흘렸다고 그래? 쳇,

“시간별로 공연이랑 전시가 달라서, 잘 체크하고 다녀야 해.”

“전시는 계속하는 거 아니야?”

맥아더의 방해로 호랑이에게서 잠시 눈을 뗀다.

“누구나 축제를 즐겨야 하잖아. 계속 전시실에 처박혀 있다면
공연을 어떻게 봐?”

아, 그렇구나. 시간이 지나면 못 보는 것도 있는 거네? 맥아더와

소곤대는 사이 공연이 끝났다.

"팸플릿을 못 받으신 분은, 출구 쪽에서 받아 가시고요, 간식과 물이 준비되어 있으니 나가실 때 챙겨가세요. 그럼, 지금부터 시작합니다. 오덕하이스쿨의 덕후들을 위한 축제!"

음식을 만들 때도 멋지지만, 능청스럽게 사회를 보는 회장도 꽤 멋진걸. 제대로 된 교복을 입은 모습도 처음 보네. 늘 체크무늬 앞치마만 봤었는데,

오늘은, 인형 전시회에 프라모델 전시회, 운동장에서 열리는 바자회, 그리고 반별로 열리는 일일 카페나, 동호회에서 여는 아기자기한 행사들이 시간별로 있어서, 심심할 틈이 없다. 일단 바자회가 열리는 운동장으로 가볼까? 어? 미술부 애들이 만든 굿즈에 벌써 손님들이 몰려있네. 역시 아이돌을 그린 키링이 불티나게 팔린다. 와, 호랑이랑 복실이도 있네. 와, 똘똘이도 있어! 이건 법정이한테 선물로 줘야겠다. 호랑이랑 복실이도 사가야지.

"3개 이상 사면. 안경 수건을 줘. 자," 재고 상품이었을 것 같은 안경 수건을 덤으로 준다. 이건 안 팔릴 만해. 선생님들 얼굴이 캐리커처 돼 있는 수건을 누가 사겠어? 그래도 뭐, 공짜니깐.

온갖 실패한 애견용품을 팔고 있는 법정이에게 간다.

"자, 이거."

"와, 우리 똘똘이도 뽑혔나 보네?"

"기준이라도 있어? 키링 만드는데?"

"미술부 내에서 투표한다던데, 복실이랑 호랑이는 작년부터 계속 있었고, 똘똘이는 처음이야. 간혹 엉뚱한 애들이 껴있기도 해. 커플인 경우엔 같이 만들기도 하나 봐."

실패한 애견용품 사이, 쓸만한 학용품도 있어서, 펜 두 자루를 샀다. 독서부에서 파는 헌 책을 고르고 있자니 누군가 슬며시 손을 잡는다. 와! 호랑이다.

"뭐, 좀 샀어?"

널 닮은 키링을 꺼내 달랑달랑 흔들어 본다.

"어, 나도 샀는데?"

호랑이도 날 닮은 키링을 꺼내 달랑달랑 흔든다. 날 닮긴 했는데. 얼굴이 동글하다 못해 빵실빵실하다. 아무리 SD 그림체라지만, 과장이 너무 심한 거 아니야?

"아슬아슬하게 샀어! 복스럽고 귀엽다고, 어른들이 많이 사 갔대."

그러니까 복 돼지 같은 거구나. 칫,

"왜 날 만들었는지 모르겠네."

"그야, 우리 둘이 커플이니까."

얼굴이 확 달아오른다. 맞아. 그랬어. 가끔 엉뚱한 애도 껴있다고, 그게 나였네. 근데, 넌 그런 말을 아무렇지 않게 한다. 흠, 귓바퀴가 좀 붉어진 것 같기도 하고,

누군가 인형 전시회를 하는 곳을 물어서, 호랑이가 친절하게 안내해 준다. 청소부라고 해서, 정말 청소만 하는 건 아니구나.

다른 애들보다 바쁠 수도 있겠다. 어쩐지 호랑이를 뺏긴 기분이야. 이렇게 헛헛할 땐 쇼핑이지! 절판된 시집 한 권에 언젠가 읽은 적이 있는 고서 한 권을 샀다. 계속 들고 다니기도 그러니까 사물함에 넣어 둘까.

본관은 향해 걷는데, 뭔 털북숭이들이 이렇게 많냐? 처음엔 복실인줄 알았는데, 커다란 토끼 귀가 달려있어서 놀랐다. 꼬리가 아홉 개인 구미호도 봤고, 늑대인간도 봤다. 엉, 저건, 드래곤이냐? 은빛 비늘까지 아주 섬세하긴 한데, 걷기엔 좀 힘들 것 같다. 결국, 벤치에 주저앉는다.

"졸업생들한테도 초대장을 보내거든. 그니까 역대 퍼리들도 죄다 모인다고 보면 돼."

오늘따라 평범해 보이는 복실이가 어느새 곁에 와 있다. 드래곤에 비하면 넌 그냥 일반인이네.

"저 드래곤 선배는 유명해. 한여름에도, 저 복장으로 통학을 했대. 집이 근처였나 봐. 심지어 밥 먹을 때도 전혀 벗지 않아서, 아무도 진짜 얼굴을 몰랐다고 해."

"그럼, 안 먹은 거야?"

"응."

"너는 약과구나."

"그렇지."

"지금도 저렇게 다니시는 건 아니시겠지?"

"설마, 그러겠어. 그래도 이벤트 회사에 다니시니까, 종종 저 복장으로 출근하시지 않을까?"

벤치에서 쉬던 선배가 불쑥 탈을 벗는다. 왓, 우리가 처음 보는 거야? 전설의 얼굴!

"엇! 여자네?"

"앗, 정말!"

긴 생머리가 가면 밑에서 좌르르 펼쳐진다. 우락부락한 드래곤과 다르게, 굉장히 여리게 생긴 아가씬데? 선배 주위로 퍼리들이 어슬렁어슬렁 몰려간다. 전설 속 주인공을 영접이라도 하듯이.

"뭔가 대단한 걸 본 것 같다."

"나도."

사물함에 충동구매로 산 물건들을 쑤셔 넣는다. 창문을 내다보고 있던 복실이가 배시시 웃는다. 퍼리 주제에 퍼리를 보고 웃다니,

"저 퍼리 속에 뭐가 있는지 궁금해졌어."

"널 보는 사람들의 마음을 이제야 알겠냐?"

"음, 그런가?"

"자, 이거."

복실이를 꼭 닮은 키링을 내밀자, 복실이도 뭔가를 꺼내 살랑살랑 흔든다.

복스러운 돼지, 아니 날 닮은 키링을 눈앞에서 흔들어댄다.

"보면 볼수록 잘 만들었단 말이야. 요, 포동포동한 얼굴이 꼭 너

잖아."

어쩐지 약이 올라서 키링을 뺏으러 폴짝폴짝 뛰어봐도, 장신을 이길 수는 없다. 이 녀석 그새 더 자란 건가.

"저기, 일일 카페 하는 델 찾는데? 어머, 너 키링이구나?"

복도에서 서성대던 대학생 언니가 역시나 복스러운 키링을 달랑댄다. 이쯤 되면 인정해야겠구나. 그래, 나 복돼지야. 복실이가 킥킥 웃으면서 따라온다. 카페까지 무사히 안내해 주고, 발을 옮긴다. 귀여운 복실이는 카페에서 붙잡혔다. 오늘은 사진 찍어주기 바쁠 거야. 넌 우리들의 마스코트니까.

"영화부에서 곧 상영회 한다는데, 안 갈래? 오스칼이 주인공이래."

본관 앞에서 만난 반 친구가 꼬셨지만, 고개를 저었다. 하늘엔 구름, 그 덕에 운동장에 큰 그림자가 드리워졌다. 꼭 내 기분 같아.

기숙사로 돌아와 목화솜 이불에 눕는다. 오늘따라 옛날 생각이 나. 예전 학교에도 축제가 있어서, 다 같이 풍선 장식을 만들었었지. 꽃이랑 초콜릿이 붙어있던 시화전 액자도 생각나. 가장 큰 초콜릿은 라영이가 붙여준 거야. 우린 그렇게 단짝이었는데, 화장실 갈 때도, 서점에 갈 때도, 지하상가도, 분식점도 늘 같이 다녔는데, 네 오빠가 원장인 그 보습학원을 가지 않았다면, 우린 지금도 단짝일까. 떨리는 목소리로 엄마의 이름을 묻던 원장 쌤의 얼굴이 떠올라. 나도 모르게 엄마를 닮은 데가 있었나 봐. 그때 거짓말할걸.

엄마 따윈 없다고, 나를 키운 건 팔 할이 할머니고, 먼지와 바람과 낡은 책이 나머지라고,

잠이 들었던가 보다. 누군가 문을 두드려서 일어났다.

"소라게처럼 숨어있을 줄 알았다. 어서 나와!"

미아에게 질질 끌려 나왔다. 안돼. 내 소라껍데기!

미아는 오늘 드레스도 가발도 없는 맨얼굴. 그래서 더 훌쩍 커버린 미소년. 함부로 이렇게 끌고 가면 오해를 받는다고!

"어디로 가는 거야?"

"옥상! 축제 때만 특별 개방이야! 이런 날 안 가면 졸업할 때까지 못 가봐!"

미소년에게 끌려간 옥상은 그야말로 탁 트여있어서, 마음까지 후련해졌다. 왜 축제 때만 개방이야. 평소에도 하면 좋을 텐데.

"축제 날 투신하는 녀석은 없을 거라는 시시한 계산 때문이지. 저런 펜스도 그것 때문이고."

아, 그렇구나. 여긴 죽었다 깨어난 우리들을 위한 곳이니까.

"그래도 좋지? 저기 평상도 있다!"

평상에 캐노피에 파라솔까지 다 있네. 비개방이라면서 자판기까지 있네. 맥아더가 산더미 같은 꾸러미를 끼고 앉아 살랑살랑 손을 흔든다.

"어서 와, 소라게. 너 주려고 사료 좀 사 왔지."

호다닥 달려가서 맥아더의 품에 폭삭 안긴다. 이 공허함을 채워

주는 건 역시 우정과 사료뿐인가! 없는 꼬리도 마구 흔들며 아양을 떨어본다.

"쌤이 모닥불에 구운 군밤이야. 따뜻할 때 먹어."

담임 쌤, 군밤을 굽고 있구나.

"고구마는 완판이라 못 샀고, 수제 쿠키랑 도넛도 있으니까, 천천히 먹어."

"응"

목이 컥컥 막혀도, 괜찮아, 눈물로 녹여 먹으면 되니까, 근데, 이 맛있는 걸 먹는데 왜 눈물이 나냐. 바보같이.

"여기 오면 다 그래. 첫 축제는 즐기질 못해. 옛날 학교가 떠올라서, 함께 했던 친구가 떠올라서, 그날의 괴롭힘이 떠올라서, 자꾸 숨어들게 돼. 나도 그랬고, 맥아더도 그랬고, 다 그랬어. 그래도, 넌 우리가 있잖아?"

"응"

눈물 대신 미아가 폭하고 빨대를 꽂아준 바나나 우유를 마신다. 맛있어!

하지만, 이렇게 행복해도 될까. 이 행복 뒤에 거대한 슬픔이 입을 떡 벌리고 있으면 어쩌지. 저 펜스를 뚫고 지옥으로 떨어져 버리면 어쩌지.

"여기 있을 줄 알았다."

핫도그를 든 복실이가, 뻥튀기 봉지를 든 호랑이가, 연달아 나타난다.

"운동장에 푸드트럭이 왔어! 법정이가 회오리 감자랑 닭강정도 사 온대."

오! 좋은데? 먹고 죽은 귀신이 때깔도 곱다니깐, 일단 먹고 나서 생각해 볼까?

와앙하고 잇자국이 나도록 핫도그를 베어먹는다. 따뜻해서 더 맛있어! 맥아더가 휴대전화 볼륨을 높여서 음악을 튼다. 무슨 음악인지 나는 모르겠는데, 복실이가 저리 각 맞춰서 추는 걸 보면. 문크리스탈인가봐. 뒤이어 나오는 노래가 아는 노래라서, 덩달아 나도 흥이 났다. 춤과 노래, 간식, 그리고 가장 좋은 너희라면, 아직은 담장 너머에 세상에 가지 않아도 되겠다.

다 같이 복실이의 춤을 따라 춘다. 미아도, 호랑이도 제법인걸. 맥아더의 춤사위도 보고 싶은데, 핸드폰을 들고 영상을 찍기 바쁘다. 좋아. 그럼 내가 네 몫까지 춰주지. 똑같이 따라 했다고 생각했는데, 엄청난 웃음바다. 결국, 다 같이 망가졌다.

아, 웃어서 그런 건지. 춤을 춰서 그런 건지. 숨이 목까지 차. 다 같이 평상에 누워 하늘을 올려다본다. 어슬렁대던 구름이 걷히고, 맑은 하늘이네. 눈이 부셔. 우리의 청춘처럼.

미아는 내일 있을 연극 의상을 손보러 가고, 맥아더는 슬러시 기계를 돌리러 갔다. 복실이는 퍼리 선배들의 호출, 서늘해진 손을 누군가 따뜻하게 감싼다. 모두가 사라져도, 너 하나면 충분해.

"이렇게 아무것도 안 해도 괜찮아?"

"응, 아무것도 안 해도 돼. 개회식 때 노래만 부르고 기숙사에 처박히는 녀석들도 있어."

미아가 끌어내지 않았다면 나도 그랬을 거야. 그랬다면, 이 하늘도, 이 웃음도 모두 없었을 테지. 그리고 작은 산처럼 쌓여있는 이 간식들도.

햇빛이, 바람이, 그리고 마주 잡은 손이 너무 따뜻해서 잠시 잠들었나 보다. 축축하고 말랑한 혀가 얼굴을 핥아서 깼다.

"다 어디 갔어?"

회오리 감자랑 닭강정을 사 온 법정이가 우리를 한심하게 내려다본다. 쫀득한 닭강정에 회오리 감자를 나눠 먹는데, 똘똘이가 담장 너머를 바라보며 짖는다.

"교장 쌤이랑 교감 쌤이다. 저기 봐!"

시력 좋은 법정이가 산길을 오르는 점 같은 부부를 알아본다. 다른 건 모르겠지만, 국화꽃다발은 알아보겠다. 우리의 축제는 누군가의 기일일 수도 있어. 이제는 눈물 대신 웃음을 장착한 그의 가슴에서 배지가 반짝이기를,

"니들 응원 안 갈래?"

"응원할 게 있어?"

나는 이대로도 좋은데, 얼굴에 주근깨가 추수하는 것처럼 생겨도 좋은데, 핑크빛 기류 따위는 안중에도 없는 법정이는 요지부

동이다.

"반 대항 게임 대회가 있잖아? 지금 우리 반이랑 선배 반이랑 붙었다는데, 막상막하래, 가자!"

컴퓨터실에서 열리는 게임 대회에 게임 덕후 녀석들이 와글와글 모여있다. 반별이 아니라, 캐릭터별 응원 팀이 따로 있는 것 같은데? 나야 게임에 무지해서 뭐가 뭔지는 모르겠지만, 갑옷을 입고 칼을 휘두르고, 막 용도 나오고 그런다. 그나저나 저런 애가 우리 반에 있었어?

"2학기 때부터 게임 개발을 하느라고, 거의 기숙사에 처박혀 있었다나 봐. 최근에 게임 회사랑 손잡고 출시한 게임이 있어. 그게 출석으로 인정된 모양이야. 분명 우리 반이 이길 거야! 난 쟬 이기는 사람을 본 적이 없거든."

그래서 낯설구나. 그래도 멋지다. 자기 이름으로 출시된 게임이 있다니.

게임을 개발하느라, 다른 게임은 손을 놓고 있었는지, 게임을 모르는 내가 봐도 꽤 고전한다. 뭔가 아슬아슬한데? 이러다 지는 거 아니야?

"일사천리로 이기면, 재미없잖아? 저렇게 질 듯 말 듯해야 애도 타고 재미있지?"

그 말이 정말이었는지는 모르지만, 정말 아슬아슬 간당간당 승리해서, 모두 환호를 지르며 기립했다. 모자가 날아가고, 음료수

병이 바닥을 나뒹군다. 게임에도 쇼가 필요한 거로구나. 상대 선배는 얼굴이 붉으락푸르락한데, 이 녀석 여유 있게 웃으면서 손을 흔든다. 법정이 네 말이 정말 맞네. 분명 일부러 질질 끈 거야. 상대를 우롱하면서.

"계구리 녀석 제법이지? 저래서 팬도 꽤 많다니까. 사인받을 거면, 너도 저쪽 줄에 서."

이름이 구리였구나. 청개구리 같은 외모에 딱인 이름이네. 그래도 사인은 사양할래. 아직은 완벽한 팬이 되지는 않았어. 환호하는 무리를 뚫고 컴퓨터실을 탈출했다. 시화가 걸린 복도를 지나, 문예부원들이 나눠주는 문집을 받아들고 복작거리는 복도를 지난다. 호랑이가 손을 잡아주지 않았다면 미아가 됐을지도 몰라.

미아가 만든 개화기 복장은 우아하고 완벽했다. 뒤집어보면 실밥이랑 솔기가 너저분할진 모르지만, 오렌지 불빛 아래, 한들거리는 주인공의 옷자락은 완벽했다 그 시절로 돌아간다 해도, 전혀 이질감이 없을 것 같아. 미아의 열정이 빚어낸 예술이야. 친구 5의 연기도 나보다 훨씬 매끄럽고.

천장이 무너질 듯한 박수 소리에 깨어났다. 설마, 나, 잔 거냐? 안 잔 척 박수를 쳐보지만, 얼굴이 화끈거리네. 아무리 전체 줄거리를 알고 있다지만, 이렇게 푹 잠들어버리다니, 이래선 연극부원들에게 미안한데. 특히 미아한테.

"너무 곤히 잠들어서 깨우지를 못했어."

호랑이의 말에 다시 얼굴이 화닥거린다.

"나, 코 골거나 하진 않았지?"

"응….."

대답이 왜 이리 미지근해.

"강당이 워낙 시끄러워서 잘 들리진 않았어."

골았다는 거네!

"아직 연출이 미숙해서, 중간 부분이 좀 지루하긴 했어. 그 덕에 엔딩이 더 빛나긴 했지."

그 빛나는 엔딩도, 지루한 중간도 다 보질 못했어!

"저기 미아 나온다."

연극부 전체가 나와서 인사를 한다. 이렇게 많은 사람이 애써줬구나. 홀가분한 복장의 미아에게도 이젠 적응이 됐다. 제대로 본 건 없지만, 제대로 환호는 해줘야지. 힘껏 소리친다.

"미아! 파이팅!"

내 목소리를 들은 걸까. 미아가 이편을 보고 환하게 웃는다.

"잘나가는 선배들도 많이 왔다는데, 나는 잘 모르겠다."

출구에서 마주친 사파리 선배가 어깨를 들썩인다. 당연하죠. 이 시골 촌구석에서 우리가 뭘 알겠어요.

"우리는 몰라도, 외부 사람들은 다 알걸? 저기 봐. 저 선배 뒤로 소녀들이 줄줄 따라다니잖아."

어느새 다가온 미아가 어딘가를 가리킨다. 어, 정말, 수수하게 입었지만, 어딘지 모르게 오라를 풍기는 사람 뒤로 소녀들이 와르르 몰려간다.

"너희 중 누군가는 다시 무대에 서겠지?"

호랑이의 질문에 미아가 전심을 다 해 답한다.

"그럼! 무대를 마치고 난 뒤의 이 환희를 기억한다면 말이야!"

멋진 말이네. 환희. 미아의 마음속에도 눈부신 환희가 차올랐을까?

"미아! 선배들이 불러!"

"알았어!"

여전히 두근거리고, 여전히 벅차오르겠다. 오늘을 위해 노력했던 너희가 한마음으로 빛난다면 은하처럼 예쁘겠네.

"역대 선배들이랑 뒤풀이를 하나 봐. 눈여겨본 선배들이 스카우트하는 경우도 있다더라. 나도 연극부나 할 걸 그랬나?"

사파리 선배의 말에 다들 웃었다.

"선배는 무대 공포증이 있잖아요. 교실 앞에만 나가도, 말을 더듬는다던데요?"

맥아더의 말에 선배가 시무룩해진다.

"난 왜 이렇게 간이 작은 거냐?"

발표쯤 못해도, 무대 매너쯤 없어도 우린 분명 다른 매력들이 있다. 맥아더에게도 내게도 그리고 사파리 선배에게도, 그러니까 여기 위로 한 다발을 투척합니다.

"대신 선배는 대자연이라는 큰 무대가 있잖아요."

"그런가?"

"네!"

사파리 선배가 다시 웃어서 다행이다. 동물을 키우고, 대자연에 순응해서 사는 게 더 어려운 일일 거예요. 우린 이 도시에, 이 문명에 길들여있으니까요. 그래도 오늘은 연극부 친구들이 조금 부러운 날.

"이러니까, 미아도, 복실이도 널 좋아하는 거야."

호랑이가 제대로 말리지 않아 곱슬거리는 내 머리칼을 간지럽게 쓰다듬는다.

"같이 있으면 기분이 좋아지거든. 생긴 것도 말랑말랑하게 생겨선. 다정한 말만 하잖아."

호랑이의 손끝에서 다갈색의 머리카락이 살랑살랑 춤을 춘다.

"그러니까, 위험해. 그런 다정함."

조금 심통이 난 것 같은 호랑이도 괜찮을걸. 하지만, 나를 좋아하는 건, 그냥 부담이 없어서일 거야. 예쁘지도 않고, 그렇다고, 섬세하지도 않고, 그저 그런 평범함이 편해서 그런 걸 거야. 그게 내 가장 큰 장점이니까,

투덜거리던 호랑이가 살며시 손을 잡는다. 호랑이에게 마음을 품고 있던 소녀들이 나를 적으로 돌리는 매서운 눈길이 느껴져.

“드디어 내일이 공연이네.”

“응”

“떨려?”

“무지.”

빗자루를 든 호랑이를 따라 나도 집게를 들고 쓰레기를 수거한다. 청소도 나름 재밌는데? 게다가 청소를 핑계로 전시도 공짜로 볼 수 있어. 완전 이득!

올해 레고 월드의 주제는 바다다. 레고로 만든 배와 온갖 해양 생물들이 다채롭게 전시돼 있다. 그중에 가장 인기는 레고로 만든 인어. 나부끼는 붉은 머리칼에, 역동적인 꼬리가 금방이라도 허공으로 튀어 오를 것 같다. 게다가 실물 크기라 사진을 찍기에도 완벽해!

“작년엔 우주였어. 화성에 사는 외계인이 제일 핫했지.”

한가한 틈을 타서, 레고 월드 부원이 여기저길 설명해 준다. 해마다 달라지는 것도 재밌지만, 이 거대한 창작물을 허물고, 다시 새롭게 짓는 것 또한 대단하게 느껴진다.

“부술 때 안 아까워?”

“애정을 많이 쏟은 작품은 좀 그렇지. 그래도, 허물지 않으면 다음 작품을 만들 수 없잖아. 내 사랑 인어도, 내일이면 이별이지만, 우리에겐 추억이란 게 있으니까.”

추억 속에서 더 빛나는 것도 있겠지. 그때까지 인어 공주님, 안녕!

숨 쉬는 것처럼 붙어있어도, 우린 늘 할 말이 많다. 연극에서 쿨쿨 존 내 얘기, 로봇 연기를 선보였다던 오스칼 얘기, 레고 월드의 배 위엔 왕자도 타고 있었다는 얘기, 쉴 새 없이 떠들어도, 아직, 할 말들이 산더미처럼 많다.

발치에선 똘똘이가 졸고, 뻥 과자를 들고 온, 담임 쌤도 장작더미에 기대어 조신다. 종일 군밤이랑 고구마 굽느라 고생 많으셨어요.

"그래서 넌 이 학교로 돌아올 거야?"

"응. 시간은 좀 걸리겠지만, 꼭 돌아올 거야. 교장 쌤께도 말씀드렸어."

맥아더가 꾸벅꾸벅 조는 담임 쌤을 보면서 수줍게 웃는다. 맥아더가 선생님이 돼서 이 학교로 돌아온다면 그땐 소녀가 아닌 여자로 봐주실까? 조금은 맥아더의 마음을 눈치챘는지도 모르겠다. 이 캐노피를 맴도는 저 두근두근한 마음을.

"생각해 보면 그렇게 거창한 게 아니었어. 꿈이란 거 말이야. 떡볶이가 먹고 싶은 것도, 새로 나올 게임을 기다리는 것도, 누군가를 향한 고백도, 꿈이야. 우리 마음을 움직이는 모든 게 다 꿈이야."

다른 누구보다, 법정이 네가 그 말을 하니까 확 와닿는다. 보잘것없고, 사소해 보이는 것도, 다 꿈의 조각들. 빛에 비춰보면 다 영롱하게 빛나.

"난, 하루하루 잘 사는 게 목표야. 그러다 보면 나도 모르게 뭘

가가 돼 있지 않을까. 으리으리한 집은 아니어도, 바람을 피할 오두막 정도는 돼 있지 않을까. 나랑 똘똘이가 머물 수 있는 작은 오두막 말이야."

법정이에게 힘이 되어주는 건, 역시 똘똘이네. 무소유의 삶을 벗고, 세상 밖으로 나가는 너를 응원해.

"어, 미아! 이제 끝났냐?"

눈 밑이 거뭇해져서 묘하게 퇴폐미를 풍기는 미아가 털썩 통나무에 앉는다.

"대체 선배들은 왜 안 가는 거야? 지루해 죽는 줄 알았네."

복장에 따라 행동들도 달라지나 보다. 다소곳했던 미아도 저렇게 털털해진다. 바지에 먼지 묻은 것 좀 봐.

"스카우트 제의를 받은 건 아니고?"

"망한 연극에 무슨 스카우트 제의야? 훈계만 잔뜩 듣는 거지. 관객이 코를 골고 잘 정도면, 끝난 거라던데?"

애들이 일제히 나를 돌아본다. 미안해! 미안하다고, 내가 죽을 죄를 지었어!

"꿀떡이 얼굴 하얘지는 거 봐라. 그만 놀려."

호랑이의 말에 미아가 피식하고 웃는다.

"좀 지루했던 구간을 제외하면 잘했대. 스카우트 제의는 없었지만, 연극부 전체를 극장으로 초대해 주셨어."

아, 다행이다. 마냥 혼나기만 한 건 아니구나.

어디선가 꽹과리 소리가 희미하게 들려온다. 장작더미에서 졸던 담임이 벌떡 일어나, 소고를 하나씩 쥐여준다.

"축제의 하이라이트는 역시 풍물패지! 자 신명 나게 놀아보자고!"

우리 학교에 풍물패가 있었어? 선두에 서서 꽹과리를 치는 게 수석 쌤? 그 뒤를 징이며 장구, 북을 든 쌤들이 덩실덩실 뒤따른다. 학교에서, 기숙사에서 쏟아져 나오는 학생들도 어설프게 어깨춤을 추며 합류한다.

연습하는 걸 한 번도 본 적이 없는데, 언제 이런 걸 준비하셨지? "오덕고에서 근무하기 위해선 악기 하나쯤은 다뤄야 한다. 그게 입사 조건이야. 북이건 징이건 말이다. 어이, 맥아더, 듣고 있나!"

와, 이거 뭐지? 왜 나까지 심장이 쿵 내려앉은 거야? 이거이거이거, 뭔가 핑크빛 기류가 확 퍼진 것 같은데, 소고를 받아 든 맥아더의 얼굴이 불꽃보다 빨개!

연달아 터지는 폭죽이 밤하늘을 수놓고 신명 나는 풍물패의 공연도 계속된다. 우리도 가만있을 수 없지. 소고를 부서지게 두드리며 어깨춤을 덩실댄다. 흥이란 게 차오르는구나! 얼쑤!

복실이가 느닷없이 인파를 뚫고 나타나, 방방 뛰며 상모를 돌린다. 수석 쌤의 꽹과리 소리가 더 요란해지고, 북이며 장구도 사정없이 내달린다. 와, 아이돌은 뭐든 가능하구나!

"멍하니 있지 말고, 같이 즐겨!"

상모를 돌리던 복실이가 내 손을 잡아끈다. 좋아! 오늘을 철저히 망가져 주겠어! 애들이 자지러지거나 말거나, 막춤을 추며 돌진한다. 이렇게 전교생을 한자리에서 보는 것도, 전교생이 미쳐 날뛰는 것도 처음이네! 세상이 돌고, 우리도 돈다. 완전 신나는데? 지화자! 얼쑤!

"너, 내일도 그런 망나니 춤을 추면 죽는다!"

모두가 사라진 고즈넉한 운동장에서 복실이가 으르렁댄다.

"같이 즐기자며."

"망나니처럼 춤추면서 길길이 날뛰는 게 같이 즐기는 거냐? 칼만 찼으면, 아주 딱이야. 넌 생긴 건 말랑하게 생겨서, 어째서 춤만 추면 그렇게 망가지냐? 조상 중에 정말 망나니가 있는 거야?"

내 핏속엔 흥과 해학이 아니라, 끈적한 한이 서려 있는 걸까.

"쳇, 안 추면 되잖아."

"내가 가르쳐준 대로만 춰. 제발 폭주하지 마."

"부추긴 건 너야."

"그래, 내가 죽일 놈이다."

복실이가 들고 있던 상모를 푹, 내 머리에 씌운다.

"언제 배웠어? 이거."

"틈틈이 시간 날 때. 수석 쌤이 아이돌이라면, 이런 것쯤은 해야 한다던데? 세계를 무대로 삼을 거면, 한국적인 것 하나 정돈 있어야 한대."

"어쩐지 너무 교과서적인 얘기다."

"나도 그렇게 생각해. 그래도 배우는 동안은 재밌었어."

복실이를 흉내 내서 요리조리 돌려보지만, 맘대로 안 된다. 탈까지 쓰고 이런 걸 잘도 돌렸네. 덕분에 귀여움이 배가되긴 했어.

캐노피에서 불빛이 새어 나온다. 저 그림자는 쌤과 맥아더일까. 어디서 또 먹을 것을 공수해 온 것인지. 양손이 무거운 아이들이 망설임 없이 캐노피로 들어간다. 밤을 지새워도 모자라겠지. 이 축제의 기분.

"드디어 내일이네."

복실이가 건네준 사탕은 너무 달아서 혀가 아리다.

"지금이라도 그만둘 수 있어."

나의 복잡한 마음을 읽어내느라, 네 마음도 먹물처럼 번졌겠다.

"그럼, 너와 내가 함께 했던 시간이 덧없어지잖아. 그건 싫어."

"꿀떡아…."

"그만두면, 두고두고 후회할 거야. 너와 무대를 하지 못한 걸 평생 후회할 거야. 지금의 내 기분 때문에 모든 걸 망칠 순 없어."

결국 복실이가 웃었다. 맑고 투명한 웃음.

"좋아. 그럼, 멋지게 복수해볼까? 이 세상을 향해!"

"응! 복수할 거야!"

복실이와 힘차게 하이파이브를 한다. 분명 나, 잘 할 수 있겠지!

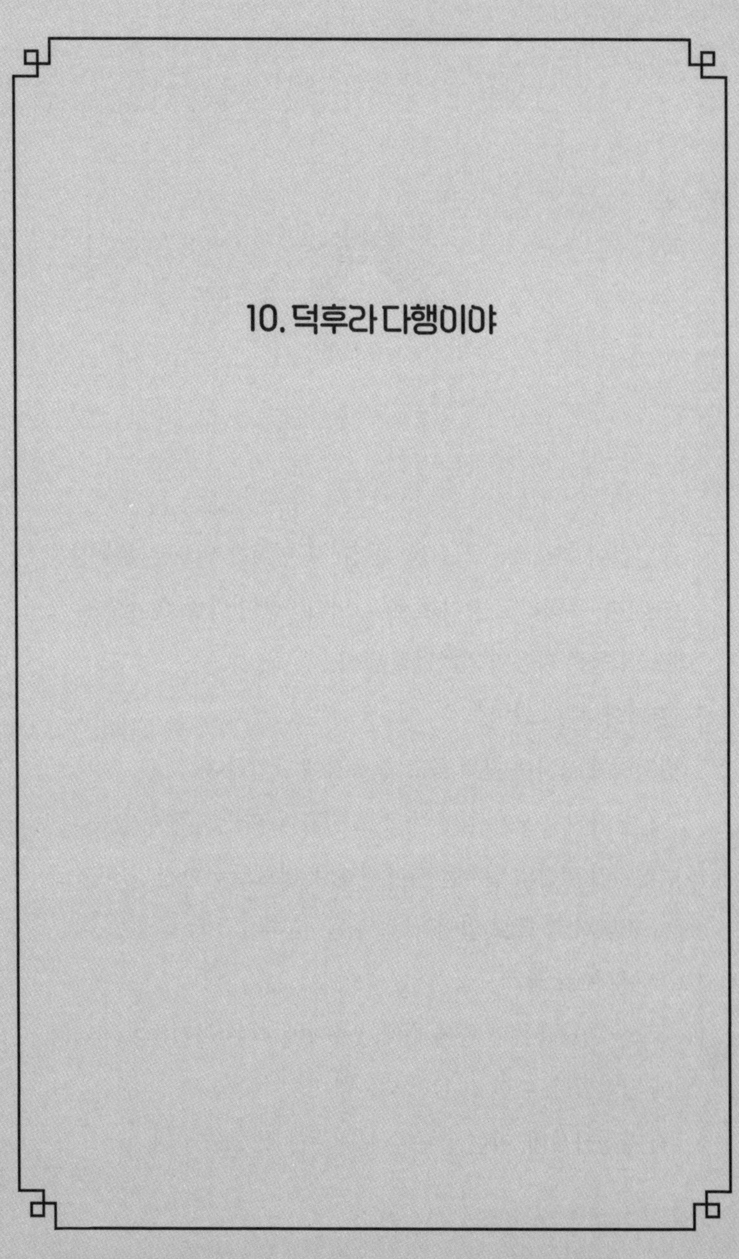

10. 덕후라 다행이야

끊임없이 떠오르는 상념이 싫어서 흙먼지가 일도록 운동장을 달려본다. 등허리로 땀이 흐르고, 머리카락이 방방 흩어진다. 그래도 이 들뜬 마음이 가라앉질 않아.

"꿀떡아! 택배 왔어."

법정이가 상자를 잔뜩 들고, 운동장에 난입한다.

"내 꺼 가지고 오는 김에 네 것도 챙겼어. 자,"

법정이가 빙산의 일각을 떼어 건넨다. 별로 궁금하진 않지만, 그렇다고 딱히 할 일도 없어서, 북북 뜯어본다.

"뭐야? 포토 북?"

자잘한 기념품들과 함께 세계 곳곳에서 찍은 사진들이 미니앨범에 담겨있다. 이런 건 짐만 되는데, 쳇.

"꽤 다정하시네. 이런 걸 손수 보내주시고."

그러게. 어릴 때도 안 하던걸. 왜 이제 하시는지 모르겠네.

"같이 보자."

내 대답도 듣지 않고, 법정이가 훌렁훌렁 앨범을 넘긴다. 아, 원장 쌤도, 엄마도 별로 보고 싶지 않다. 뭐가 좋다고 저렇게 활짝 웃는 거야. 바보같이, 이건 또 뭐야? 엽서?

택배 대신 우리가 먼저 도착할 수도 있겠다.

그래도 들고 가긴 거추장스러우니까.

완전체로는 처음인가?

그럼, 축제 때 보자.

내 소박한 바람대로 폐가 우체통에 처박히지 않고, 제대로 초대 장이 갔네. 으, 짜증나. 이 다정한 척하는 엽서도 싫어. 게다가 완 전체라니. 미친 거 아냐?

"그거 그만 찢고 이 사진 좀 봐. 되게 못 만든 인형인데, 귀여워."

다정하게 찍힌 바퀴벌레 한 쌍 대신, 푸른 눈의 청년과 나란히 앉아 있는 포근포근한 인형이 보인다. 눈 대신 작은 단추가 달린 게 제법 귀엽네. 뭐 바느질 솜씨는 형편없지만, 정성이 가득 담 긴 인형이야.

"'주인을 찾아 여행을 다니는 인형'이라는데? 여기 인스타 주소 도 있다."

"잠깐만, 그 사진 줘 봐!"

법정이의 손에서 사진을 빼앗아 들고, 쏜살같이 달려간다. 인형 전시관은 아직 닫혀있고, 기숙사에도, 강당에도 미미 선배는 없다. 대체 어디에 숨어있는 거야! 막 식당에서 나오는 미미 선배를 발견하고는 한달음에 달려간다.

"맞아요? 얘가 그 인형 맞냐고요!"

취향껏 덕지덕지 케첩을 바른 핫도그가 툭, 바닥으로 떨어진다.

"왁!!!!!"

뇌진탕에 걸린 핫도그를 구할 겨를도 없이 미미 선배가 방방 뛴다.

"옹앙이 맞아! 내 인형이야! 너 이 사진 어디서 났어!"

흥분한 선배를 가까스로 테라스에 앉히고는 바나나 우유를 물려준다.

"엄마가 여행지에서 만난 사람이래요. 여기 밑에 인스타 주소도 있어요."

선배가 손을 떨어서, 대신 인스타그램으로 들어갔다.

어린 소년일 때부터 지금까지 옹앙이와 여행한 사진이 업로드돼 있다. 옹앙이가 낡아가는 만큼 소년은 성장한다. 이제는 청년이 된 여행자가 배낭에 옹앙이의 머리만 내놓고 기차에 탄 사진이 마지막이다. 여기서 엄마를 만났나 보다. 진짜 묘한 인연이네. 아니, 꼭 우리 엄마가 아니었더라도, 언젠가, 미미 선배를 만났을 수도 있었겠다. 옹앙이가 주인을 찾아 여행하는 한, 언젠가는 반드시 만났겠지.

"가야 해!"

"어디를요?"

"옹앙이 만나러 가야 한다고. 지금 당장!"

"워워, 선배. 당장은 못 가요! 선배가 가면 인형 전시회는 누가 지켜요? 다른 인형들은 또 어떻고요."

"그건 다른 부원들이 할 거야. 나, 당장 가야 해."

잠깐만요. 그렇게 무작정 갈 게 아니에요! 다시 선배에게 빨대를 물리고, 금발의 청년에게 조심스레 댓글을 남겼다. 뭐지. 바로 답글이 달리네.

"엇, 선배. 이 사람 한국에 있대요. 친절한 한국인 부부를 따라서 여행을 왔다는데요?"

"왁! 정말!"

그 친절하고 오지랖 넓은 한국인 부부가 설마 내가 아는 그 바퀴벌레들은 아니겠지. 제발!

바나나 우유를 수혈한 선배가 이제야 정신이 드는지 차분히 대화를 시도한다.

"이 사람, 오래 있지 못한대. 지금 벌써 열흘이 되었고, 학기 중에 온 거라, 오래 머물 수가 없대. 그래서 모레 스위스로 돌아간대."

모레라고?

"꿀떡아! 뒤를 부탁해."

미미 선배가 말릴 틈도 없이 대포알처럼 튀어 나간다. 첫눈에 반한다는 걸 어떻게 믿냐고? 방금 생생하게 봤으니까.

"투포환처럼 달려가는 게 미미 선배야?"

연극이 끝났는데도, 여전히 수수한 복장의 미아다.

"응,"

"저 정도 속도면 육상부에 들어도 됐을 텐데."

"늘 나오는 속도는 아닐걸. 저건 특별한 경우니까."

바삭하게 잘 구워진 토스트랑 그윽한 향을 풍기는 커피가 미아의 아침.

"선배는 영혼의 단짝을 만나러 별똥별처럼 달려가는 거거든."

"의왼데? 인형 말고는 아무도 사랑하지 못할 줄 알았더니."

이제는 과하게 화장을 한 미아 대신 이런 수수한 복장의 미아가 더 정겨워 보여. 다시 돌아간다 해도, 넌 내 친구지만,

"드레스는 이제 안 입어?"

"이렇게 며칠 입으니깐, 너무 편해서 말이야. 당분간은 좀 자유롭게 입고 다닐까 해. 왜, 이상해?"

"뭘 입은들 미아밖에 더 되겠어?"

"그치. 뭘 입은들 나지."

미아가 싱겁게 웃는다.

"근데, 넌 몰골이 왜 이래? 너 이따 공연이잖아? 머리도 산발이고, 얼굴에 흘러내린 이거, 모래냐? 케첩도 튀었네?"

"그건 미미 선배가 핫도그를 떨어뜨리는 바람에."

"너 그 몰골로 나가면, 복실이 얼굴에 똥칠하는 거야. 걔 팬들이 뭐라고 하겠어? 어디서 저렇게 덜떨어진 애가 굴러와서, 복실이를 망친다고 할 거 아니야."

내 몰골이 복실이의 화창한 앞날에 먹구름이라도 드리운단 말이냐! 씩씩거리며 일어서는데, 역시나 모닝커피를 즐기는 맥아더가 나타난다.

"마침 잘 만났네. 맥아더, 너 애 좀 데리고 목욕탕에 좀 다녀와. 구석구석 때 좀 밀어주고, 식혜도 사 먹이고."

"그러잖아도, 갈 때가 되긴 했어. 오늘은 우리 꿀떡이 때 빼고 광내는 날이니까, 이 언니가 특별히 박박 밀어줘야겠네. 목욕비는 미아, 네가 내는 거지?"

아직 간다고 안 했다! 제대로 항의를 하기도 전에 맥아더의 억센 손에 질질 끌려간다.

바동거리며 왔지만, 막상 탕에 들어가니, 마음까지 노곤노곤해지는 게 너무 좋은 데. 앞으로 종종 와야겠어.

"안 온다는 사람치곤 너무 즐기는데?"

맥아더가 깐죽대거나 말거나, 절로 노래가 나온다. 하도 연습해서 폭 찌르면 비명 대신 나올 지경이니까.

설탕으로 만든 지붕에 떨어지는 일

지그재그 생채기들도 분명 달콤할 거야

바스러진 낙엽을 치우면 계단

탄 쿠키 같은 우리들이

시럽이 차오른 계단 끝에서 하이 하이

"역시 긴장을 푸는 덴 목욕탕이 최고지?"

응, 정말 그러네. 굳었던 어깨도 사르르 풀리는 것 같아.

맥아더가 때를 벅벅 밀어줘서, 아주 개운해졌다. 몸무게가 1kg은 빠지지 않았을까.

"야, 너 정말 꿀을 바른 것처럼 광이 난다. 이름값 하는데?"

오, 정말, 오늘은 진짜 꿀떡 같네!

"너무너무 떨리면, 눈을 감고, 심호흡을 해봐. 그리고 주문을 외우는 거야. 얘네들은 관객이 아니고, 호박밭에 호박이야."

"호박밭에 호박?"

"응, 넝쿨 넝쿨 열린 호박이라고 생각하면, 하나도 안 떨리거든."

느닷없이 호박이라고 생각해도 괜찮은 걸까. 게다가 애호박인지 늙은 호박인지 단호박인지도 모르겠어.

"그게 아니어도, 너한테 가장 친근한 뭔가를 떠올려 봐. 호랑이라든지. 먹을 거라든지."

그런 방법이 통할진 몰라도, 네가 내 긴장을 풀어주려고 부단히 노력하는 건 알겠다. 고마워 맥아더. 그 마음을 담아, 얼음 동동 식혜를 산다. 목욕탕은 역시 이거지.

"아기 때부터 잘 흘리고 다녔구나. 미미 선배."

"그러게,"

"그 덕에 만난 인연들도 있겠네. 다른 건 몰라도, 인형은 찾아주고 싶잖아."

"동감. 나도 인형 덕에 선배랑 친해졌으니까."

그간 엄청나게 많은 걸 먹었는데도, 몸무게는 그대로네. 때로 다 빠져나간 건가? 아니면, 복실이와 안무를 맞춰보느라, 다 빠진 건가. 암튼 다행이다.

맥아더의 손을 잡고 한들한들 마을 길을 걷는다. 미미 선배는 얼마만큼 달려갔을까. 동그랗고 귀여운 선배가 공처럼 달려가는 게 상상이 돼서 웃음이 난다. 이목구비가 흐리멍덩한 인형을 들고 여행을 다녔을 낭만적인 스위스 청년은 얼마나 묘한 기분일까. 바퀴벌레 같은 두 사람이 큐피드가 된 건 맘에 들지 않지만.

"맥아더, 난 네가 군인이 될 줄 알았어."

문득 맥아더의 얼굴이 붉어진다.

"군인도 좋은데, 그럼 채오 쌤을 볼 수가 없잖아."

풋풋한 고백으로 달아오른 얼굴이 왜 이렇게 사랑스럽니. 사랑은 이렇게 뻣뻣한 너도 말랑하게 만드는구나. 네 사랑을, 그리고 네 꿈을 응원해.

막 나왔을 땐 몸이 떨릴 정도로 추웠는데, 이렇게 언덕길을 올라가니, 땀이 날 지경이네. 정말이지 천혜의 요새야. 맥아더가 건장해진 이유도 이 언덕길 때문이 아닐까.

미아의 소품실에 엄청난 미인이 앉아서 막대사탕을 빨고 있다.

"담배를 끊었거든, 입이 심심해서 가만히 있을 수 있어야지. 미아 친구?"

엉겹결에 인사했다.

"넌 머리가 좀만 더 길면 예쁘겠다. 꽤 청순한 얼굴이야."

엄청난 미인이 맥아더의 얼굴을 평가한다. 이번엔 내 차례인가? 저 눈빛 부담스러운데.

"너 무슨 화장품 쓰니? 피부가 반질반질하네. 좀 동글동글한 얼굴이지만, 뭐, 귀여우니까, "

요리조리 날 뜯어보는 이 엄청난 미인, 굉장히 거슬리지만, 그렇다고 밉상은 아니다. 얼굴이 미아를 닮아서 도무지 미워할 수가 없어.

"미아가 그 두꺼운 분장을 벗은 것도, 니들 덕분일까? 그 녀석 민낯을 정말 오랜만에 봤단다. 여전히 미소년이라 안심했어."

"저, 미아는 어딜 갔나요?"

"날 피해 도망갔지. 곧 돌아올 거야."

엄청난 미인이 웃으니까, 인간미가 철철 넘치면서 엄청 사랑스러워지네. 하루라도 저렇게 생겨봤으면 좋겠다.

"앞으로도 우리 미아, 잘 부탁할게."

엄청난 미인이 사라지자, 거짓말처럼 미아가 나타났다. 일인이역의 배우처럼! 뽕!

"미안, 우리 엄마 말은 흘려들어. 오랫동안 남의 얼굴만 봐온 사람이라, 입만 열면 저래."

문 뒤에 서 있던 것처럼, 잘도 아네. 난 흘려들었는데, 맥아더는 신경이 쓰이는지 머리카락을 요리조리 당겨서 늘여본다.

"좀 더 길러볼까?"

"응, 분명 청초해 보일 거야."

그러는 너도 네 엄마랑 똑같아.

청순가련 맥아더가 나가고, 이제야 차분해진 미아가 노련하게 고데기를 놀린다. 제멋대로 뻗쳐있던 머리칼이 동글동글 귀여워지네.

"볼은 발그레하게. 입술은 연 핑크로. 애굣살 밑에 별도 하나 붙이자."

미아의 붓질이 간지럽다. 내 마음도 좀 그런 것 같아.

이곳은 평범한 친구5가 로맨틱한 주인공이 되는, 마법사의 공방. 미아의 붓질에 빠져, 까무룩 졸다 깨니, 200배는 더 특별해진 내가 있어.

"와, 저게 나야?"

"원석을 좀 다듬어준 것뿐이야. 너야, 원래 귀여웠잖아. 츄리닝만 입고 다녀도."

길가에 차이는 돌멩이를 보석으로 만들어 준 것 같은데? 어쭙잖은 자신감도 막 생겨.

"자, 이제 나가보실까요?"

미아가 빌려준 레몬색 원피스를 입고, 옷에 맞는 노란 색 구두를 신고 한 마리 나비처럼 나풀나풀 별관을 향해 걷는다. 별관 앞 야외무대엔 벌써 사람들이 많다. 아는 얼굴을 향해 달려가려는 걸, 미아가 막아선다.

"주인공이 함부로 나다니면 안 되지. 조신하게 대기실에 있어!"

미아에게 끌려 들어간 별관 1층 대기실은, 본래 창고, 어둑한 여기가 어쩐지 편하긴 하네. 가만, 저기 웅크리고 있는 털 뭉치는 뭐야?

"아이돌 주제에 무대 공포증이 있거든, 그동안 활동은 어떻게 했는지 몰라."

"혼자가 아니었잖아. 다 같이 있으면 덜 무섭다 뭐."

웅크리고 있던 털 뭉치가 부스스 일어나 투덜댄다.

"복실이. 이 녀석 때문에 여기가 대기실이 된 거야. 맘이 편해진다나 어쩐다나."

복실이가 툭툭 몸에 묻은 먼지를 털고, 그제야 오도카니 서 있는 나를 본다.

"누가 우리 꿀떡이 한테 귀신 분장을 해 놨어! 말랑말랑 귀여운 내 꿀떡이가 왜 이렇게 된 거야!"

모든 건, 호불호가 있구나. 내 눈엔 귀여워 보였는데, 네 눈엔 귀신이냐.

"그 입 닥쳐. 네 얼굴도 손 봐주기 전에!"

그제야 복실이가 잠잠해진다.

"공연 20분 전이니까, 긴장이나 좀 풀고 나와."

미아가 나가니까, 더 고요해진다. 여기만 따로 떨어진 세계 같다. 꼭 할머니의 다락 같은 느낌.

"예쁜 줄은 알았지만, 오늘 보니 더 이쁘네."

"귀신 같다며?"

"엄청 예쁜 귀신이지."

실없는 소리를 하는 걸 보니, 긴장이 좀 풀렸구나. 다행이다.

"넌, 이대로 나갈 거야?"

"아니."

그러면서, 우리 학교의 상징인 연보라색 체크 리본을 내민다.

복실이의 목에 거대한 리본을 정성스레 묶어준다. 더 사랑스러운 퍼리가 됐네.

탈을 쓴 그대로 복실이가 내 뺨에 입을 맞춘다. 와 닿는 건, 차가운 플라스틱 코였지만, 그래도 심장이 두근두근. 이거 엄청난 반칙이다. 너.

털북숭이 손을 내밀며 복실이가 달콤하게 속삭인다.

"이제 갈까?"

복실이의 손이 떨리는 건지, 내 손이 떨리는 건지 모르겠어. 아, 드디어 반주가 들려와.

한가할 땐 테이블을 닦고

매운맛, 순한 맛, 슬픈 맛 라면도 채워 넣어

등 따순 호빵도 돌려놓고

아에이오우, 웃음을 장전하고

어서 오세요.

첫 시작은 복실이가,

물건들이 숨바꼭질하는 좁아터진 가게에서

한 번만 더 찾아볼래요?

눈앞에 있을지도 몰라요.

발밑에 있을지도 몰라요.

조금 떨렸지만, 그래도 괜찮았어. 이제 너와 내가 함께 하는 구간!

보아뱀처럼 길어지는 줄 끝에서

못 찾겠다. 꾀꼬리는 놉!

매캐한 맛도, 부드러운 맛도, 박하 맛도 다 놉 놉 놉

네 노안도 민증 없이는 놉

am pm 온종일 욕해도 놉

왓? 갓 생 알바니까

왓? 갓 생 나니까

왓! 외로워도 슬퍼도 나란 캔디니까

복실이의 목소리에 누가 되지 않게, 그렇다고 쭈뼛대지 말고. 우리 하모니가 뭔지 알잖아. 연습했던 것만큼 완벽하진 않지만, 그래도 실수 없이 불렀어, 처음 들어보는 거대한 박수 소리에 어벙벙하던 정신이 확 깨어났다. 이렇게 많은 사람이 와줬구나. 꼭 콘서트장 같아!

"많이들 와 줬네. 다들 고마워. 나, 음악을 포기하고 싶었던 적이 있어. 무대가 무섭고, 사람이 무서웠거든. 근데, 도망치고 싶은 만큼, 다시 돌아가고 싶은 마음도 커지더라. 노래가 너무 좋아서, 이렇게 박수를 쳐 주는 너희가 너무 좋아서, 못 도망가겠어. 너희도 함께해줄 거지?"

복실이의 고백에 소녀들이 크게 화답한다. 한꺼번에 내는 소리라, 뭐라고 하는지는 모르겠지만, 응원하고 있는 게 분명해.

설탕으로 만든 지붕에 떨어지는 일

지그재그 생채기들도 분명 달콤할 거야

바스러진 낙엽을 치우면 계단

탄 쿠키 같은 우리들이

시럽이 차오른 계단 끝에서 하이 하이

다음 버스를 타기도 전에

짜릿한 낙하가 시작될 걸

이제야 관객 하나하나가 보인다. 천만억 할아버지들이 엇박자로 박수를 치는 것도 보이고, 곁에 앉은 호랑이도 보여. 아, 저런 눈빛은 너무 설레는데, 쌤과 같이 앉은 맥아더도 보이고, 나의 친애하는 친구들도 옹기종기 모여 앉은 게 보여. 그리고, 엄마랑 원장 쌤이랑 울 것 같은 표정의 라영이도 보여….

호박 등이 켜진 내리막을 지나

당돌한 오렌지

스윗한 바나나

바스락 커튼 뒤엔 울랑말랑 시나몬

기분 따라 달라지는 캔디라면 우린 딸기 크림 회오리

넌 달고, 난 부드럽게

담에 또 놀러 올게

내가 부르는 구간이 짧아서 다행이야. 귀신처럼 화장해서 다행이야. 잠시 절망이 스쳐 갔던 내 얼굴을 아무도 알아차리지 못했기를. 이 공연은 절대 망칠 수 없으니까.

복실이의 다정한 목소리에 내 수줍은 목소리를 더한다. 탈에 가려져 표정을 알 순 없지만, 기뻐하는 게 분명해.

다음 곡은 복실이의 솔로. 나는 들릴 듯 말 듯 에그 셰이크를 흔들어. 가끔은 허밍으로 작게 따라 부르기도 하고, 살짝살짝 리듬을 타기도 하고, 폐가에서 단둘이 불렀던 것처럼. 아주 자연스럽게.

복실이의 손을 잡고 퇴장할 때까지 나는 마법에 걸려있었던 것 같아.

"너 완전 무대 체질인데? 나보다 더 안 떤다?"

"호박으로 보면 돼."

"뭐?"

"관객을 호박으로 보면 아무렇지도 않아."

"정말?"

정말이겠어? 하지만, 복수심에 그랬다고 말할 수는 없잖아. 난 라영이에게 최고의 무대를 보여주고 싶었어. 그 애가 부러워 죽을 정도로 최고의 무대. 그러니까, 난 무대 체질이 아니라, 복수에 최적화된 체질이야.

"좋아! 나도 죄다 호박으로 봐줄 테다."

복실이가 주문을 외는 동안, 앙코르 소리가 쩌렁쩌렁 울려 퍼진다. 어느새 나타난 미아가 화장을 고쳐주고, 복실이의 리본도 풍성하게 매만져준다. 역시 미아!

"준비됐어?"

"좋아!"

"그럼, 호박 머리를 향해 돌진!"

마지막은 우리가 그토록 연습했던 비장의 노래, 어설픈 나의 춤은 여전하지만, 그게 가장 나다우니까.

주머니 가득 사탕을 넣고 달리다

계단 끄트머리에서 날려 볼까, 네 반짝 이마로

낮엔 구석구석 먼지를 쓸고

밤엔 구석구석 시를 쓰고

좀 비켜줄래요, 발밑 쓰레기 같은 가난 씨

난 먼지 말곤 쓰레기 말곤 아무것도 보지 않아요.

그러니까 맘껏 보세요. 불일

이제 복실이의 솔로. 복실이가 망설임 없이 탈을 벗더니, 휙 무대 뒤 편으로 날려버린다. 헝클어진 금발에, 땀에 절어도 곱상한 왕자님 외모가 나타나자, 관객 석에서 환호성이 터져 나온다. 너, 소녀들의 마음에 무슨 짓을 한 거야. 저 얌전한 소녀들이 야수로 돌변했잖아. 무대로 난입하려는 소녀들을 쌤들이 막기 바쁘다. 이 소란을 어쩔 거야!

뛰어내렸는데 옥상, 날마다 도주하는 상큼발랄 뒤통수

잡히면 확 깨물어 먹는다. 바라던 바야, 데굴

알사탕처럼 달리다 보면, 너도 계단 끝에서 문득

　탈을 벗은 주제에 얌전하게 노래나 부르지. 왜 나를 향해 하트를 날려대면서 윙크를 하는 건데!

여전하니, 빨갛게 부어오르던 이마

망토처럼 달려와 설탕 묻은 뺨에 키스

시시한 사탕의 법칙처럼 우린 언제 다 녹아

단내 나는 입술로 나란 캔디

구석구석 기다릴게, 상큼과즙 키스를 주머니 가득 넣고

혀를 대면 사라지던 계단

처음 네가 뒤돌아보던 그때, 딱콩

무대를 나오기 전의 시간에서 굳어버렸으면 좋겠다. 이 고백처럼 들리는 달달구리한 노래에 네 팬이 다 내 악플러가 돼버리잖아! 그러거나 말거나 싱그럽게 웃는 만인의 왕자님이 딱콩, 내 이마에 꿀밤까지 완벽하게 먹인다. 첫사랑의 고백 같은 설레는 노래에 소녀들이 떠나갈 듯 비명을 지른다. 난 이제 죽은 목숨이여.

복실이가 애들한테 둘러싸인 틈에 재빨리 도망쳤다. 사물함에 처박아 둔 체육복으로 갈아입고, 화장도 박박 지웠다. 난 이제 어디로 도망가야 할까.

원단 더미에 누워 훅, 숨을 내쉰다. 색색의 실에, 아무렇게나 놓인 부자재가 내 소란한 마음을 잠재워준다. 이상한 나라에서 막 현실로 돌아온 앨리스 같아. 눈을 감고 요동치는 심장에 손을 대 본다. 부디 다시 나로 돌아오렴. 이상한 나라의 꿀떡아.

"네 덕에 용기가 생겼어."

깜짝이야! 천장까지 심장이 튀어 오른다.

"잠깐이면 되니까. 도망치지 마"

어디서 들리는 걸까. 복실이의 목소리.

"벗을 타이밍을 찾고 있었던 것 같아. 온전히 내 목소리를 들려주기 위해선, 결국 벗어야 하니까."

복실이의 목소리에 물기가 어린다.

"벗는다면, 네 앞에서 벗고 싶었어. 장난스러운 고백이었지만, 장난은 아니야."

이대로 누워있는 게 맞겠지. 웅크린 널 안아주는 건, 아무래도 나쁜 짓인 것 같아.

"네가 내 팬이 되어 준다면, 나, 가능할 것 같아. 무대 공포증도, 공황장애도, 다 이기고, 당당히 내 꿈을 향해 걸어갈 수 있을 것 같아."

그 고백은, 내 마음을 넘실거리게 해. 폭우로 불어난 강처럼.

"난 이미 너의 영원한 팬이야. 네 노래를 들은, 그날부터 그랬어."

손끝에 스치는 입맞춤. 그리고 가벼운 한숨.

문이 닫히는 소리가 나고, 드디어 혼자가 됐다. 근데도 심장이 아파.

그새 또 잠들었나 보다. 인기척에 눈을 뜨자, 세계사 쌤이 말간 눈으로 나를 내려다본다.

"몰래 들어와서 죄송해요."

"그런 건 괜찮아. 나도 숨고 싶었던 적이 있으니까. 그래도 잠깐이라도 얼굴을 보여드리는 게 어떠니? 아까부터 널 찾고 계신단다."

"네."

바로 깨우지 않고, 시간을 내준 건, 나에 대한 무한한 배려겠지. 눈물로 얼룩진 뺨을 씻고, 씩씩하게 걸어간다. 가는 길에 만난 내 소중한 친구들이 나를 응원해 준다.

"인형 같은 꿀떡이는 어디 가고, 금세 일반인이 됐냐?"

"내년에도 노래 불러라! 오늘 정말 좋았어!"

고맙다, 얘들아! 니들 덕에 기운이 나! 엄마랑 원장 쌤이랑 그리고 그 애도 잘 보고 돌아올게. 다녀와서 더 길게 길게 얘기하자!

아우성치는 친구들을 달래놓고, 다시 씩씩하게 걸어간다.

"대장간에서 들려줬던 노래랑은 딴판이던데? 진짜 가수 같더구나."

아, 천만억 할아버지들이다!

"재미있으셨어요?"

"그래! 그 복실인지 복순이인지가 탈을 던질 때, 내 마음까지 뻥 뚫리더라. 정말이지 최고의 공연이었어!"

"암만, 춤도 겁나 귀엽게 추고, 이따 대장간에 와서도 출 거지?."

한껏 멋을 부리고 오신 천만억 할아버지들이 엄청 귀여우시네. 그리고 이렇게 들떠서 재잘거리시는 것도.

"네 얼굴 보고 가려고, 지금까지 기다리셨어."

호랑이의 말에 괜스레 미안함이 몰려온다. 이렇게나 든든한 동지들을 팽개치다니, 미안해요. 천만억 할아버지들을 꼭 끌어안아 주고, 다시 씩씩하게 걸어간다. 호랑이도 같이.

"너라면, 소라게처럼 어딘가 숨어있을 것 같았어."

그 말에 울컥 내 마음이 약해진다.

"귀엽게 춤을 추는 너도 좋지만, 난 이렇게 민낯에 다정한 네가 더 좋아."

응, 나도 네 곁에서 웃는 내가 더 좋아. 있는 힘껏 호랑이에게 미소를 날린다.

"엄마를 보고 올게."

"응, 기다릴게."

몇 걸음 더 걷다가, 아무래도 안 되겠다. 후다닥 달려가 호랑이에게 안긴다. 이제 괜찮아. 나한텐 호랑이도 있고, 천만억 할아버지들도 있고, 내게 힘을 주는 내 친구들도 있어. 그러니까 과거에게 가서 인사를 해야 해. 이제, 그만 안녕.

조금 그을린 엄마가 어색하게 웃는다. 나랑 살 때보다 더 건강하고, 더 젊어 보인다. 나 없이도 행복해서 다행이야.

"우리 딸, 엄청 예쁘더라. 노래를 그렇게 잘 하는지 몰랐어."

"그러게, 정말 아이돌 같았어. 그치 여보."

오덕고에 온 지 겨우 몇 개월인데, 저 세계가 까마득하게 느껴져.

"밥은 맛있니? 아까 보니까 친구들이 엄청 많더라. 참, 너 복실이가 아이돌인 건 아니? 라영이가 엄청 팬인데? 그치 라영아?"

엄마가 이렇게 속사포로 말을 하다니, 오늘은 좀 이상해.

"학교시설도 좋고, 쌤들도 다 좋아 보이더라. 게다가 아이돌이 다니는 학교라니. 대단하지 않아?"

복실이의 탈이 오늘따라 부럽다. 내겐 그토록 단단한 탈은 없지만, 그래도 억지로 웃어본다. 그게 오덕고를 위한 예의니까.

"오빠, 교장 쌤이랑 상담한다고 하지 않았어? 시간 다 된 것 같은데?"

잠잠히 있던 라영이가 끼어든다.

"꿀떡이랑 나는 학교 구경하고 있을게, 어서 다녀와."

이 애가 이런 목소리였나? 난 목소리마저 지워버릴 정도로 이 애를 미워했구나.

학교 구경은 관두고, 스산해진 운동장 벤치에 앉았다. 우수수 떨어진 낙엽 덕에 풍경 전체가 포근해 보인다. 내 마음은 이렇게 서늘한데.

"너도 결혼식에 왔었으면 좋았을걸. 네 엄마 정말 예쁘더라. 왜 오빠가 좋아했는지 알겠더라."

저기 스탠드를 지나가는 건 미아, 저기 빗자루를 들고 본관 앞을 쓰는 건 호랑이, 저기 캐노피 앞에서 장작을 패는 건 맥아더. 당장 너희들을 향해 달려가고 싶어.

"친척들이 잔뜩 와서 축하해 줬어. 혼자서도 잘 자란 오빠의 결혼식이었으니까. 막 우는 사람들도 있었어."

바람이 불어서 호랑이가 한쪽으로 쓸어놓은 낙엽이 화르르 흩어진다. 그냥 둬도 괜찮지 않을까, 낙엽은 쓰레기가 아니니까. 햇빛을 향해 한들대던 연초록 손바닥이 저렇게 늙고 늙어 바닥에 떨어진 거야. 우리의 빛 바란 과거처럼.

"고모가 그러는데, 네 엄마랑 오빠가 헤어진 건 나 때문이래.

오빠가 나라는 짐을, 네 엄마에게 지울 수 없어서 헤어진 거래.”

과거의 과거. 과거에서 온 네가 엄마의 과거를 얘기한다. 난 이미 닿을 수 없는 미래인데.

“우리가 고아가 되지 않았다면, 오빠와 네 엄만 계속 만났을까. 내가 질긴 혹처럼 붙어있지 않았다면, 두 사람은 헤어지지 않았을까.”

법정이가 지나가면서 손을 흔든다. 오늘은 얌전히 줄에 묶여있는 똘똘이도 꼬리를 흔든다.

“나, 혹이 아니라, 다른 무언가가 돼 보려고 해. 고등학교를 졸업하면 바로 집을 나올 거야.”

속살대던 라영이가 내 앞에 우뚝 선다. 돌처럼 가라앉던 내가 어쩔 수 없이 널 올려다본다.

“네가 복실이랑 노래하는 걸 봤어. 죽었는지 살았는지 알 수 없었던 내 최애가 너랑 다정히 노래하는 걸 보니까 미칠 것처럼 화가 났어. 왜 내 최애까지 뺏어가는 건데?”

“그래서, 또 죽이고 싶니?”

얼굴이 창백하게 질린 라영이가 스르륵 주저앉는다.

“정말 죽이고 싶었던 건 아니야. 내가 아픈 만큼, 네 엄마도 아프게 하고 싶었어. 정말 미안해. 넌, 누구보다 친한 친구였는데…”

주저앉아 우는 너를 달래 힘이 내겐 없다. 그저 나는 이 시간이 빨리 지나가기를, 그리고 너를 보지 않기만을 바라.

희멀건 무언가가 와서 라영이를 일으켜 세운다. 눈물범벅의 라영이가 그 팔에 엉겨 붙는다. 오늘따라 이 털북숭이가 왜 이렇게 반갑니. 꼭 구세주 같다.

"이러면, 꼭 꿀떡이가 널 괴롭히는 것 같잖아. 그만 울고 가."

부드럽게 나무라는 말투에 라영이가 울음을 뚝 그친다.

"그거 한 번만 더 벗으면 안 돼?"

"다시 꿀떡이를 찾아오지 않는다면."

라영이가 고개를 끄덕이자, 복실이가 시원스레 탈을 벗는다. 여전히 눈부시게 아름답지만, 표정은 만년설처럼 차갑다.

"애들이 기다려. 그만 가자."

그 차갑던 표정이 나를 볼 땐 이렇게 다정해. 봄바람에 녹은 눈처럼.

"응."

가슴에 답답하게 가라앉아있던 돌멩이들이 달리는 동안 다 흩어지는 것 같아. 발가락 사이로, 손가락 사이로, 다 빠져나가는 것 같아. 상담을 마치고 돌아오는 엄마와 원장 쌤이 보였지만, 바람처럼 스쳐 지나간다. 두 분 행복하세요. 저도 이렇게 두근두근 해피하니까요. 가장 가여운 건, 라영이란 생각도 잠깐 들었지만, 그 앤 이제 내 과거인걸. 내가 놓고 온 다른 세상의 과거.

"멋있는 복수였지?"

"응."

"그럼, 그 녀석한테 가."

복실이가 본관 앞을 쓸고 있는 호랑이를 향해 내 등을 떠민다.

"애들이 기다린다며?"

"애들은 맨날 기다리지. 내일도 모레도, 우린 친구니까. 하지만, 호랑이는 다르잖아. 제일 오래 널 기다린 건, 그 녀석이라고, 그니까 어서 가."

"응!"

더는 쓸 것도 없는 바닥을 빗자루가 닳도록 쓸고 있는 너를 향해 달려간다. 나를 발견한 호랑이가 환하게 웃는다. 바람처럼 달려가 그 품에 안긴다. 툭, 빗자루를 놓친 네가 나를 꼭 끌어안는다.

"내가 청소를 하는 진짜 이유가 있어."

"뭔데?"

대답 대신 창문을 스르륵 열고, 훌쩍 교실로 넘어 들어간다. 잠시 뒤에 찰칵 소리가 열리고, 호랑이가 문 뒤에서 손짓한다.

와, 인형전시실이네. 전시 기간이 끝나서 못 볼 줄 알았는데.

"아까 살짝 창문을 열어놨지. 청소부만 가능한 일이야."

좀도둑처럼 스릴 있어서 좋은데? 게다가 둘만 보는 전시라니 엄청 특별하게 느껴져.

"이건 내가 기증한 거야. 이렇게 소소한 것도 추억이 되나 봐."

햄버거를 먹으면 주는 피규어들이 인형의 집에 알맞은 포즈로 전시되어 있다. 익숙해서 더 재밌고, 소소해서 더 정이 가.

"나도 모았던 건데. 지금은 어디 갔는지 모르겠다. 다 버렸을까?"

"그럴 수도 있고, 어딘가 어느 구석에 널 기다리며 있을 수도 있고."

할머니의 다락이라면 있을지도 모르겠다, 거기라면 잃어버린 모든 게 있을 것 같아.

"여기가 제일 잘 보이는 자리야."

호랑이를 따라 털썩 맨바닥에 앉는다. 오, 정말 이 끝에서 저 끝까지 한눈에 보인다.

호랑이가 무선이어폰을 한쪽 귀에 끼워준다. 감미로운 팝송. 가사는 모르지만, 너와 함께 들어서 좋아. 호랑이가 따라 불러서, 나도 허밍으로 조금.

"넌, 뭐라고 대답했어? 교장 쌤의 질문에?"

늘 궁금했던 걸 묻는다. 그때 호랑이는 말을 못 했을 때, 무슨 답을 했을까.

"거푸집. 말이 나오진 않았지만, 마음속으로 답했어."

"거푸집?"

"응, 질문을 듣는 순간, 거푸집을 깨고 나오는 칼이 떠올랐어."

"너 용케 붙었구나?"

"응, 쌤은 대답보단 눈빛을 보고 데리고 오는 게 아닐까? 말을 잃은 내게도 기회를 준 걸 보면 말이야."

맞아. 나의 엉망진창인 대답도 답이 될 수 있었으니까. 반짝하는 무언가가 깊은 곳에서 떠올라, 수면을 비출 수 있다면, 희망이 있는 거니까.

"나, 칼을 만들 거야."

"지금도 만들고 있잖아."

"부엌칼 말고 진짜 칼."

"무기 말이야?"

"응, 무사들의 칼. 예전부터 칼이 좋았거든."

"멋지다! 그래서 무사가 될 거야?"

호랑이가 웃는다. 비눗방울처럼 가볍고 산뜻하게.

"꿈에서는 가능하겠는걸?"

네가 무사가 되면, 나는 의술을 배우는 의녀가 돼 볼까. 다친 너를 치료해 줄 수 있게.

"박물관도 좋고, 드라마 소품도 좋고, 아직 무사의 칼이 필요한 곳이 많으니까."

맞아, 사극에도, 박물관에도 멋진 칼이 필요해.

"자, 이거."

호랑이가 반짝이는 걸 쥐여준다.

"은장도네? 와, 이거 네가 만든 거야?"

"무늬를 새기지는 못했어. 아직 그 정도 기술은 없거든."

암막 커튼 사이로 들어오는 빛에 칼날이 챙하고 빛난다.

"예쁘다!"

"사과 정도는 깎을 수 있어."

이 귀한 거로 왜 사과를 깎아. 평생 소중하게 간직할 거야.

"저는 임자가 있는 몸입니다. 정녕 이러시면, 죽음을 택하겠어요."

내 어쭙잖은 연기에 호랑이가 웃음을 터뜨린다.

"그 임자가 바로 나라는 걸, 잊은 것이오?"

웃음을 참고 날린 호랑이의 대사에 이번엔 내가 웃을 차례. 그렇게 서로의 팔을 때리며 웃다가, 간지러운 키스. 수백 개의 눈이 우릴 지켜보지만 어쩔 수 없어. 우린 날뛰는 심장을 가진 풋풋한 십 대니까. 은장도를 놓친 채, 달아오른 두 볼을 잡는 순간, 문이 벌컥 열린다.

"천만억 대장간에서 고기 파티 한대! 그만 쪽쪽대고 가자!"

무소유의 삶을 살던 네가 연인들의 이 분홍빛 심장에 대해 뭘 알겠느냐. 차라리 똘똘이가 낫지.

"여기 있는 건 어떻게 알았어?"

불만에 찬 호랑이의 목소리에 피식 웃음이 나온다. 나도 뭔가 맥이 끊긴 기분이야.

"복실이가 가보라던데? 보나 마나 여기 있을 거래."

복수의 은인이자, 사랑의 원수로구나.

"돼지 한 마릴 통째로 샀으니깐, 다 데려오라고 하셨대. 맥아더랑 미아는 벌써 음료수 사 들고 갔어."

이 헛헛한 마음을 고기로 채워볼까나. 호랑이의 손을 잡고, 덩실덩실 뛰어간다. 호랑이가 질질 끌려오며 쓴웃음을 짓는다. 단번에 이루어지는 사랑은 재미없지. 약간의 고난과 시련이 우리의 애틋함이 될 거야.

교문 앞에서 해맑게 손을 흔드는 복실이가 보인다.

"이번에도 역시 내가 구해줬지?"

"어디서 말이냐?"

호랑이가 불쑥 끼어든다.

"어디긴 어디야? 호랑이 굴이지. 꿀떡이 너 정신 바짝 차려야 한다."

제 발로 기어들어 간 그 굴에서 억지로 구출됐네. 엄청 고맙다.

우글우글 구겨진 마음도 잠시, 왁자지껄 떠들며 가는 사이에 다시 마음이 몽글몽글해진다. 주머니에서 짤랑대는 은장도가 그 증거야.

천만억 대장간은 벌써 떠들썩하다. 할아버지들도 얼큰하게 취했고, 애들도 분위기에 취했다. 자글자글 구워지는 고기가 가슴 밑바닥에 남은 응어리까지 싹 씻겨주는걸. 오늘은 눈치 안 보고 막 먹을 거야! 호랑이가 엄청 크게 쌈을 싸서 건네준다. 와앙, 그 크기만큼이나 맛있어. 질 새라 복실이도 쌈을 싸준다.

"생각해 보니까, 포기하기엔 너무 아까워."

"포기가 아니라, 당연히 안되는 거야. 넌 금발에 헤픈 서브 남이라고."

"아니거든. 이 흑발에 고독이나 씹을 서브 남아."

고기가 이렇게 맛있는데, 왜 싸우는 건지 모르겠네. 이 쌈 저 쌈 받아먹느라, 배가 차오르지만, 아직 멀었다고.

"이 할애비가 눈이 빠지게 기다렸단다. 우리 꿀떡이 노래 들으러."

이런 건 내가 전문이지. 할머니에게 전수 받은 간드러진 창법으로 트로트를 맛깔나게 불러본다. 내 1호 팬 천만억 할아버지들이 엄청 좋아하신다. 분위기가 무르익자, 여기저기서 서로 부르겠다고 난리다. 이쯤이면 고기에 집중해도 되겠지.

"어? 복실이는?"

"아이돌 친구를 데리러 갔어. 아까 잠깐 봤는데 다른 생명체 같애. 완전 아름다워."

법정아, 복실이도 다른 생명체야. 우리가 익숙해져서 그렇지. 아이돌의 외모에 대해 한참 떠들던 법정이가 고기 냄새에 폭주하는 똘똘이를 훌쩍 데리고 나갔다. 애초에 여길 데려온 게 잘못이야. 이제야 호랑이를 마주 볼 수 있겠네.

검게 그을린 팔로 굽는 고기는 왜 이렇게 맛있니. 불 냄새를 폴폴 풍기는 너는 또 왜 이렇게 멋있고. 와자지껄 떠드는 너희들도 너무 귀여워.

이 오덕고에 온 게 얼마나 다행인지. 너희들을 만난 게 얼마나 다행인지 너희는 알까. 내 절친 미아도, 머리칼을 기르기 시작한 맥아더도, 도도하게 고기를 굽는 오스칼도, 오늘은 먹는 것에만 집중하는 회장도 천만억 할아버지들도 너무 소중해. 아이돌 멤버를 고기 굽는데 부려 먹는 정신 나간 복실이도, 너무너무 소중해.

시간을 알려주는 게 일과의 전부였던 핸드폰이 우렁차게 울린다. 앗, 미미 선배다. 무려 영상통화야!

"선배! 만났어요?"

미미 선배가 상기된 얼굴로 고개를 끄덕인다. 그 곁에서 금발의 청년이 어색하게 웃는다.

"이것 봐. 내 인형이야. 이제는 안드레아의 인형이지만,"

"우리 둘 다의 인형입니다."

핸드메이드가 분명한 엉성한 이목구비의 인형이 작은 화면에서 아른댄다.

"지금 기차 탈 거야. 안드레아도 데리고, 괜찮지?"

물론이죠. 선배의 인형을 애지중지 아껴주던 금발의 여행자를 우리도 만나고 싶어요. 선배가 금발의 날강도, 아니 금발의 여행자에게 간다고 했을 때 벌떡 뛰던 교장 쌤이 떠오른다. 보호자가 동행해야 한다며 급하게 나가셨는데, 지금도 저 커플의 뒤를 미행하고 계실지 모르겠다. 방해되지 않게 잘 따라간다고 하셨는데,

"근데 아까부터 수상한 사람이 따라오는 것 같은데, 기분 탓일까?"

"네, 기분 탓이에요. 선배는 여행자나 잘 데리고 오세요. 모두 기다리고 있으니까요."

"응!"

아니나 다를까, 들켰네. 선배의 뒤로 바바리코트를 입고, 선글라스를 쓴 수상쩍은 인물이 배회하는 게 보인다. 딱 봐도 수석 쌤이야. 탐정 놀이는 그만해도 된다고 알려줘야 할까.

"그냥 두는 게 좋지 않을까. 교장 쌤 즐기고 계신 것 같은데."

그래, 교장 쌤의 보호를 받아 무사히 도착하는 편이 낫겠다. 미미 선배가 안드레아와 찍은 사진까지 보내줘서, 애들한테도 보여 줬다. 사진만 봐도 설레는 감정이 느껴지네. 안드레아는 과연 스위스로 돌아갈 수 있을까?

"여권을 빼앗을까?"

"그거 범죄야."

"그럼, 옷이라도 훔쳐볼까?"

"안드레아가 무슨 선녀야?"

"일단 둘만 낳으라고 할까?"

"야!"

미아와 맥아더가 실없는 대화를 한다. 마음을 빼앗기면 스스로 남아있지 않을까. 아니면 미미 선배를 데리고 가던가. 뭐, 그게 아니라도 괜찮아. 두 사람에겐 옹앙이라는 수갑이 있으니까.

누군가 문 크리스탈의 음악을 틀어서, 고기를 굽던 아이돌이 벌떡 일어나 춤을 춘다. 복실이도 가세해 왁자지껄 춤판이 벌어진다. 이렇게 즐겁고, 이렇게 되바라지고, 이렇게 막 나가도 되는 걸까.

지난 세상에 모든 걸 놓고 온 내가, 너희와 새로 만든 이 세상에선 마음을 다해 살고 있어. 그게 나의 꿈. 하루하루 행복하다 보면 분명 최선을 다해, 하고 싶은 일이 생길 거야. 아무것도 되지 않는다고, 우리가 아무것도 아닌 사람은 아니야. 우린 존재 자체로 아름다우니까. 죄다 일어서서 아이돌의 안무를 따라 하는 이 야단법석 사이, 호랑이가 살며시 손을 잡는다. 미친 건 이 심장도 마찬가지. 팝콘처럼 터지는 내 웃음도 마찬가지.

그니까, 너희도 와. 우리들의 오덕하이스쿨. 언제든 기다릴게.

- 2권에서 계속

이 길을 걷게하신 주님께 무한한 감사를드립니다.